). Luchterhand
new voices

ANTHONY VEASNA SO

NACH DER PARTY

Stories

Aus dem Amerikanischen
von Cornelius Reiber

Luchterhand

Für alle, die mich unterschätzt haben,
mich selbst eingeschlossen.

Oh, und für Alex, meine Liebe.

INHALT

DIE DREI FRAUEN
VON CHUCK'S DONUTS

Als der Mann zum ersten Mal einen Apfelkrapfen bestellt, ist es drei Uhr morgens, die Straßenlaterne ist kaputt, und die verfallenen Gebäude am Ufer versinken im Nebel des kalifornischen Deltas, alle bis auf Chuck's Donuts mit seinem kühl leuchtenden Neonlicht. »Ist es nicht ein bisschen früh für Apfelkrapfen?«, fragt Kayley, die zwölfjährige Tochter der Besitzerin, trocken hinter dem Tresen, und Tevy, vier Jahre älter, verdreht die Augen und sagt zu ihrer Schwester: »Du guckst zu viel Fernsehen.«

Der Mann ignoriert beide, setzt sich in eine Tischnische und starrt aus dem Fenster, auf das in Ruinen liegende Potenzial des Zentrums dieser Kleinstadt. Kayley schaut sich sein Spiegelbild im Fenster an. Er ist schon älter, aber nicht alt, jünger als ihre Eltern, und sein struppiger Schnurrbart wirkt fehl am Platz, aus einer anderen Zeit, einem anderen Jahrzehnt. Sein Gesichtsausdruck strahlt eine schwierige Gefühlslage aus, wie sie wohl nur Erwachsene kennen, so was wie *schwermütig* oder *elend*. Sein hellgrauer Anzug ist zerknittert, seine Krawatte offen.

Eine Stunde vergeht. Kayley sagt flüsternd zu Tevy: »Ich glaube, er starrt die ganze Zeit sein eigenes Gesicht an«, worauf Tevy antwortet: »Ich versuche zu lesen.«

Irgendwann geht der Mann schließlich. Sein Apfelkrapfen bleibt unangerührt auf dem Tisch liegen.

»War das schräg«, sagt Kayley. »Ich frage mich, ob er Kambodschaner ist.«

»Nicht jeder Asiate in der Stadt ist Kambodschaner«, sagt Tevy. Kayley geht zu seinem Tisch und schaut sich den Apfelkrapfen genauer an. »Warum kommt jemand hier rein, sitzt eine Stunde da und rührt sein Essen nicht an?«

Tevy blickt konzentriert in ein Buch auf dem Verkaufstresen.

Ihre Mutter kommt mit einem Tablett glasierter Donuts aus der Küche. Sie ist die Besitzerin, auch wenn sie nicht Chuck heißt, sondern Sothy, und noch nie in ihrem Leben einem Chuck begegnet ist; sie fand bloß, der Name klinge amerikanisch genug, um Kunden anzulocken. Sie schiebt das Blech in ein Abkühlregal und sieht sich dann im Raum um, nur um sicherzugehen, dass ihre Töchter nicht schon wieder einen Obdachlosen reingelassen haben.

»Wieso ist denn die Straßenlaterne aus?«, ruft Sothy. »Schon wieder!« Sie geht zum Fenster und versucht, nach draußen zu sehen, sieht aber vor allem ihr eigenes Spiegelbild – stämmige Gliedmaßen, die aus einer fettverschmierten Schürze hervorgucken, ein rundes Gesicht, darüber ein billiges Haarnetz. Eine übermäßig harsche Selbstwahrnehmung, aber Sothy sieht die Welt anders, wenn sie so lange in der Küche gestanden und Teig geknetet hat, dass die fertigen Donuts zur einzigen Zeiteinheit geworden sind. »Wir verlieren Gäste, wenn das so weitergeht.«

»Alles okay«, sagt Tevy, ohne von ihrem Buch aufzublicken. »Gerade war einer da.«

»Ja, da saß so ein komischer Mann, fast eine Stunde«, sagt Kayley.

»Wie viele Donuts hat er bestellt?«, fragt Sothy.

»Nur das da«, sagt Kayley, und zeigt auf den Apfelkrapfen, der noch immer auf dem Tisch liegt.

Sothy seufzt. »Tevy, ruf bei PG&E an.«

Tevy schaut von ihrem Buch auf. »Da wird jetzt keiner rangehen.«

»Dann hinterlass eine Nachricht«, sagt Sothy und sieht ihre ältere Tochter eindringlich an.

»Wir könnten seinen Apfelkrapfen nochmal verkaufen«, sagt Kayley. »Ich bin mir ganz sicher, dass er ihn nicht berührt hat. Ich habe ihn die ganze Zeit beobachtet.«

»Kayley, starr die Gäste nicht so an«, sagt Sothy, bevor sie in die Küche zurückgeht, wo sie neuen Teig vorbereitet und sich wieder einmal fragt, ob es richtig ist, ihre Töchter jeden Abend und die Nacht durch hier arbeiten zu lassen. Vielleicht sollte Chuck's Donuts nur tagsüber offen sein und nicht vierundzwanzig Stunden, und vielleicht sollten die Töchter bei ihrem Vater leben, oder wenigstens teilweise, auch wenn man ihm nach dem, was er gemacht hat, nicht mehr trauen kann.

Sie begutachtet nachdenklich ihre Hände mit der

verblichenen und rauen Haut, faltig und sehnig zugleich. Es sind die Hände ihrer Mutter, die selbst gemachte Cha Quai auf den Märkten von Battambang gebraten hat, bis sie alt und müde war und die Märkte verschwanden und ihre Hände nicht mehr Teig kneteten, sondern Reis ernteten, um den kommunistischen Idealen eines genozidalen Regimes zu dienen. Wie seltsam, denkt Sothy, dass sie Jahrzehnte nach den Lagern hier mitten in Kalifornien lebt, als Geschäftsfrau, mit ihren in Amerika geborenen kambodschanischen Töchtern, die zu gesunden und eigensinnigen Mädchen herangewachsen sind, und dass ihre Hände dennoch, in diesem neuen Leben, das sie sich aufgebaut hat, mit dem Alter zu den Händen ihrer Mutter geworden sind.

Vor einigen Wochen hat Sothys einziger Angestellter für die Nachtschichten gekündigt. Er hatte ihr eintöniges Angebot satt, sagte er, die verschobenen Schlafzeiten, seine immer wirrer werdenden Träume. Und so kam die Abmachung für den Sommer zustande: Sothy stellt bis September keinen neuen Mitarbeiter an, und Tevy und Kayley helfen ihrer Mutter bei der Arbeit, wobei das so gesparte Geld direkt in ihre College Funds fließt. Tevys und Kayleys gewohnter Tagesrhythmus wird auf den Kopf gestellt, sie werden während der heißen, drückenden Tage schlafen und nachts hinter der Kasse sitzen.

Trotz anfänglicher Empörung willigten Tevy und Kayley natürlich ein. In den ersten beiden Jahren nach der Eröffnung von Chuck's Donuts, als Kayley acht war, Tevy noch keine eigensinnige Teenagerin und Sothy noch verheiratet, schien ihr Geschäft unter einem guten Stern zu stehen. Man stelle sich dazu die Straßen im Stadtzentrum vor der Immobilienkrise vor, bevor die Stadt Insolvenz anmeldete und zur Stadt mit den meisten Zwangsvollstreckungen in Amerika wurde. Man stelle sich Chuck's Donuts umgeben von gut gefüllten Bars und Restaurants und einem neuen IMAX-Kino vor, alles voller Leute, die ihre unrealistischen Hypotheken verdrängen. Man stelle sich Tevy und Kayley jeden Tag nach der Schule bei Chuck's Donuts vor – wie sie Insiderjokes mit ihrer Mutter machen, wie sie Donuts so schnell verkaufen, dass sie sich wie Sportlerinnen fühlen, und wie sie aus dem Fenster schauen und um sich herum einen Wirbel von Energie sehen.

Und jetzt stelle man sich vor, wie sich Tevy und Kayley an ihre Erinnerungen an Chuck's Donuts klammern, seit sie von der zweiten Familie ihres Vaters in der Nachbarstadt wissen. Und man stelle sich selbst jetzt noch, da die Wirtschaftskrise fast alle anderen Geschäfte im Zentrum ausgelöscht hat und daher die nächtliche Kundschaft ausbleibt, bis auf ein paar vereinzelte Angestellte des nahegelegenen Krankenhauses, diese Sommernächte, endlos im Schein des Neonlichts, als die letzten Pfeiler dieser Familie vor. Man stelle sich Chuck's Donuts als Mausoleum ihrer herrlichen Vergangenheit vor.

In der zweiten Nacht, in der der Mann einen Apfelkrapfen bestellt, sitzt er in der gleichen Nische wie beim ersten Mal. Es ist ein Uhr, und von der Straßenlaterne geht weiterhin nur dunkles Nichts aus. Er schaut trotzdem zum Fenster hinaus und rührt auch diesmal seinen Apfelkrapfen nicht an. Drei Tage sind vergangen seit seinem letzten Besuch. Kayley kauert sich hinter den Tresen und beobachtet den Mann durch die Vitrine mit den Donuts. Er trägt einen mittelgrauen Anzug, fällt ihr auf, statt des hellgrauen wie beim letzten Mal, und seine Haare wirken fettiger.

»Ist das nicht komisch, dass seine Haare fettiger sind als beim letzten Mal, obwohl es früher in der Nacht ist?«, fragt sie Tevy, worauf Tevy, tief versunken in ihr Buch, antwortet: »Das ist eine falsche Kausalität, dass die Fettigkeit seiner Haare eine direkte Folge der verstrichenen Zeit ist.«

Und Kayley antwortet: »Werden *deine* Haare denn nicht fettiger im Laufe des Tages?«

Worauf Tevy sagt: »Man kann nicht davon ausgehen, dass alle Haare fettig werden. Wir wissen zumindest, dass *deine* Haare eklig werden im Sommer.«

Und Sothy, die gerade in den Raum kommt, sagt: »Ihre Haare wären nicht fettig, wenn sie sie waschen würde.« Sie legt den Arm um Kayley, zieht sie zu sich ran und riecht an ihrem Kopf. »Du riechst schlecht, meine Kleine. Wie komme ich zu so einer schmuddeligen Tochter?«, sagt sie laut.

»Wie die Mutter, so die Tochter«, sagt Tevy, und Sothy gibt ihr einen Klaps auf den Kopf.

»Ist *das* nicht eine falsche Kausalität?«, fragt Kayley. »Die Annahme, dass ich wie Mom bin, nur weil ich ihre Tochter bin.« Sie zeigt auf das Buch ihrer Schwester. »Wer immer das geschrieben hat, würde sich für dich schämen.«

Tevy schlägt ihr Buch zu und stößt es Kayley in die Seite, woraufhin Kayley ihre rissigen Fingernägel in Tevys Arm gräbt, was wiederum dazu führt, dass Sothy beide an den Handgelenken packt und auf Khmer zusammenstaucht. Während der Griff ihrer Mutter immer fester wird, sieht Kayley aus dem Augenwinkel, dass der Mann sich vom Fenster abgewandt hat und sie direkt anblickt, während alle drei »sich wie Hitzköpfe aufführen«, wie ihr Vater jetzt sagen würde. Der Blick des Mannes ist voller Geringschätzung, und in dem Moment wünscht sie sich, unsichtbar zu sein.

Sothy hat die Handgelenke ihrer Töchter noch immer fest im Griff und zieht die beiden jetzt in Richtung der Schwingtür zur Küche. »Helft mir Donuts glasieren!«, befiehlt sie. »Ich habe es satt, alles alleine zu machen.«

»Wir können den Mann nicht einfach da draußen sitzen lassen«, wendet Kayley ein, durch zusammengebissene Zähne.

Sothy wirft einen Blick auf den Mann. »Der ist in Ordnung. Er ist Khmer.«

»Du musst mich nicht zerren«, sagt Tevy und befreit sich aus dem Griff ihrer Mutter, aber zu spät, sie sind bereits in der Küche, wo sie eine Überdosis Hefegeruch und brennende Backofenluft abbekommen.

Sothy, Tevy und Kayley gruppieren sich um die Kücheninsel. Bleche mit frisch frittiertem Teig, golden und undekoriert, stehen neben einem Gefäß mit der

Glasur. Sothy nimmt einen nackten Donut und taucht ihn ein. Als sie ihn wieder herauszieht, tropft das weiße klebrige Zeug herab.

Kayley blickt zur Küchenschwingtür. »Und wenn der Mann die ganze Zeit über gar nicht aus dem Fenster geschaut hat?«, fragt sie Tevy. »Wenn er *uns* beobachtet hat, unsere Spiegelung in der Scheibe?«

»Eigentlich muss man immer beides gleichzeitig tun, es geht gar nicht anders«, antwortet Tevy, und tunkt zwei Donuts in die Glasur, einen in jeder Hand.

»Ist das unheimlich«, sagt Kayley, die es aber auch zunehmend aufregend findet.

»An die Arbeit«, sagt Sothy gereizt.

Kayley seufzt und nimmt sich einen Donut.

So genervt sie auch von Kayleys Schrullen ist, muss sich Tevy eingestehen, dass auch sie von dem Mann fasziniert ist. Wer ist er denn? Hat er so viel Geld, dass er es sich leisten kann, Apfelkrapfen zu bestellen, die er nicht anrührt? Ab seinem fünften Besuch, beim fünften unangerührten Apfelkrapfen, der fünften Entscheidung für die gleiche Tischnische, ist er für Tevy ein würdiger Gegenstand eingehender Beobachtung, Untersuchung und Analyse – vielleicht kann sie ja sogar ihre Hausarbeit in Philosophie über ihn schreiben.

Der Sommerkurs, den sie am Community College neben der stillgelegten Mall belegt, trägt den Titel »Wissen«. Wenn sie über diesen Mann schriebe, und über die Fragen, die sich auftäten, wenn sie ihn als philosophischen Gegenstand behandeln würde, könnte Tevy in dem Kurs ein A bekommen, was Eindruck machen würde bei den Colleges, wenn sie sich im nächsten Jahr bewirbt. Vielleicht brächte es ihr ein schickes Stipendium ein, mit dem sie diese depressive Stadt verlassen könnte.

Auf den Kurs »Wissen« wurde Tevy überhaupt erst aufmerksam, weil er keine Mathekurse voraussetzte; Bedingung für die Teilnahme war einzig, dass man las, eine 15-seitige Hausarbeit verfasste und morgens zu den Vorlesungen kam, was sie problemlos machen kann, bevor sie dann nachmittags zu Hause schläft. Tevy versteht die meisten Texte nicht, aber der Dozent, der wie ein Obdachloser aussieht, den das Community College irgendwo von der Straße aufgelesen hat, versteht ihrer Meinung nach auch nicht mehr davon. Wittgenstein zu lesen ist trotzdem nicht die schlechteste Art, die toten Stunden der Nacht rumzubringen.

Tevys philosophisches Interesse an dem Mann war geweckt, als ihre Mutter erklärte, dass sie auf den ersten Blick sagen könne, dass er Khmer ist.

»Woher weißt du das denn?«, flüsterte Kayley beim dritten Besuch des Mannes und rümpfte zweifelnd die Nase.

Sothy sortierte die restlichen Donuts in die Vitrine ein, sah dann zu dem Mann hinüber und sagte: »Natürlich ist er Khmer.« Es war dieses *natürlich*, das Tevy aus ihrem Buch aufblicken ließ. *Natürlich*, hallte die herablassende Stimme ihrer Mutter nach, und die Worte schwirrten Tevy durch den Kopf, während sie den Mann anstarrte. *Natürlich, natürlich*.

In ihren sechzehn Lebensjahren hat Tevy die Fähigkeit ihrer Eltern, intuitiv alle Erscheinungsformen des Khmer-Seins oder des *Auf keinen Fall*-Khmer-Seins zu erkennen, immer wieder überraschend und frustrierend gefunden. Sie brauchte nur ein Glas Eiswasser zu trinken, und schon rief ihr Vater vom anderen Ende des Zimmers: »Während des Völkermords gab es keine Eiswürfel!« Und fuhr dann mit der Klage fort: »Wie konnten meine Kinder nur so *un*-khmer werden?«, um dann in bitteres Lachen auszubrechen. Es konnte auch vorkommen, dass sie ein Stück Trockenfisch aß oder sich am Kopf kratzte oder auf eine bestimmte Art lief, und ihr Vater lächelte und sagte: »Jetzt weiß ich, dass du khmer bist.«

Aber was heißt es denn überhaupt, khmer zu sein? Wie weiß man, was khmer ist und was nicht khmer ist? Haben die meisten Khmer immer schon gewusst, tief im Innern, dass sie Khmer sind? Gibt es Gefühle, die nur Khmer empfinden und niemand sonst?

Verschiedene Varianten dieser Fragen gingen Tevy jedes Mal durch den Kopf, wenn ihr Vater sie in Chuck's Donuts besuchte, damals vor der Scheidung. Mit einer Schale Papayasalat in der Hand trat er in die Mitte des Raumes, roch an dem Salat und rief, ohne auf die anderen Gäste zu achten: »Nie fühle ich mich so khmer wie beim Geruch von Fischsauce und frittiertem Teig!«

Khmer zu sein lässt sich, soweit Tevy verstanden hat, nicht auf die braune Haut, die schwarzen Haare und die markanten Wangenknochen reduzieren, die sie mit ihrer Mutter und ihrer Schwester teilt. Khmer-

Sein kann sich in allem Möglichen manifestieren, von der Farbe der Nagelhaut bis zu der besonderen Art und Weise, wie der Hintern taub wird, wenn man zu lange auf einem Stuhl sitzt, und trotzdem hat Tevy ihr Verhalten noch nie als spezifisch khmer wahrgenommen. Und jetzt, wo sie alt genug ist, sich von ihrem Vater, diesem verlogenen Ehebrecher, loszusagen, fühlt Tevy keinerlei Verbindung mehr zu dem, als was sie offenbar geboren wurde. Unfähig, sich vorzustellen, was ihr Vater empfand, wenn er in Chuck's Donuts stand und an Fischsauce roch, kann sie darüber nur noch lachen. Selbst jetzt, wo sie es nicht mehr ertragen kann, ihn zu treffen, lacht sie, wenn sie an ihren Vater denkt.

Es bereitet Tevy kaum Schuldgefühle, dass sie sich ihrer Kultur nicht verbunden fühlt. Manchmal fühlt sie sich aber überfordert, als würden sich ihre Gedanken bohrend durchs Gehirn winden, als würde ihr Kopf explodieren. Deshalb beteiligt sie sich an Kayleys Projekt, alles über den Mann herauszufinden.

Eines Nachts beschließt Kayley, dass der Mann das exakte Ebenbild ihres Vaters ist. Es sei fast unwirklich, meint sie. »Schau ihn doch an«, murmelt sie, während sie die Filter der Industriekaffeemaschinen wechselt. »Sie haben das gleiche Kinn. Die gleichen Haare. Alles genau gleich.«

Sothy, die neue Donuts in die Vitrine legt, antwortet: »Pass auf mit den Maschinen.«

»Idiotin«, zischt Tevy beim Auffüllen der Sahne- und

Zuckerbehälter. »Glaubst du, das wäre Mom nicht inzwischen aufgefallen, wenn der wie Dad aussieht?«

Inzwischen haben sich Sothy, Tevy und Kayley an die Anwesenheit des Mannes gewöhnt und wissen, dass er in jeder beliebigen Nacht zwischen Mitternacht und vier Uhr auftauchen kann. Die Töchter tuscheln über ihn und hoffen dabei halb, dass er außer Hörweite sitzt, halb, dass er mithört. Kayley stellt Mutmaßungen über seine Motive an: Wenn er zum Beispiel ein Polizist wäre, der etwas observiert, oder ein Verbrecher auf der Flucht. Sie überlegt, ob er ein guter Mensch ist oder ein schlechter. Tevy wiederum stellt Theorien darüber auf, was der Mann vom Leben will – ob er, zum Beispiel, die Verbindung zur Welt verloren hat und nur hier zu sich selbst findet, in Chuck's Donuts, umgeben von anderen Khmern. Beide Schwestern fragen sich, wie sein Leben wohl aussieht: Welche Frauen ihn attraktiv finden und mit ihm Beziehungen hatten; welche Frauen er abgewiesen hat; ob er Geschwister hat oder Kinder; ob er eher seiner Mutter ähnlich sieht oder seinem Vater.

Sothy ignoriert sie. Sie ist es leid, über andere Menschen nachzudenken, insbesondere Kunden, die kaum was einbringen.

»Mom, du siehst schon auch, was ich sehe, oder?«, sagt Kayley, ohne eine Antwort zu bekommen. »Du hörst mir gar nicht zu, oder?«

»Warum *sollte* sie dir zuhören?«, fährt Tevy sie an.

Kayley wirft die Arme in die Luft. »Du bist nur so gemein, weil du den Mann *scharf* findest«, erwidert sie. »Das hast du doch gestern eigentlich gemeint. Du bist wie diese ekligen Menschen, die ihren Vater scharf finden, nur lässt du es jetzt an *mir* aus. Und er sieht genauso aus wie Dad, nur zu deiner Information. Ich habe ein Foto dabei als Beweis.« Sie zieht ein Foto aus der Tasche und hält es hoch.

Tevys Wangen brennen leuchtend rot. »Das habe ich *nicht* gemeint«, sagt sie, greift über den Tresen und versucht, Kayley das Foto zu entreißen, mit dem einzigen Ergebnis, dass sie eine Kaffeemaschine zu Boden stößt.

Als Sothy hört, wie Metallteile scheppernd auf dem Boden aufschlagen und umherrollen, dreht sie sich schließlich zu ihren Töchtern um. »Was habe ich dir gesagt, Kayley!«, schreit sie und ihr ganzes Gesicht ist verzerrt vor Wut.

»Warum schreist du *mich* an? Es ist *ihre* Schuld!«, sagt Kayley und zeigt aufgeregt auf ihre Schwester. Tevy nutzt die Gelegenheit und greift sich das Bild. »Gib es wieder her«, verlangt Kayley. »Du *magst* Dad ja nicht mal. Du hast ihn nie gemocht.«

Und Tevy sagt: »Dann widersprichst du dir selbst, oder?« Sie ist immer noch rot im Gesicht und versucht, zu einem ruhigen, analytischen Ton zurückzufinden. »Was jetzt – bin ich in Dad verliebt oder hasse ich ihn? Du bist so dumm. Egal, auf jeden Fall habe ich nicht gesagt, dass der Mann scharf ist. Ich habe nur darauf hingewiesen, dass er nicht *hässlich* ist oder so.«

»Ich hab den Quatsch satt«, sagt Kayley. »Ihr behandelt mich, als wäre ich niemand.«

Sothy begutachtet den Schaden, den ihre Töchter angerichtet haben und entreißt Tevy das Foto. »Räumt das auf!«, ruft sie, und geht entnervt aus dem Gastraum.

In der Toilette spritzt sich Sothy Wasser ins Gesicht. Sie betrachtet ihr Spiegelbild und bemerkt die Tränensäcke unter den Augen, die Falten, die ihre Haut zerfurchen, und schaut dann auf das Foto, das sie neben dem Wasserhahn abgelegt hat. Die Jugendlichkeit ihres Ex-Mannes, seinen jungenhaften Charme, empfindet sie als Hohn. Sie kann sich nicht vorstellen, dass der junge Mann auf dem Bild – in seinem engen Polohemd und den Stone-Washed-Jeans, euphorisiert durch die erst kürzlich erworbene amerikanische Staatsbürgerschaft – einmal der Vater sein würde, der ihre Töchter mit so viel Ängstlichkeit ansteckt und der sie selbst verlässt, im mittleren Alter, mit Pflichten, denen sie allein kaum nachkommen kann.

Sothy steckt das Foto in ihre Schürzentasche und nimmt sich zusammen. Hätte sie nicht den Gastraum verlassen, hätte sie gesehen, wie der Mann sich erhob und seine Nische verließ, auf die zwei Mädchen zuging und an ihnen vorbei in den Gang, der zu den Toiletten führt. Sie hätte nicht die Toilettentür geöffnet und nicht plötzlich vor dem Mann mit seiner stummen, schmollenden Präsenz gestanden. Und sie hätte sie nie bemerkt, die unheimliche Ähnlichkeit mit ihrem Ex-Mann, von der ihre jüngere Tochter die ganze Zeit redet.

Aber jetzt nimmt Sothy die Ähnlichkeit wahr, gleichzeitig mit einem plötzlichen Schmerz im Unterleib. Der Blick des Mannes trifft sie wie ein Schlag. Er kündet von einem konzentrierten Chaos, einer dumpfen Boshaftigkeit, und obwohl der Mann einfach nur an ihr vorbeigeht, in die frei gewordene Toilette, kann Sothy sich des Gedankens nicht erwehren: *Jetzt kommen sie uns holen.*

Seit ihrer Scheidung hat Sothy die Tage durchgeschuftet unter dem ständigen Druck, ihre Töchter ohne ihren Ex-Mann versorgen zu müssen. Die Erschöpfung nagt an ihren Knochen. Ihre Handgelenke schmerzen vom Karpaltunnelsyndrom. Und Ausruhen ist keine Option. Im Gegenteil, es würde sie nur noch mehr Energie kosten. Eine kurze Verschnaufpause, ein Moment zum Nachdenken, und der Groll bricht über sie herein. Es ist nicht das Fremdgehen, das sie wütend macht, die Affäre, die leichtsinnige Stiefmutter ihrer Töchter, die sie mit ihren fehlgeleiteten Versöhnungsversuchen anruft. Die Anziehungskraft auf ihren Ex-Mann, und seine auf sie, hatte nach der ersten Schwangerschaft stetig nachgelassen. Was man über ihre finanzielle Vereinbarung nicht sagen konnte. Die nämlich implodierte spektakulär.

Ihre Töchter wissen davon nichts, aber für die Eröffnung von Chuck's Donuts hat Sothy einen großzügigen Kredit von einem entfernten Onkel ihres Ex-Mannes bekommen, einem einflussreichen Tycoon in Phnom Penh, der dafür berüchtigt war, in politische Korruption zu investieren. Sie hatte die wildesten Gerüchte über diesen Onkel gehört, selbst hier noch in Kalifornien – dass er für die Inhaftierung des wichtigsten politischen

Gegners des Premierministers verantwortlich war, dass er seinen Reichtum der Mitgliedschaft in einer kriminellen Organisation ehemaliger Funktionäre der Roten Khmer verdankte, und dass er im Auftrag mächtiger und primitiver Sympathisanten der Roten Khmer die Ermordung Haing S. Ngors arrangiert hatte. Sothy war sich nicht sicher gewesen, ob sie das Geld dieses Onkels annehmen und bei solch dunklen Mächten in der Schuld stehen wollte, ob sie sich auf ein Leben einlassen wollte, in dem sie immer befürchten musste, dass als khmer-amerikanische Bandenmitglieder getarnte Auftragskiller sie und ihre Familie erschießen und es als einfachen, aus dem Ruder gelaufenen Raubüberfall aussehen lassen könnten. Wenn selbst Haing S. Ngor, der Oscar-gekrönte Filmstar aus *The Killing Fields*, vor diesem Schicksal nicht sicher war und dem Zorn der Mächtigen nicht entkommen konnte, wieso sollte Sothy dann glauben, dass ihre Familie verschont bleiben würde? Aber was hätte Sothy sonst machen sollen, mit einem Hauptschulabschluss, einem Ehemann, der als Hausmeister arbeitete, und zwei kleinen Kindern? Wie hätten sie und ihr Mann sonst ihre finanzielle Situation aufbessern können? Was konnte sie denn, außer Frittieren?

Tief im Innern hat Sothy immer gewusst, dass es eine schlechte Idee gewesen ist, mit dem Onkel ihres Ex-Mannes Geschäfte zu machen, über den sie so wenig wusste, dass er auch der Finanzier des Putsches von Pol Pot hätte sein können. Also fragt sie sich jetzt, wo sie die Ähnlichkeit des Mannes mit ihrem Ex-Mann sieht, ob er ein entfernter Gangster-Cousin sein könnte. Sie befürchtet, dass ihre Vergangenheit sie schließlich eingeholt hat.

Über mehrere Tage bleiben die Besuche des Mannes bei Chuck's Donuts aus. Sothys Sorgen werden dadurch nur noch größer. Sie kriechen ihr in die Knochen. Die fortwährenden Spekulationen ihrer Töchter über den Mann verstärken nur ihren Verdacht, dass er ein Verwandter ihres ehemaligen Schwiegeronkels ist. Er ist gekommen, um sie umzubringen, Geld aus ihnen herauszufoltern, vielleicht auch, um ihre Töchter als Pfand zu nehmen, auf dem Schwarzmarkt zu verkaufen. Um ihn nicht zu provozieren, kann sie sich aber kein impulsives Handeln erlauben. Und natürlich besteht immer noch die Möglichkeit, dass er einfach nur irgendein Fremder ist. Er hätte ihnen doch sonst sicher mittlerweile etwas angetan. Wozu dieses Schauspiel des Wartens? Sie bleibt auf der Hut, sagt auch ihren Töchtern, dass sie sich vor dem Mann in Acht nehmen und sie rufen sollen, wenn er den Laden betritt.

Tevy hat angefangen, ihren Philosophieaufsatz zu schreiben, und Kayley hilft ihr dabei. »Über die Frage, ob Khmer-Sein mit sich bringt, dass man andere Khmer versteht«, lautet der vorläufige Titel. Tevys Lehrer verlangt von den Schülerinnen, dass sie ihren Aufsätzen Titel nach dem Vorbild von *Über Gewißheit* geben, als würde ein Titel durch den Anfang mit »Über« bereits philosophisch. Sie beschließt, ihren Aufsatz als eine

Liste von Vermutungen über den Mann anzulegen, die auf der Vorstellung beruhen, dass er Khmer ist und dass die Personen, die diese Vermutungen anstellen, Tevy und Kayley, ebenfalls Khmer sind. Jede der Annahmen soll dabei von einem Absatz begleitet werden, in dem ihre Richtigkeit diskutiert wird, anhand der Antworten des Mannes auf Fragen, die Tevy und Kayley ihm direkt stellen werden. Tevy und Kayley vereinbaren, vor ihrer Mutter geheim zu halten, was für eine Art von Aufsatz sie schreiben.

Die Schwestern verbringen mehrere Abende damit, ihre Liste von Vermutungen über den Mann zu verfeinern. »Vielleicht ist auch er mit Eltern aufgewachsen, die sich nicht mochten«, sagt Kayley eines Abends, an dem die Stadt nicht ganz so trostlos wie sonst erscheint, weil Staub und Luftverschmutzung dem dunklen Himmel einen rötlichen Schimmer verleihen.

»Na ja, Khmer heiraten ja auch nicht aus Liebe«, antwortet Tevy.

Kayley schaut aus dem Fenster, ob sich irgendetwas zu beobachten lohnt, sieht aber nur die leere Straße, eine Ecke des alten Motels, das trübe Orange vom Little-Caesars-Restaurant, das ihre Mutter hasst, weil dessen Chef nicht gestattet, dass ihre Kunden seinen riesengroßen Parkplatz mitbenutzen. »Es sieht immer so aus, als würde er jemanden suchen, oder?«, sagt Kayley. »Vielleicht liebt er jemanden, aber die Person erwidert seine Liebe nicht.«

»Weißt du noch, was Dad über die Ehe gesagt hat?«, fragt Tevy. »Er meinte, dass Paare sich nach dem

Lager aufgrund ihrer Fähigkeiten zusammentaten. Zwei Leute, die kochen konnten, heirateten nicht, weil das Verschwendung gewesen wäre. Wenn ein Ehepartner kochen konnte, dann sollte der andere etwas darüber wissen, wie man Essen verkauft. Er sagte, die Ehe ist wie die Sendung *Survivor*, wo man Allianzen schmiedet, um länger zu überleben. Er fand, *Survivor* sei eigentlich der Inbegriff von Khmer, und war sich sicher, dass er gewinnen würde, weil der Völkermord das bestmögliche Training dafür war.«

»Und was konnten sie?«, fragt Kayley. »Mom und Dad?«

»Die Antwort ist wahrscheinlich der Grund dafür, dass es nicht funktioniert hat«, sagt Tevy.

»Was hat das mit dem Mann zu tun?«, fragt Kayley.

Und Tevy antwortet: »Na ja, wenn Khmer wegen ihrer Fähigkeiten heiraten, wie Dad sagt, bedeutet das ja vielleicht, dass es Khmer schwererfällt zu lieben. Vielleicht sind wir einfach schlecht darin – im Lieben – und vielleicht ist das das Problem von dem Mann.«

»Warst du schon mal verliebt?«, fragt Kayley.

»Nein«, sagt Tevy, und ihr Gespräch versiegt. Sie können ihre Mutter in der Küche hören, das gewohnte Scheppern der Mixgeräte und Bleche, eine Abfolge von Geräuschen, die sich einfach nicht zu einer Melodie fügen.

Tevy fragt sich, ob ihre Mutter je einen Menschen romantisch geliebt hat, ob ihre Mutter überhaupt fähig ist, über den Bereich des schieren Überlebens hinauszugelangen, ob ihre Mutter jemals Sorgenfreiheit erleben durfte, und ob die Gegenwart es für ihre Mutter vermag, sich auch nur für einen kurzen Moment auf eine eigene Ebene schwebender Existenz auszuweiten, getrennt von Vergangenheit oder Zukunft. Kayley hingegen fragt sich, ob ihre Mutter ihren Vater vermisst, und wenn nicht, ob das heißt, dass Kayleys eigene Gefühle von Schwermut, Isolation und Sehnsucht weniger berechtigt sind, als sie denkt. Sie fragt sich, ob die tiefe Kluft zwischen ihren Eltern auch ihren eigenen Körper durchzieht, denn was ist sie anderes als eine Mixtur aus all diesen gegensätzlichen Genen?

»Mom sollte anfangen zu rauchen«, sagt Kayley.

Und Tevy fragt: »Warum?«

»Es würde sie zwingen, Pausen zu machen«, sagt Kayley. »Jedes Mal, wenn sie eine rauchen will, müsste sie aufhören zu arbeiten, nach draußen gehen und rauchen.«

»Kommt darauf an, was sie schneller umbringen würde«, sagt Tevy. »Rauchen oder zu viel arbeiten.«

Dann fragt Kayley, leise: »Glaubst du, Dad liebt seine neue Frau?«

Tevy antwortet: »Das will ich hoffen.«

Wie die Abmachung von Sothy und ihrem Ex-Mann mit dem Onkel eigentlich gedacht war: Sothy sollte ihrem damaligen Mann jeden Monat zwanzig Prozent des Gewinns von Chuck's geben. Ihr damaliger Mann sollte dieses Geld jeden Monat seinem Onkel schicken. Und jeden Monat würden sie so der Rückzahlung ihres Kredits einen Schritt näher kommen, bevor irgendjemand mit Verbindungen ins kriminelle Milieu auch nur mit der Wimper zucken konnte.

Tatsächlich passierte aber Folgendes: Eines Tages, ein paar Wochen bevor sie herausfand, dass ihr Mann mit einer anderen Frau während ihrer Ehe zwei Söhne gezeugt hatte, erhielt Sothy einen Anruf in Chuck's Donuts. Es war ein Mann, der Khmer sprach, in einem satten und reinen Idiom. Zunächst verstand Sothy kaum, was er sagte. Seine Sätze waren zu flüssig, seine Aussprache zu korrekt. Er verschluckte nicht die Endungen der Wörter, wie es so viele nach Amerika eingewanderte Khmer taten, und Sothy war zunächst wie benommen vom Klang dieser ewig nicht gehörten Silben. Dann verstand sie, was die Worte des Mannes tatsächlich bedeuteten. Er war der Buchhalter des Onkels ihres Mannes. Er erkundigte sich nach ihrem Darlehen und ob sie die Absicht hätten, es irgendwann zurückzuzahlen. Es waren Jahre vergangen, und der Onkel hatte keinerlei Zahlungen erhalten, sagte der Buchhalter mit bedrohlichem Bedauern.

Später erfuhr Sothy – und zwar ausgerechnet von der schuldgeplagten Geliebten ihres Mannes –, dass ihr Mann die Gewinne, die sie an ihn weitergereicht hatte und die für die Rückzahlung des Kredits bestimmt waren, für den Unterhalt seiner zweiten Familie verwendet hatte. In der Scheidungsvereinbarung hatte Sothy zugestimmt, keinen Unterhalt für die Kinder zu verlangen, im Gegenzug für den alleinigen Besitz von Chuck's Donuts, das Sorgerecht für die Töchter und für das Versprechen ihres Ex-Mannes, mit seinem Onkel zu sprechen und den Kredit zu tilgen, dieses Mal mit seinem eigenen Geld. Er habe nie die Absicht gehabt, seinen Onkel zu betrügen, beteuerte er. Er hatte sich einfach in eine andere Frau verliebt. Es war wahre Liebe. Was hätte er denn tun sollen? Und natürlich hatte er eine Verpflichtung gegenüber seinen anderen Kindern, den Söhnen, die seinen Namen trugen.

Dennoch versprach er, die Situation zu bereinigen. Aber wie soll Sothy ihrem Ex-Mann vertrauen? Wird eines Tages ein vom Onkel gesandter Mann an ihrer Haustür oder bei Chuck's Donuts oder in der Gasse hinter Chuck's Donuts auftauchen und die Situation für sie bereinigen? Versprochen ist versprochen, aber mehr auch nicht.

Eine ganze Woche ist vergangen seit dem letzten Besuch des Mannes. Sothys Ängste haben sich langsam gelegt. Es sind zu viele Donuts zu backen, zu viele Rechnungen zu bezahlen. Und es hat auch geholfen, dass sie ihren Ex-Mann angerufen hat, um ihn anzuschreien.

»Du egoistisches Schwein«, sagte sie. »Wehe, du zahlst das Geld nicht an deinen Onkel zurück. Und wehe, du bringst deine Töchter in Gefahr. Wehe, du tust, was du immer getan hast – und denkst nur an dich und daran, was *du* willst. Ich kann gerade nicht mal mit dir reden. Wenn dein Onkel jemanden schickt, um Geld bei mir einzutreiben, erzähle ich ihm, wie erbärmlich du bist. Ich sage ihm, wie er dich finden kann, und dann wirst du die Konsequenzen dafür tragen, wie du bist, wie du immer gewesen bist. Denk daran, ich kenne dich besser als alle anderen.«

Sie hat aufgelegt, bevor er etwas antworten konnte, und auch wenn der Anruf ihr keine wirkliche Sicherheit verschafft hat, fühlt sie sich besser. Fast wünscht sie sich sogar, dass der Mann ein vom Onkel geschickter Auftragskiller ist, so dass sie ihn direkt zu ihrem Ex-Mann weiterschicken kann. Nicht dass sie will, dass ihr Ex-Mann umgebracht wird. Aber sie will, dass er bestraft wird.

Am Abend, als der Mann wiederkommt, sind Sothy, Tevy und Kayley mit einem Catering-Auftrag für das Krankenhaus drei Straßen weiter beschäftigt. Sothy muss bis halb zwölf hundert Donuts an das Krankenhaus liefern. Der Auftrag ist gut bezahlt, er bringt mehr Geld in die Kasse als die Einnahmen des gesamten bisherigen Monats. Sothy möchte ihre Töchter eigentlich nicht allein lassen, aber sie kann sie auch nicht zum Ausliefern der Donuts schicken. Sie wird nur eine Stunde weg sein. Und was kann schon passieren? Der Mann taucht sowieso nie vor Mitternacht auf.

Für den Fall der Fälle beschließt sie, den Laden während der Auslieferung zu schließen. »Lasst die Tür verschlossen, während ich weg bin«, sagt sie zu ihren Töchtern, nachdem sie das Auto beladen hat.

»Warum bist du immer so ängstlich?«, sagt Tevy.

Und Kayley sagt: »Wir sind keine Babys.«

Sothy sieht ihnen in die Augen. »Bitte, seid vorsichtig.«

Die Tür ist verschlossen, aber die Töchter der Besitzerin sind für jeden sichtbar vor Ort; man kann sie durch die beleuchteten Fenster am Tresen sitzen sehen. Also steht der Mann vor der Glastür und wartet. Er starrt die Töchter an, bis sie einen Schatten in einem Anzug bemerken, der sich draußen herumtreibt.

Der Mann bedeutet ihnen mit Handzeichen, ihn reinzulassen, und Kayley sagt zu ihrer Schwester: »Komisch – er sieht aus, als hätte er sich geprügelt.«

Und Tevy, die die zerzausten Haare und den gehetzten Gesichtsausdruck des Mannes bemerkt, sagt: »Wir müssen ihn interviewen.« Sie zögert nur einen Moment, bevor sie die Tür aufschließt und einen Spaltbreit öffnet. Rote Kratzer ziehen sich über seinen Hals. Sein zerknittertes weißes Hemd ist voller Schmutzflecken.

»Ich muss rein«, sagt er ernst. Es ist das Einzige, was Tevy ihn je sagen gehört hat, außer »einen Apfelkrapfen, bitte.«

»Unsere Mutter hat gesagt, wir sollen niemanden reinlassen«, sagt Tevy.

»Ich muss rein«, wiederholt der Mann, und wer ist Tevy, dass sie sich der Zielstrebigkeit des Mannes widersetzen würde?

»Gut«, sagt Tevy, »aber nur, wenn ich Sie für einen Aufsatz interviewen darf.« Sie sieht ihn noch einmal an, betrachtet sein verdrecktes Äußeres. »Und Sie müssen auch was kaufen.«

Der Mann nickt und Tevy öffnet ihm die Tür. Als er über die Schwelle tritt, überkommt Kayley plötzlich

Reue, da sie sich der Tatsache bewusst wird, dass sie und ihre Schwester überhaupt nichts über den Mann wissen. Alle Spekulationen über seine Aufenthalte hier haben sie nicht weitergebracht, und im Moment weiß Kayley nur eines: Sie ist ein Kind, ihre Schwester ist noch nicht ganz erwachsen, und sie setzen sich über den Wunsch ihrer Mutter hinweg.

Wenig später sitzen Tevy und Kayley dem Mann am Tisch in seiner Nische gegenüber. Zwischen ihnen liegen gekritzelte Notizen und ein Apfelkrapfen. Der Mann starrt aus dem Fenster, wie immer, und wie immer betrachten die Schwestern eingehend sein Gesicht.

»Sollen wir anfangen?«, fragt Tevy.

Der Mann sagt nichts.

Tevy versucht es nochmal. »Können wir anfangen?«

»Ja, wir können anfangen«, sagt der Mann und starrt weiterhin in die dunkle Nacht hinaus.

Das Interview beginnt mit der Frage: »Sie sind Khmer, richtig?«, worauf eine Pause folgt, kurzes Nachdenken. Tevy hatte das als einfache Eingangsfrage gedacht, zum Aufwärmen für ihre bahnbrechende Untersuchung, aber das Schweigen des Mannes verunsichert sie.

Dann spricht der Mann endlich. »Ich komme aus Kambodscha, bin aber kein Kambodschaner. Ich bin kein Khmer.«

Und Tevy fragt, mit einem mulmigen Gefühl: »Entschuldigung, was soll das heißen?« Sie schaut auf ihre 33

Notizen, aber die sind keine Hilfe. Sie sieht Kayley an, aber die ist auch keine Hilfe. Ihre Schwester ist genauso verwirrt wie sie selbst.

»Meine Familie ist chinesisch«, fährt der Mann fort. »Seit mehreren Generationen werden bei uns chinesische Kambodschanerinnen geheiratet.«

»Okay, Sie sind also *ethnisch* Chinese und nicht Khmer, aber Sie sind trotzdem Kambodschaner, richtig?«, fragt Tevy.

»Nur bezeichne ich mich als Chinesen«, antwortet der Mann.

»Aber Ihre Familie lebt seit Generationen in Kambodscha?«, wirft Kayley ein.

»Ja.«

»Und Sie und Ihre Familie haben das Regime der Roten Khmer überlebt?«, fragt Tevy.

Wieder antwortet der Mann: »Ja.«

»Sprechen Sie Khmer oder Chinesisch?«

»Ich spreche Khmer«, antwortet der Mann.

»Feiern Sie das kambodschanische Neujahrsfest?«

Wieder antwortet der Mann: »Ja.«

»Essen Sie verfaulten Fisch?«, fragt Kayley.

»Prahok?«, fragt der Mann. »Ja, schon.«

»Kaufen Sie Lebensmittel im Khmer-Geschäft oder im chinesischen?«, fragt Tevy.

Der Mann antwortet: »Khmer.«

»Was ist der Unterschied zwischen einer chinesischen Familie, die in Kambodscha lebt und einer Khmer-Familie, die in Kambodscha lebt?«, fragt Tevy. »Sind nicht beide kambodschanisch? Wenn beide

Khmer sprechen, wenn beide auf die gleichen Erfahrungen zurückblicken, wenn beide die gleichen Dinge tun, ist dann eine chinesische Familie, die in Kambodscha lebt, nicht auch irgendwie kambodschanisch?«

Der Mann sieht weder Tevy noch Kayley an. Sein Blick ist während des Gesprächs bislang unablässig nach draußen gerichtet, als suche er dort etwas. »Mein Vater hat mir gesagt, dass ich Chinese bin«, antwortet der Mann. »Er hat mir gesagt, dass seine Söhne, wie alle Söhne in unserer Familie, nur chinesische Frauen heiraten sollten.«

»Und wie ist es mit Amerika?«, fragt Tevy. »Verstehen Sie sich als Amerikaner?«

Der Mann antwortet: »Ich lebe in Amerika, und ich bin Chinese.«

»Sie sehen sich also überhaupt nicht als Kambodschaner?«, fragt Kayley.

Er wendet seinen Blick vom Fenster ab. Zum ersten Mal während des Gesprächs sieht er die Schwestern an, die ihm gegenübersitzen. »Ihr seht nicht wie Khmer aus«, sagt er. »Ihr seht aus, als hättet ihr chinesisches Blut.«

»Woher wollen Sie das wissen?«, fragt Tevy erschrocken, ihre Wangen glühen.

Der Mann antwortet: »Man sieht es im Gesicht.«

»Sind wir aber«, sagt Tevy. »Khmer, meine ich.«

Und Kayley sagt: »Ich glaube, Mom hat mal gesagt, dass ihr Urgroßvater Chinese war.«

»Halt den Mund«, sagt Tevy.

Und Kayley antwortet: »Gott, ich meine ja nur.«

Der Mann schaut wieder weg. »Wir sind hier fertig. Ich muss mich konzentrieren.«

»Aber ich habe die eigentlichen Fragen noch gar nicht gestellt«, protestiert Tevy.

Der Mann sagt: »Eine Frage noch.«

»Warum essen Sie nie die Apfelkrapfen, die Sie bezahlt haben?«, platzt es aus Kayley heraus, bevor Tevy überhaupt einen Blick auf ihre Notizen werfen kann.

»Ich mag keine Donuts«, antwortet der Mann.

Das Gespräch kommt zum Stillstand, da Tevy diese letzte Antwort das bislang überzeugendste Argument des Mannes dafür findet, dass er kein Khmer ist.

»Das kann doch nicht Ihr Ernst sein«, sagt Kayley nach einer kurzen Pause. »Warum kaufen Sie dann so viele Apfelkrapfen?«

Der Mann antwortet nicht. Er blickt angestrengt hinaus, lehnt sich noch näher ans Fenster und berührt mit der Nase fast die Scheibe.

Tevy schaut ihre Handrücken an. Sie studiert die Helligkeit ihrer braunen Haut. Sie erinnert sich daran, wie sie in der Grundschule immer wütend wurde auf die weißen Kinder, die sie fälschlicherweise für eine Chinesin hielten, und wie sie sich manchmal sogar im Bus mit ihnen prügelte. Und sie erinnert sich, wie ihr Vater sie in seinem Wagen an der Bushaltestelle tröstete. »Ich weiß, dass ich oft Witze mache«, sagte er einmal, seine Hand auf ihrer Schulter. »Aber du bist Khmer, durch und durch. Das solltest du wissen.«

Tevy mustert das Spiegelbild des Mannes. Sein Blick auf die Welt enttäuscht sie – die Vorstellung, dass die

Menschen immer dadurch festgelegt sind, was ihre Väter ihnen erzählen. Dann bemerkt Tevy, dass ihre Schwester sich sichtlich unwohl fühlt.

»*Nein*«, sagt Kayley und schlägt mit den Fäusten auf den Tisch. »Sie *müssen* eine bessere Antwort darauf haben. Sie können nicht fast jeden Abend hierherkommen, einen Apfelkrapfen bestellen, ihn nicht essen, und uns dann sagen, dass Sie *keine Donuts mögen*.« Aufgeregt atmend lehnt Kayley sich nach vorne, die Tischkante schneidet ihr zwischen die Rippen.

»Kayley«, sagt Tevy besorgt. »Was ist los mit dir?«

»Seid still!«, ruft der Mann auf einmal, mit einer heftigen Armbewegung, während er noch immer aus dem Fenster stiert.

Starr vor Schreck wissen die Schwestern nicht, wie sie reagieren sollen, und können nur zusehen, wie der Mann sich erhebt und mit geballten Fäusten in die Mitte des Gastraums stürmt. Genau in diesem Moment platzt eine Frau – wahrscheinlich Khmer, oder vielleicht Chinesisch-Kambodschanerin, oder vielleicht auch nur Chinesin, in Chuck's Donuts herein und schlägt mit ihrer Handtasche auf den Mann ein.

»Du spionierst mir also nach?«, schreit die Frau.

Sie ist übersät von Blutergüssen, stellen die Schwestern fest, ihr linkes Auge ist fast zugeschwollen. Sie bleiben in der Nische sitzen, den Rücken gegen das kalte Glas des Fensters gepresst.

»Du schlägst deine Frau *und* spionierst ihr nach«, sagt sie und prügelt jetzt auf ihren Mann ein, mit Schlägen ins Gesicht. »Du bist …«

37

Der Mann versucht, seine Frau wegzustoßen, aber sie wirft sich mit dem ganzen Körper gegen ihn, und dann gehen sie zu Boden, die Frau sitzt auf dem Mann und schlägt immer wieder auf seinen Kopf ein.

»Du bist Dreck, du bist Dreck«, schreit die Frau, und die Schwestern haben keine Ahnung, wie sie die Gewalt, die sich vor ihnen entfaltet, stoppen können, oder ob sie es überhaupt versuchen sollten. Sie können nicht einmal sagen, auf wessen Seite sie sind – der des Mannes, dessen Anwesenheit sie schätzen gelernt haben, oder der grün und blau geschlagenen Frau, deren rasende Wut auf den Mann gerechtfertigt erscheint. Sie erinnern sich an diese gelegentlichen Momente früher in Chuck's Donuts, bevor die Wirtschaftskrise den Menschen jede Kraft nahm, wenn die dunkle Energie ihrer Stadt in den neonhellen Sitzbereich einbrach. Sie erinnern sich an die Drive-by-Schießereien der Gangs, die obdachlosen Männer, die im Heroinkoma in der Gasse lagen, die Überfälle auf benachbarte Geschäfte und einmal sogar auf Chuck's Donuts; sie erinnern sich, wie sie hin und wieder panische Angst hatten, dass ihre Mutter es nicht heil nach Hause schaffen würde. Sie erinnern sich an die Schattenseite ihrer herrlichen Vergangenheit.

Der Mann ist jetzt auf der Frau. Er schreit: »Du hast mich *verraten*!« Er schlägt ihr ins Gesicht. Die Schwestern schließen die Augen und wünschen sich, dass der Mann einfach nur weg ist, und die Frau auch. Sie wünschen sich, dass das Paar nie auch nur einen Fuß in Chuck's Donuts gesetzt hätte, und sie halten die Augen geschlossen und halten sich gegenseitig, bis sie einen lauten Schlag hören, und dann noch einen, und dann einen dumpfen Aufprall.

Sie öffnen die Augen und sehen ihre Mutter, die der Frau hilft, sich aufrecht hinzusetzen. Auf dem Boden liegt eine gusseiserne Pfanne, jene, die in dem seltenen Fall zum Einsatz kommt, dass ein Kunde mal ein Eiersandwich bestellt, und daneben liegt der Mann, bewusstlos, und ihm rinnt Blut vom Kopf hinab. Ihre Mutter streicht der Frau die Haare aus dem Gesicht und versucht, die Fremde zu trösten. So verharren ihre Mutter und die Frau einen Moment, ohne den Mann neben sich auf dem Boden auch nur eines Blickes zu würdigen.

Immer noch in ihrer Nische denkt Tevy, während sich Kayley an sie klammert, über die Zeichen nach, die vielen Zeichen, die darauf hingedeutet hatten, dass man diesem Mann nicht vertrauen konnte. Sie schaut auf den Boden, auf das Blut, wie dessen Farbe fast mit der roten Oberfläche des Tresens harmoniert. Sie fragt sich, ob sich der Mann, in den unbewussten Schichten seines Geistes, immer noch chinesisch fühlt.

Dann fragt Sothy die Frau: »Geht es Ihnen gut?«

Aber die Frau, die mühsam aufzustehen versucht, sieht nur ihren Mann an.

Sothy fragt noch einmal: »Geht es Ihnen gut?«

»Scheiße«, sagt die Frau und schüttelt den Kopf. »Scheiße, scheiße, *scheiße*.«

»Es ist alles gut«, sagt Sothy und will sie berühren, aber die Frau stürzt bereits zur Tür hinaus.

Aus Sothys Gesicht weichen alle Gefühle. Sie ist fassungslos angesichts dieses jüngsten Verlassenwerdens, sprachlos, und Tevy ist es auch, nur Kayley ruft der Frau hinterher, schreit: »Sie können nicht einfach gehen!«

Und dann bricht Sothy in Gelächter aus. Sie weiß, dass das keine angemessene Reaktion ist, dass es ihre Töchter nur noch mehr verstören wird, genau wie sie weiß, dass es gerade eine Menge ernst zu nehmender Probleme gibt – zum Beispiel, dass sie einen ihrer Kunden schwer verletzt hat, und nicht einmal in Notwehr, um ihre Kinder vor einem brutalen Gangster zu schützen. Aber sie kann nicht aufhören zu lachen. Sie denkt nur, wie absurd die Situation ist, und dass sie an der Stelle der Frau auch geflohen wäre.

Irgendwann beruhigt sich Sothy. »Helft mir beim Aufwischen«, sagt sie, an ihre Töchter gewandt, mit einem leichten Kopfnicken in Richtung des Mannes am Boden, als wäre er nur eine weitere Sauerei. »Die Kunden dürfen kein Blut so nah bei den Donuts sehen.«

Sothy und Tevy sind sich einig, dass Kayley zu jung ist, um mit Blut umzugehen, also ruft sie hinter dem Tresen den Notruf an, während ihre Mutter und Schwester den Mann zu seiner Nische ziehen, ihn dort auf dem Boden aufrecht hinsetzen und mit der Reinigung des Bodens beginnen. Sie sagt der Frau am Telefon, dass der Mann bewusstlos sei, dass er einen Schlag auf den Kopf bekommen habe und diktiert ihr dann die Adresse

von Chuck's Donuts.

»Das ist ganz in der Nähe vom Krankenhaus«, antwortet die Telefonistin. »Können Sie ihn nicht selbst hinbringen?«

Kayley legt auf und sagt: »Wir sollen ihn selbst ins Krankenhaus fahren.« Dann fragt sie, als sie ihrer Mutter und Schwester zusieht: »Soll man an einem Tatort nicht alles so lassen, wie es ist?«

Und Sothy antwortet streng: »Wir haben ihn nicht umgebracht.«

An die Donut-Vitrine gelehnt sieht Kayley dabei zu, wie ihre Mutter und ihre Schwester den Boden wischen, wie sich das Blut des Mannes in rosa Seifenschaum und dann in nichts auflöst. Sie denkt an ihren Vater. Sie würde gern wissen, ob er ihre Mutter jemals geschlagen hat, und wenn ja, ob ihre Mutter je zurückgeschlagen hat, und ob ihre Mutter darum so selbstverständlich der Frau zur Seite gesprungen ist. Während Tevy die letzten roten Spuren wegwischt, denkt auch sie an ihren Vater, aber sie begreift, dass selbst wenn ihr Vater ihrer Mutter gegenüber gewalttätig gewesen wäre, damit keineswegs alle Fragen über die Beziehung ihrer Eltern beantwortet wären. Was Tevy stärker beunruhigt, ist die Gültigkeit der Annahme, dass jede Khmer-Frau – oder einfach jede Frau – mit jemandem wie ihrem Vater umgehen muss und was die Folgen dieses geduldigen oder verzweifelten Umgangs sind. Kann der Akt des Ertragens an sich schon zu Wunden führen, die bis in die Gedanken einer Person hinein bluten, fragt sich Tevy, und die Art und Weise verzerren, wie diese Person die Welt erlebt? Nur Sothys Gedanken drehen sich nicht um den Vater ihrer Töchter. Sie denkt stattdessen an die Frau – ob ihr zugeschwollenes Auge und ihre Prellungen wohl vollständig verheilen werden, ob sie jemanden hat, der sich um sie kümmert. Sothy hat Mitleid mit der Frau. Auch wenn sie Angst hat, dass der Mann sie verklagen wird, dass die Polizei ihre Version der Geschichte nicht glauben wird, ist sie vor allem dankbar, dass sie nicht selbst die Frau ist. Sie begreift mehr denn je, was für ein Glück es ist, dass sie ihre Familie von der Gegenwart ihres Ex-Mannes befreit hat.

Sothy lässt ihren Mopp zurück in den gelben Eimer sinken. »Bringen wir ihn ins Krankenhaus.«

»Es wird doch alles gut, oder?«, fragt Kayley.

Und Tevy antwortet: »Na ja, wir können ihn nicht einfach hierlassen.«

»Hört auf zu streiten und helft mir«, sagt Sothy und geht hinüber zu dem Mann. Sie hebt ihn vorsichtig an und legt sich einen Arm von ihm über ihre Schultern. Tevy und Kayley eilen auf die andere Seite des Mannes und versuchen, es ihr gleichzutun.

Draußen ist die Straßenlaterne immer noch kaputt, aber sie haben sich an die Dunkelheit gewöhnt. Während sie den Mann mit Mühe aufrecht halten, verriegeln sie die Tür und lassen das Rollgitter herunter, dessen Existenz sie schon fast vergessen hatten, um ausnahmsweise einmal Chuck's Donuts gegen die Welt zu sichern. Dann schleifen sie den schweren Körper des Mannes zu ihrem Auto auf dem Parkplatz. Der Mann, kaum bei Bewusstsein, fängt an zu stöhnen. Die drei Frauen von Chuck's Donuts haben, in der einen oder anderen Variante, alle den gleichen Gedanken. Dieser Mann, so wird ihnen klar, hatte für sie keinerlei Bedeutung, er verlieh ihrem Schmerz keinen tieferen Sinn. Sie können kaum fassen, dass sie so viel Zeit damit verschwendet haben, sich Gedanken über ihn zu machen. Ja, denken sie, wir kennen diesen Mann. Wir haben ihn unser ganzes Leben lang getragen.

SUPERKING SON
SCHLÄGT WIEDER ZU

Superking Son war ein Künstler, der in den Alltags-
geschäften eines normalen, angepassten Lebens auf-
gerieben wurde. Sicher, sein Talent konnte kaum zur
Entfaltung kommen, da er jeden Monat für den Import
genügend stacheliger Früchte für den Laden zu sorgen
hatte. (Er rekrutierte dafür deutlich zu viele unserer
Mings, um mit Koffern voller Jackfrüchte, mit Litschis
ausgestopften BHs und Unterhosen voller Wollen-
wir-lieber-nicht-wissen durch den Zoll zu marschie-
ren.) Sicher, er stank nach rohem Hühnerfleisch, rohen
Hühnerfüßen, roher Kuh, roher Kuhzunge, rohem Fisch,
rohem Tintenfisch, roher Krabbe, rohem Schweinefleisch, rohem Schweinedarm und frischem – so richtig frischem – Schweineblut, was alles in Aspik einge-
legt, in Würfel geschnitten und in Eimern aufbewahrt
wurde, bevor es am Sonntagmorgen in die Nudelsuppe
für alle geworfen wurde. Wenn wir den nur schwach
klimatisierten Laden betraten, hielten wir uns die Nase
zu, um nicht Gang sechs vollzukotzen und damit den
einzigen Gang mit amerikanischen Produkten zu ruinieren, den Gang mit Cola und Red Bull und zehn Jahre
alten Lunchables, die niemand aß (obwohl unsere Mas
ihre Einkaufswägen ohne mit der Wimper zu zucken

durch unser Erbrochenes geschoben hätten, ohne ihre kotzenden Enkel auch nur zu bemerken – sie hatten schon viel Schlimmeres gesehen). Und sicher, Superking Son war nicht nett. Er konnte grausam sein, sehr sogar. Kevin redet nicht mehr mit ihm, und Kevin war in der letzten Saison unser bester Smasher.

Doch obwohl wir das alles wussten (und rochen), vergötterten wir Superking Son. Er war ein Magic Johnson des Badminton, wenn so etwas denkbar wäre; eine Legende, heißt das, für die jungen Männer aus dem kambodschanischen Viertel (zugegebenermaßen eine Nischen-Fangemeinde). Die Bögen seiner Lobs, der sanfte Flug seiner Drops und die Flugkurven seiner Smashes konnte man, wenn man sie grafisch dargestellt hätte, für die exakte Markierung der Grenze zwischen dem Bekannten und dem Unbekannten halten. Er konnte Federbälle so hart schlagen, so schnell fliegen lassen, dass sie, wenn sie an uns vorbeizischten, das Kraftfeld zerschmetterten, das uns erdrückte und sich aus den überzogenen Erwartungen unserer Eltern speiste, deren paranoider Angst, dass unsere Welt jeden Augenblick zusammenbrechen könnte und wir wieder dahin zurückmüssen, wo wir herkamen, hungerleidend und arm und einem genozidalen Diktator unterworfen. Es wird erzählt, dass Superking Son in seiner Jugend ein noch besserer Spieler gewesen war, damals noch mit vollem Haar.

Für uns war Superking Son unser Badmintontrainer, unser Federballkönig. Und das würde er auch für immer bleiben. Wer war er aber für die anderen? Die

Antwort ist einfach – er war einfach der Typ aus dem Lebensmittelladen.

Wir suchten Superking Son für Rat auf – wie man mit halb rassistischen Lehrern umgeht, die uns gleichzeitig für geschäftstüchtige Gangster und Mathe-Nerds hielten, die *Engrisch* nix richtig sprechen, oder ob es tatsächlich so cool aussah, wie wir dachten, wenn wir unsere T-Shirts bis weit über den Hintern trugen. Und immer, wenn wir aufregende Neuigkeiten hatten, irgendwelche weltbewegenden Gerüchte, die wir von unseren Mas gehört hatten, wie damals, als Gong Sook verrückt wurde über der Wartung seiner Kühlfahrzeugflotte, bevor er auch nur einen Kubikmeter verkaufen konnte, rannten wir damit sofort zum Superking Grocery Store. Als Kyle uns also von dem Neuen in der Schule erzählte, Justin, und dass er ihn dabei beobachtet habe, wie er in der öffentlichen Turnhalle den Federball schmetterte und wahnsinnige Ausfallschritte über das gesamte Feld machte, Kobe-Bryant-Style, ließen wir unsere Skateboards fallen und rannten zu Superking Son.

Wir rannten los von der Stelle im Park, wo wir immer abhingen, weil unsere Tanten sich da nie breitmachten, um irgendwelchen Kram zu verkaufen, direkt neben der Middleschool, die wegen Bandengewalt geschlossen war, und wir rannten, weil wir nicht schnell skaten konnten. (Unsere riesigen T-Shirts reichten uns bis über die Knie und schränkten unsere Bewegungsfreiheit ein, aber wen interessiert schon Bewegungsfreiheit, wenn man extrem cool aussieht?) Obwohl es ein Februartag war und so kühl wie ein regenloser Winter in Kalifornien nur werden kann, kamen wir durch das Rennen ins Schwitzen. Als wir Superking Son im hinteren Lagerraum fanden, rann uns der salzige Schweiß in Strömen über die Körper. Wir sanken vor Aufregung und Erschöpfung auf den Boden, ein Haufen gelbbrauner Jungs.

Superking Son begrüßte uns, indem er uns abwehrend eine Handfläche entgegenstreckte. »Ihr Idioten haltet mal kurz die Schnauze, damit ich mich konzentrieren kann«, sagte er, obwohl wir noch kein Wort gesprochen hatten. Er besprach gerade mit Cha Quai Factory Son die Frage, wie viele Khmer-Donuts er diese Woche bestellen würde. Superking Son starrte konzentriert auf ein Klemmbrett, als würde er in dessen Seele blicken, und sein unablässiges Kauen auf dem Kuli war das einzige Geräusch im Raum.

»Komm schon, Mann«, sagte Cha Quai Factory Son, »was brauchst du so lange?« Er schnappte sich das Klemmbrett von Superking Son. »Bestell einfach das Übliche! Warum jede Woche von Neuem dieser Aufstand?« Er zückte seinen eigenen, unabgekauten Kuli und unterschrieb schnell die Rechnung, bevor ihn jemand windiger Geschäftspraktiken bezichtigen konnte. »Hör auf, immer so mit dir zu hadern«, fügte er kopfschüttelnd hinzu. »Ich bin locker zehn Jahre gealtert beim Warten auf deine Entscheidung.«

»Mach mir keinen Stress, nur weil ich ein guter Geschäftsmann bin«, sagte Superking Son.

»Der Typ besucht einen einzigen BWL-Kurs am Community College und ist auf einmal der CEO der kambodschanischen Lebensmittelgeschäfte«, sagte Cha Quai Factory Son, um ihn zu ärgern, und wedelte mit dem Klemmbrett herum. »Als wäre er Steve Jobs und diese verdorbenen chinesischen Würstchen hier MacBook Airs.«

Superking Son verschränkte die Arme vor seiner dicklichen Brust – vor der Fettschicht, die stetig wuchs, seit er den Laden übernommen hatte. »Okay«, sagte er, »alle raus aus meinem Lager. Ihr schwitzt wie die Schweine, und ich will nicht, dass dieser eklige Geruch an meiner Ware haften bleibt. Ich verkaufe Essen, das sich die Leute in den Mund stecken, verdammt nochmal.«

Wir baten unseren Trainer, nur kurz noch zuzuhören, und jeder von uns gierte nach seiner Aufmerksamkeit. Wir schwärmten von Justin, und von der Aussicht, dass er Kevins Nachfolger als bester Spieler unseres Teams werden könnte, davon, dass er, wie Kyle versicherte, die besten Drops gespielt hatte, die er in diesem Jahr in der Halle gesehen hatte.

»Die Halle beim Delta College?«, fragte Superking Son, und zog dabei jede Silbe sarkastisch in die Länge, wobei in den Pausen zwischen den Wörtern ein kompletter Shakespeare-Monolog hauste. »Das muss nicht viel heißen. In der Halle habe ich schon Spieler gesehen, die ihren Doppelpartnern aus Versehen mit dem Schläger die Fresse eingeschlagen haben.«

Da wir eigentlich nur das Team besser machen

wollten, waren wir über Superking Sons Reaktion enttäuscht. Zugleich waren wir aber auch nichts anderes von ihm gewohnt. Seine Reaktion war auch nicht schlimmer als das eine Mal, als sich eine schwangere Ming aus Morgenübelkeit in den Eimer mit gefrorenem Thunfisch erbrach und damit den rottigen Gewinn eines ganzen Monats ruinierte, was ihn dazu veranlasste, uns eine Woche lang jeden Tag zweihundert Burpees machen zu lassen. Und schon gar nicht vergleichbar war sie mit dem Mal, als seine Mutter beim Bodenwischen in der Gemüseabteilung ausrutschte und sich die Hüfte brach, direkt beim Pak Choy. (Wir sind uns sicher, dass er ab genau diesem Moment anfing, kahl zu werden. Nach der fünften Arztrechnung sah er aus wie Bruce Willis mit gelb-braunem Gesicht.) Wir sagten uns, dass Superking Son einfach nur gestresst war. Alle, auch unsere eigenen Eltern, verließen sich darauf, dass er sie mit Lebensmitteln versorgte. Er musste die Regale für den kommenden Monat auffüllen, sonst würde blankes Chaos ausbrechen, sagten wir uns, als müssten die Regale nicht ohnehin jeden Monat aufgefüllt werden.

»Bringt den Jungen mal zum Training mit, und dann schauen wir, wann der Erste von euch eins übergezogen bekommt.« Er stieg über uns hinweg, griff die Türklinke und sah von oben auf uns herab. »Ich meine es ernst«, sagte er. »Raus mit euch, oder ich sperre euch hier drin ein.« Sein Bizeps spannte sich, dieser kleine Teil seines Arms, der darum bettelte, größer zu sein, als er war.

Cha Quai Factory Son machte als Erster Anstalten zu gehen, blieb jedoch an der Tür auf einmal hinter Superking Son stehen. Er massierte die Schultern unseres Trainers und grub seine großen Bäckerhände knetend in dieses immer verspannte und schmerzende Gewebe. Wir sahen, wie Superking Son missbilligend die Augenbrauen zusammenzog, während ihm gleichzeitig ein leises, lustvolles Stöhnen entfuhr. »Ist gut«, sagte Cha Quai Factory Son. »Lassen wir den großen Jungen in Ruhe, damit er über das *Geschäft* nachdenken kann.« Dann gab er ihm einen Klaps auf den Bauch und stürmte aus dem Raum.

Superking Son versuchte noch, ihn zu packen, und fiel dabei fast zu Boden. Er verfehlte ihn, und zwar um deutlich mehr, als er je zugeben würde. Und als er sich nach vorne in das klaffende Loch der Tür beugte und zusah, wie sein Lieferant davonlief, wussten wir genau, dass er ihm noch einen letzten Kommentar hinterherrufen wollte. Aber er tat es nicht – vermutlich konnte er sich wieder mal für nichts entscheiden.

Es gibt Geschichten über Superking Son, die man kaum glauben kann. Heroische Geschichten, Geschichten, die angesichts physikalischer Gesetze, der Schwerkraft, der Grenzen des menschlichen Körpers unglaubwürdig klingen. Da ist die eine, in der sich der Doppelpartner von Superking Son während des letzten Spiels der Schulmeisterschaften den Knöchel verstauchte. Der Junge fiel zu Boden, genau in der Mitte des Feldes, und Superking Son spielte allein gegen die beiden besten Spieler des Teams von der Edison High und musste dabei immer über den verletzt am Boden liegenden Partner springen. Zehn Minuten lang hielt er das durch, bis einer der Edison-Spieler ebenfalls ausrutschte und sich den Knöchel verstauchte, was zu einem historischen Sieg für das Badmintonteam unserer Highschool führte. (Später erfuhr man, dass der Boden von den Hausmeistern poliert worden war, sie es aber versäumt hatten, die Badmintontrainer zu informieren. Die Jungs, die sich die Knöchel verstaucht hatten, verklagten die Schule, schlossen einen lukrativen Vergleich und haben jetzt beide eigene Häuser in Sacramento. Drei Schlafzimmer, zweieinhalb Bäder, alles, was das Herz begehrt.) Dann sind da noch die vielen Male, die er Cha Quai Factory Son im Einzel geschlagen hat, oft ohne ihm auch nur einen einzigen Punkt zu gönnen. Einmal wettete Superking Son mit Cha Quai Factory Son um hundert Dollar, dass er ihn schlagen könne, während er gleichzeitig einen Big Mac isst, in der einen Hand den Schläger, in der anderen einen saftigen Burger. Cha Quai Factory Son willigte ein, wollte aber den Einsatz verdreifachen, unter der zusätzlichen Bedingung, dass Superking Son dabei kein einziges Salatfitzelchen herunterfallen dürfe. In der ersten Hälfte spielte Superking Son so gut, dass er seinen Freund dazu brachte, ihm einen weiteren Big Mac und dann eine Schachtel mit zehn McNuggets zuzuwerfen. Am Ende des Spiels war der Boden der Turnhalle blitzblank. Cha Quai Factory Son weigerte sich daraufhin zehn Jahre lang, bei McDonald's zu essen.

Anfangs glaubten wir die Geschichten nicht. Wir dachten, Superking Son wolle sich wichtigmachen, Kinder beeindrucken, die über ein Jahrzehnt jünger sind als er. Dass er uns darum auch erlaubte, auf dem Parkplatz Skateboard-Tricks zu üben, und uns Gatorades schenkte (allerdings immer nur die gelben, die niemand kaufte, nie die hellblauen). Als wir dann in die Highschool kamen, übernahm Superking Son die Leitung unserer Badmintonmannschaft. So wie er in den Neunzigern schon seine Mitschüler als schulschwänzender Spieler mitgerissen hatte, gelang es ihm auch jetzt, unser Team zu einer regionalen Meisterschaft zu führen. (Es gab keine Möglichkeiten, an Staats- oder Landesmeisterschaften teilzunehmen, keine Scouts von den großen Unis, die mit Sportstipendien in der Tasche Spieler auskundschafteten. Es geht nun mal um gottverdammtes Badminton.) Superking Son führte uns an die Spitze der Tabelle im Central Valley – das erste Mal, dass wir uns die Nummer eins in irgendwas nennen durften. Und was noch wichtiger war: Allein durch die kleinen Gesten – den flüssigen Schwung seiner Handgelenke beim Vorführen eines Schlages, seine Fähigkeit, den Federball nur mit Schläger und Fuß aufzuheben und dann quer durch die Halle präzise zu jedem beliebigen Spieler zu schlagen, wie er sich in Ballwechsel einschaltete und nur mit der linken Hand schlug, um den Spieler neben ihm, dem er etwas beibringen wollte, nicht zu verletzen – wurde uns klar, dass die Geschichten stimmten.

Justin zeigte sich unbeeindruckt. Er war der Neue, der in einem fetten Mustang zur Schule kam, den er direkt neben Kyles Minivan parkte, einer dieser Schrottkisten, die der Werkstatt überlassen und dort dann aufgemöbelt und an kambodschanische Frauen wie Kyles Mom verkauft werden, die ungeduldig den Tag herbeisehnen, an dem ihre älteren Kinder ihre jüngeren herumchauffieren können. (An der Art, wie Justin sein tiefschwarzes Haar in Spitzen aufzwirbelte, konnten wir sehen, dass er mit großer Sicherheit noch vorhatte, rote, gelbe und blaue Flammen auf die Fahrerseite seines Mustangs zu sprühen.) Also nein, Justin war nicht beeindruckt von den verlassenen Parkplätzen, auf denen wir abhingen, von der Mall, die so schlecht lief, dass sogar Old Navy zumachen musste, von den Pop-up-Restaurants in den Mietwohnungen von Kambodschanern, in denen wir dampfende Tassen Kuy Teav in kakerlakenbefallenen Küchen schlürften, und ganz sicher sah er in Superking Son nicht das, was wir in ihm sahen.

Aber Justin war, trotz aller Überheblichkeit, ein verdammt guter Badmintonspieler. Dazu kam, dass er uns nach der Schule Ein-Dollar-Menüs mit Chicken-Sandwiches spendierte und uns in seinem Mustang herumfuhr, während wir dieses mysteriöse Fleisch in uns aufsogen. Und wir verstanden, was er meinte, denn dieses Jahr war Superking Son tatsächlich neben der Spur.

Das Training war eine Katastrophe. Zwei Wochen lang tauchte Superking Son zu spät auf, die Kleidung voller Schweißflecken (wir hofften zumindest, dass es

Schweiß war), die Haare verklebt von Fischinnereien und Schweinedärmen, die die Halle verpesteten. Zwei Wochen, in denen er Ausfallschritte und Crunches falsch zählte und das Planking nicht beendete, bevor wir vor Schmerzen auf den Boden sanken – er schaute ständig auf sein Handy, anstatt darauf zu achten, was wir gerade taten. Und er vergaß ständig Kyles Namen. Kyle, dessen Vater jede Woche in den Superking Grocery Store kam, um Lottoscheine und Fischölpillen zu kaufen. (»Ich muss gesund sein, wenn ich auf einmal reich werde«, sagte er immer und küsste dann seinen Lottoschein und die Pillen als Glücksbringer.) Kyle, den Superking Son praktisch schon als Baby kannte, da seine Mutter auf Kyle aufpasste, als der noch in den Windeln lag. (Babysitten bedeutete für sie, einen nackten Säugling in einem Einkaufswagen stundenlang durch die Gänge des Ladens zu schieben.)

»Was ist eigentlich mit eurem Trainer los?«, fragte Justin eines Tages, als er ein paar von uns nach dem Training nach Hause fuhr. »Ich will gar nicht schlecht über ihn reden«, fuhr er fort, »aber da wäre Tai Chi mit den alten Frauen im Park besser für meine Kondition. Warum trainieren wir immer nur die linke Seite, weil mal im Ernst, wenn das so weitergeht, habe ich völlig unterschiedliche Muskeln und kippe zur Seite um.«

Wir wussten es zwar selbst nicht, sagten ihm aber, er müsse sich keine Sorgen machen, manchmal wachse Superking Son das Geschäft über den Kopf. Manchmal sei unser Trainer so gestresst, dass er nicht mehr klar denken könne.

»Erstaunlich, dass sich der Laden hält, so wie es da aussieht«, sagte Justin. »Was für ein Drecksloch. Aber ich hoffe, ihr habt recht. Meine Mom macht mir Stress wegen College-Bewerbungen. Sie will, dass ich mit Badminton aufhöre und bei den Model United Nations mitmache, aber ich sage ihr immer, dass der Trainer angeblich so eine Legende ist und das Team Turniere gewinnen kann. Versteht mich nicht falsch, ich will weiter Badminton spielen, aber ... bei den Model United Nations gibt es ziemlich süße Mädchen ... in süßen Blazern ... die die Welt ein bisschen kennen.«

Als Justin in Fantasien schwelgte, wie er all die Mädchen mit seiner gespielten Diplomatie und politischen Strategie beeindruckt, sahen wir, wie er sich aus unserer Welt entfernte. Wir sahen dieses fürs College vorherbestimmte Stadtkind, diesen Mustang-fahrenden Badmintonspieler, und wie er zu gut sein könnte für unser Team, unsere Schule, unsere kambodschanische Community. Sicher, Justin war Kambodschaner, aber er schien anders als wir. So sieht das also aus, dachten wir, wenn dein Vater Apotheker ist. Wann immer man wollte, wann immer einem etwas nicht mehr nützlich schien, oder wann immer einem einfach langweilig wurde, konnte man einfach etwas Neues beginnen, wie zum Beispiel Seminare bei den Model United Nations.

Unser Plan war es, bei Superking Son eine Intervention durchzuführen. Wir mussten etwas tun, um Justin halten zu können. Eine Woche lang traf sich unser

Team jeden Tag zur Mittagszeit – natürlich ohne Justin und Superking Son –, um Interventionsstrategien zu besprechen, Argumente und Gegenargumente, wer welchen Punkt anbringen würde und in welcher Reihenfolge und wo genau jeder von uns stehen sollte, um Solidarität zu bekunden. Wir schmiedeten sogar Notfallpläne, mit einem Fluchtweg, falls Superking Son ausflippen und uns Waren an den Kopf werfen sollte (was eigentlich fast immer passierte). Als wir aber im Laden ankamen, bereit für die Konfrontation, sahen wir Superking Son im Hinterzimmer inmitten einer Gruppe von Leuten stehen, die wie eine Art Miliz wirkten, nur ohne die Gewehre und kugelsicheren Westen. Wir sahen unsere Hennessy-getränkten Onkel, die älteren Halbgeschwister, über die niemand zu sprechen wagte, und die Cousins, die zwar auf unsere Schule gingen, aber nie zum Unterricht kamen.

Wir beobachteten sie heimlich, aus einem Versteck hinter den Kistenstapeln. Superking Son stand in der Mitte des Kreises und starrte konzentriert auf den Boden. Seine Hand schien mit seinem Kinn verwachsen. Vor seinen Augen entfaltete sich offenbar eine geisterhafte Vision, die ihm die Farbe aus dem Gesicht trieb. Cha Quai Factory Son war auch da, seine Hände lagen auf den Schultern von Superking Son, als würde er ihn trösten und gleichzeitig davon abhalten, etwas Dummes zu tun. Eine Welle von Geldscheinen durchlief die Hände im Kreis und stockte nur, wenn sie gezählt und wieder gezählt wurden, wahrscheinlich um sicherzugehen, dass niemand einen Schein eingesteckt hatte.

Wir beobachteten die Männer heimlich aus unserem Versteck und überlegten jeder für sich, welche Gründe es für dieses Treffen geben konnte, die möglichst unschuldig und harmlos waren und nicht den Gesetzen der pseudobuddhistischen karmischen Vergeltung unterlagen. Wenn wir ehrlich waren, fiel niemandem von uns ein einziger solcher Grund ein, der auch nur im mindesten plausibel war.

Das Badmintontraining wurde nur noch schlechter. Superking Son trainierte alle außer Justin, tat fast so, als existiere er nicht und wies ihn nicht einmal zurecht. Doch wenn wir Justin bei einem Spiel zuschauten und bejubelten, wie er einen Smash nach dem anderen schlug, hätten wir schwören können, dass auch Superking Son seinem Talent mit Bewunderung zusah und sein Spiel analysierte, nach Fehlern suchte und keine fand. Manchmal sahen wir in seinem Blick etwas Dunkleres, Schwelendes, einen Ausdruck, als schmiede er einen Plan, angetrieben von Neid, doch wendete er den Blick dann stets von Justin ab und sah aufs Handy, zum tausendsten Mal, und ließ die Sorge um den Laden seines Vaters, wie immer, über seine Liebe zum Badminton siegen.

Justin wiederum ignorierte Superking Sons Anweisungen und trainierte einfach nach seinem eigenen Plan. In dieser ersten Woche bestand ihre einzige Interaktion darin, Justins Trainingspartner Ken, diesem armen (das meinen wir wörtlich) und unglücklichen Trottel, widersprüchliche Anweisungen zu geben. Training um Training forderte Superking Son Ken auf, seine Drops zu üben, Justin befahl Smashes, Superking Son schrie Ken an, weil er keine Drops machte, Justin weigerte sich weiter, die Übungen zu ändern, Superking Son ließ Ken Runden ums Spielfeld laufen, weil er seine Autorität untergraben hatte und so weiter, bis Ken aus dem Training ausstieg, sich in der Umkleidekabine versteckte und eine Zigarette rauchte, um seine Nerven zu beruhigen. (Er stahl Packungen von seinem Vater, der Marlboro Reds im Großhandel bei Costco kaufte. Sein Vater verteilte sie an Verwandte in Kambodscha wie Süßigkeiten, um vor ihnen den großen Börsentycoon aus Amerika zu markieren.)

Eines Tages eskalierte das Ganze, als Superking Son so viel zu spät kam, dass Justin, als er das Warten satthatte, die Rolle des Trainers übernahm und mit der Anleitung der Übungen begann. Wir wussten, dass Superking Son wütend sein würde. Wir hatten gesehen, wie er Kassiererinnen feuerte, weil sie gegen seine Politik des absoluten Verbots von zwei Tüten übereinander verstoßen hatten, und Metzger, weil sie seine persönliche Bürotoilette benutzt hatten. (Natürlich stellte er alle, die er feuerte, wieder ein, egal wie viel Schweineblut sie in seinem Klo und über die falschen Granitfliesen verschmiert hatten, denn seine Mutter hörte von So-und-Sos Tante, dass So-und-Sos Kinder Essen auf dem Tisch und eine Zahnspange für ihre schiefen Zähne brauchten, weil sie besagtes »Essen auf dem Tisch« mit ihren Überbissen und schiefen Schneidezähnen nicht gekaut bekamen.) Gleichzeitig standen wir auf *Justins* Seite. Wir konnten seine Verärgerung nachempfinden. Wir sahen aus wie eine Gruppe blöder Idioten, wie wir auf dem Hallenboden im Schneidersitz rumsaßen und warteten und so taten, als würden wir irgendwelche Übungen machen, damit der Hausmeister uns nicht rausschmiss, um den Boden putzen zu können.

Justin hatte Charisma, was in diesem Fall die Fähigkeit bedeutete, uns – Mitschüler ungefähr gleichen Alters – anzuleiten und dabei nicht wie ein Arsch zu klingen. Zum ersten Mal verlief das Training reibungslos, nichts störte den Fluss unserer Schlagübungen, keine Schrullen oder Verzögerungen oder widersprüchlichen Anweisungen. Wir wurden zu einer gut geölten Maschine fliegender Federbälle, mit perfekten Bewegungen der Handgelenke. Niemand traf andere Spieler mit dem Schläger am Kopf.

»Was zum Teufel ist hier los?«, hörten wir jemanden rufen und sahen zur Doppeltür hinüber, in der Superking Son stand. Aus seinem Handy, das er fest umklammert hielt, drangen gedämpfte Stimmen, unheilvoll klingend und unverständlich.

»Sie waren nicht da, also habe ich schon mal mit den Übungen begonnen«, antwortete Justin, unserem Trainer den Rücken zugewandt. Dann korrigierte er weiter Kyles Schlägerhaltung, während Superking Son quer durch die Halle stürmte. Kurz darauf standen sie sich gegenüber, nur wenige Zentimeter voneinander entfernt. Superking Son sah ihm mit glühendem Blick in die Augen. Justins Blick blieb kalt.

»Sag das nochmal, Junge«, sagte Superking Son und klang dabei so, als würde er an einem Wettbewerb für schweres Schnaufen teilnehmen. Er richtete sich auf, zog die Schultern nach hinten, wobei uns auffiel, wie viel größer als unser Trainer Justin war.

»Wir haben über eine Stunde gewartet. Haben Sie erwartet, dass wir rumsitzen und nichts tun, bis Sie kommen?« Nur eine Spur von Trotz, von Sarkasmus, schwang in seinen Worten mit, aber Superking Son streckte dennoch die Brust vor. Sein Gesicht glühte vor Wut, das Rot schoss ihm bis über die Glatze. Wir machten uns darauf gefasst, dass Superking Son jetzt aus allen Rohren feuern würde, dass Justins stoische Fassade unter der Wucht der aufgestauten Flüchtlings-scheiße und dem Frust über den Haarausfall zu brö-ckeln beginnen würde. Wir dachten, dass es das dann war mit Justin als eigentlichem Mannschaftskapitän, als Ersatztrainer, oder dass ihre Konfrontation das Training zumindest noch unangenehmer machen und in der Folge Ken zum harten Kettenraucher würde, mit komplett zugeteerter Lunge.

Superking Son holte tief Luft, doch gerade als wir uns auf seine wüstesten Beschimpfungen gefasst machten, zögerte er. Vielleicht war ihm bewusst ge-worden, wie armselig es für einen Ladenbesitzer, einen steuerzahlenden erwachsenen Mann war, sich mit einem milchgesichtigen Schüler zu streiten. Vielleicht war er jetzt doch besser der besonnene Trainer, der er auch sein konnte. Superking Son war schließlich einer von den guten kambodschanischen Kerlen. Er gehörte nicht in die lange Tradition von Scheißtypen, die noch als Erwachsene auf der Couch ihrer Mutter schliefen und sich von ihr bekochen ließen (Kevins älterer Bruder zum Beispiel hatte einen anständigen Job beim Straßenverkehrsamt und lebte trotzdem bei seiner Mutter, zahlte ihr einen Scheißdreck an Miete und half im Haushalt nicht mit, weil er die ganze Zeit mit seinen Videospielen beschäftigt war. Natürlich platzte ihr eines Tages der Kragen, wie hätte es auch anders kommen können? Sie zündete schließlich seine Playstation an, als er gerade am Ende einer Call-of-Duty-Kampagne ankam.) Indem Superking Son den Lebensmittelladen übernahm, würdigte er das Lebenswerk seines Vaters. Er hatte die harte Arbeit seines Vaters fortgeführt und dafür gesorgt, dass die Mühen und das Leid im Leben dieses armen Geflüchteten nicht umsonst gewesen waren. Wir schauten zu Superking Son auf. Und wir wollten, dass das so bleibt.

Aus seinem Handy ertönte ein Klingelton, dessen eintöniger Klang Superking Son zur Räson kommen ließ. »Macht da weiter, wo ihr aufgehört habt«, rief er, und machte sich auf den Weg zum Ausgang. Panisch rief er den Anrufer zurück, den er offenbar unter keinen Umständen brüskieren wollte, und als er im Gang und dann in der Ferne verschwand, hörten wir ihn »Sorry, Sorry, Sorry« rufen.

In der Woche darauf hängte Superking Son die Aufstellung für unser erstes Saisonspiel aus. Wir drängten uns um die Liste, in Erwartung der Enttäuschung oder Freude über unsere Platzierungen, um zu sehen, ob wir uns einen der attraktiven B- oder sogar A-Mannschaftsplätze gesichert hatten, oder ob – Gott steh uns bei, Buddha segne uns – Superking Son uns zu den Freundschaftsspielen verbannt hatte, wo wir mit den Neulingen versauern würden. Wir wussten, dass Justin auf Platz eins im Einzel stehen würde – als offizieller Mannschaftskapitän. Seit Wochen schon schwelgten wir in Fantasien, wie er die anderen Platz-eins-Spieler vernichten würde, sie zum Weinen bringen, selbst den arroganten Typen von der Edison High mit dem tausend Dollar teuren Schläger. (Der Witz an der Sache war, dass es ein gefälschter Yonex deluxe war, den Kyles geschäftstüchtiger Cousin ihm angedreht hatte.)

»Kommt schon, Leute, macht hin«, sagte Justin, der mit verschränkten Armen hinter uns stand. »Ich brauche was zu essen vom 7-Eleven.« Wir drehten uns langsam zu ihm um und starrten ihn an. »Was ist das Problem?«, fragte er. »Ihr wisst doch, dass ich meine Steak-and-Cheese-Taquitos brauche.«

Wir standen wie versteinert da angesichts der Entdeckung, dass Justin in der Rangliste fürs Einzel nicht auf Platz eins stand, nicht einmal auf Platz zwei, sondern auf einem lächerlichen dritten Platz. Uns standen die Münder offen; wir waren sprachlos. Ken, der jetzt auf Platz eins stand, damit unser designierter Mannschaftskapitän und überhaupt nicht bereit für diese Verantwortung war, begann so schwer zu atmen, dass er fast hyperventilierte (gut, die vielen Zigaretten machten die Sache nicht besser). Aber Justin stand nur stumm da und starrte auf die Aufstellung, obwohl er von der Liste so weit entfernt war, dass man nicht wusste, wohin er eigentlich blickte.

Vielleicht dachte er über seine nächsten Schritte nach, einen raffinierten Racheplan, um die Entscheidung von Superking Son zu untergraben. Er konnte einen Aufstand machen, so wie seine Mutter, als Mr. White die Frechheit besessen hatte, ihm eine Zwei minus für seine Hausarbeit über den Bürgerkrieg zu geben. Er konnte aber auch aufgeben, Schluss machen, sich Taquitos holen und nach Hause fahren. Wir konnten seinem Gesichtsausdruck nicht entnehmen, was er dachte oder fühlte. Was wir sahen, schien weniger Wut als Mitleid zu sein. Es war traurig, dass Superking Son so tief gesunken war. Hier war einer von den guten kambodschanischen Kerlen, der einen Teenager, halb so alt wie er selbst, unfair behandelte. Vielleicht sahen wir in Justins Gesichtsausdruck das, was wir alle selbst dachten.

Diesmal suchten wir tatsächlich die Konfrontation mit Superking Son. Wir fanden ihn auf einem Schemel sitzend, im letzten Gang, wo sich selten Kunden aufhielten. Um ihn herum standen Töpfe und Pfannen, billiges orientalisches Geschirr und Schüsseln und die Päckchen Gebetsräucherwerk, die Mas kauften, um ihre Schlafzimmer in selbst gestaltete Mausoleen für die im Genozid Umgebrachten zu verwandeln.

Wir kniffen die Augen zusammen, weil die Beleuchtung des Ladens nicht bis zu diesem Gang reichte, und schauten zu ihm hinunter, weil er fast auf dem Boden hockte. »Bitte, Trainer«, flehten wir ihn an, »Sie müssen die Rangliste für das Team überdenken.«

»Habt ihr Idioten es nicht satt, in mein Drecksloch zu kommen?«, fragte er wie benommen und blickte durch uns hindurch, entweder auf sein Leben oder den verschütteten Reis, den er früher oder später, nachdem er seine Kassiererinnen vergeblich dazu gedrängt haben würde, selbst auffegen musste.

Wir erklärten ihm, dass wir es ernst meinten, dass es keinen Sinn ergab, Justin auf Platz drei aufzustellen, auch nicht für den Fall, dass wir weiterkämen und noch gegen andere Teams antreten würden. Wir erklärten ihm, dass wir alle Spiele mit den auf eins und zwei gesetzten Spielern verlieren würden. Superking Son seufzte, ohne uns wirklich zuzuhören. Er hatte den gleichen Polizeifoto-Ausdruck wie unsere Gongs, wenn wir sie zu Olive Garden zum All-you-can-eat-Buffet mit Suppe, Salat und Grissini schleppten – den Ausdruck widerstandsloser Verachtung.

»Badminton«, sagte er und seufzte nochmal. »Mein Körper ist wie dafür geschaffen, ganz im Ernst. Wenn ich ein Match gespielt habe, musste ich nie nachdenken, keine Entscheidungen treffen, ich geriet nie unter Stress. Ich habe einfach … gespielt, versteht ihr? Ich war immer überzeugt, wirklich felsenfest überzeugt, dass Kambodschaner wie ich, Kambodschaner, die in der richtigen Gegend groß geworden sind, einfach was mitbringen, das wie geschaffen ist für Badminton. Wir hatten es nicht so gut, wie ihr es jetzt habt. Wir mussten mit einer Menge Scheiße fertigwerden.« Er breitete die Arme aus, als wolle er uns zeigen, dass der Laden genau das war: ein Haufen Scheiße. Oder er meinte uns, unser Problem mit seiner jüngsten Entscheidung als Trainer, wie wir immer zu ihm kamen für Rat, und den Druck, sich mit *unserem* Scheiß auseinanderzusetzen.

Superking Son redete weiter, und ein paar von uns schwärmten aus, um Gatorades und Snacks ranzuschaffen. Wir brauchten eine Stärkung, um seinem Monolog über die Generationsunterschiede in der Ethik des Badminton weiter zuhören zu können. »Ihr Idioten werdet es nie ganz verstehen«, sagte er. »Genau wie die Versager in meinem Alter, die die ganze Pol-Pot-Scheiße nie verstehen werden.«

Wir fingen an, in Seetang gewickelte Funyuns in uns reinzustopfen. Wir fragten ihn, was das alles mit unserer Teamaufstellung zu tun hatte, mit Justins Position auf der Rangliste, mit uns.

»Wie oft muss ich euch das noch einhämmern?«, sagte er. »Badminton ist ein Balanceakt. Man braucht sowohl Kraft als auch Anmut. Man schlägt den Ball nur aus dem Handgelenk. Nichts von diesem Tennis-Unsinn, dass man den ganzen verdammten Arm schwingen muss. Und um den sanften Schlag eines Drops hinzubekommen, muss man die Kraft des gesamten Körpers einsetzen, um sich übers Feld zu werfen. Dann hältst du ein, kurz bevor der Ball auf den Schläger trifft, und dann schlägst du den Ball. Ihr glaubt, euer All-Star-Spieler sei gut, aber ich habe doch gesehen, wie er mit diesem widerlich protzigen

Mustang herumfährt.« Einen Augenblick lang befürchteten wir, er würde uns jetzt vorwerfen, dass wir bei Justin mitfuhren, dass wir von seinem Reichtum profitieren wollten. »Er ist ein verwöhntes Arschloch«, fuhr Superking Son fort. »Sein Vater tut so, als ob er mit seiner tollen Apotheke was Besseres sei als wir. Und seine Mutter: Fragt gar nicht erst, die kauft nicht mal hier ein! Sie hält meinen Laden für unter ihrer Würde, kann man sich das vorstellen? Ihr solltet mal hören, wie seine Eltern angeben, wenn man so dumm ist, ihnen zuzuhören. Sie protzen damit, was für ein Genie ihr Sohn ist, dass er auf eine richtige Universität gehen wird, wie hart er für die Schule schuftet, als wäre das echte Schinderei, Übungsbücher zu lesen und Differenzialrechnung zu lernen. Mein Gott, dieser Idiot hat keinen Schimmer, was es heißt, hart zu arbeiten. Und das heißt eben auch, dass er keine Ahnung von Badminton hat, weil Badminton Arbeit bedeutet, echte Arbeit! Man muss trainieren, bis sich das Handgelenk anfühlt, als stünde es in Flammen. Als ich in eurem Alter war, habe ich das Regaleinräumen hier als Training genutzt. Ich habe Kartons mit diesen scheiß Chips, die ihr gerade esst, nur aus dem Handgelenk hochgeschleudert!«

In diesem Moment zuckte er zurück und stieß dabei einen Stapel Geschirr um, worauf wir vor Schreck fast an unseren Funyuns erstickten. Wir hatten auf die Ausführungen von Superking Son natürlich nichts zu erwidern, teils wegen der irren Logik, vor allem aber, weil wir es anders sahen. Es war sehr wohl schwer, gut in der Schule zu sein, besonders als Kambodschaner. Und forderte man von uns nicht genau das, den sozialen Status von Justins Familie anzustreben? War es nicht das, was man sich von uns erhoffte, dass wir aufs College gehen und Apotheker werden? Hatten unsere Eltern nicht genau dafür so hart gearbeitet? Waren unsere Vorfahren nicht dafür verdammt nochmal *gestorben*? Aber wir wussten nicht, wie wir es ihm sagen sollten, wie wir uns gegen einen Mann auflehnen sollten, der so viel emotionalen Ballast mit sich herumtrug, dass wir uns fast verpflichtet fühlten, ihm für das Tragen der Lasten Trinkgeld zu geben.

»Scheiße«, sagte Superking Son, »Badminton war das Einzige, was mich glücklich gemacht hat. Was für ein beschissener Witz.« Er ließ den Kopf in die Hände sinken. »Dieser Laden ist komplett im Arsch.«

Wir blickten uns um – zur Fleischtheke, überzogen mit Blut und Eingeweiden, zu den Reissäcken, die sich bis unter die Decke stapelten, und den fettigen Khmer-Donuts, die von Cha Quai Factory Son geliefert wurden und so gut schmeckten, dass es schwer war aufzuhören, bevor einem schlecht wurde. Plötzlich sah der Raum karger aus, blasser, als seien die Wände an Grippe erkrankt. Wurden die Neonröhren an der Decke schwächer und verfälschten unsere Wahrnehmung? Oder hatten wir den Laden noch nie von diesem Gang aus gesehen? Wir fragten ihn, ob er nicht eine Auszeit vom Training nehmen wolle, nur für ein paar Wochen. Wir drängten Superking Son, sich ganz auf das Geschäft seines Vaters zu konzentrieren, und versicherten ihm, dass wir in der Zeit beim Training ohne ihn klarkämen. Justin konnte die Übungen anleiten und uns Tipps geben, was wir natürlich nicht erwähnten, wir waren ja keine Idioten. Wir spürten, dass mit dem Laden etwas nicht stimmte und wollten, dass er sich darum kümmert.

»Ich kann nicht den ganzen Tag hier sein. Wozu denn.« Wir sahen zu, wie er sich langsam erhob. Er bereitete sich innerlich darauf vor, sich dem zu stellen, was ihn diesen Gang überhaupt erst hatte aufsuchen lassen. »Dieser Laden ... ekelt mich an«, sagte er, vor allem zu sich selbst. »Schon immer.« Er strich sich übers Hemd, als würde das, was so ekelhaft war, über seinen Bauch kriechen und er es abzustreifen versuchen, als hätte die Essenz des Superking Grocery Store seinen Körper in Beschlag genommen.

Die nächsten Tage waren ruhig. Superking Son sagte jedes Training ab und ordnete an, dass wir zu Hause bleiben und uns ausruhen sollten. Uns fielen merkwürdige Verhaltensweisen auf, und niemand wollte sie uns erklären, nicht unsere sonst so gesprächigen Mings und Mas, nicht Cha Quai Factory Son – warum Superking Son den Laden mitten in der Woche auf einmal geschlossen ließ, warum er nicht zur Verlobungsfeier von Kevins Cousin zweiten Grades erschienen war. Auch Justin war uns ein Rätsel. Er schlich durch die Schulkorridore und dachte über den nächsten Schritt gegen Superking Son nach. Beim Mittagessen schimpfte er, dass es ein Affront gegen unsere Männlichkeit sei, so kurz vor einem bevorstehenden Spieltag nicht zu trainieren.

An dem Nachmittag, an dem das Training wieder aufgenommen wurde, kaufte Justin uns Burritos mit Bohnen und Käse und spendierte uns sogar eine Literflasche Mango-Slurpee, die wir uns teilten. Während der Schule erwähnte er Superking Son kein einziges Mal. Wir fanden sein Verhalten merkwürdig, aber kostenloses Essen schlugen wir nie aus. Wir hatten nichts mehr spendiert bekommen, seit der andere Halbbruder von Kyles Halbschwester in dem besseren Walmart zum stellvertretenden Filialleiter befördert worden war. (Alle Kambodschaner im Viertel hatten sich über die Beförderung gefreut, da sie zehn Prozent Rabatt und kostenlose Proben bedeutete, bis der Typ gefeuert wurde, weil er mit seiner Freundin auf der Toilette rumgemacht hatte.)

Das Dehnen und Aufwärmen verlief so reibungslos wie immer, in dem Sinne, dass Superking Son wie üblich zu spät kam und abwesend wirkte. Justin bot an, ein paar Übungen mit uns zu machen. Anfangs waren wir zögerlich. »Alles entspannt«, sagte er, mit zu viel Eifer in der Stimme, um ihm das »entspannt« abzunehmen. »Was kann im schlimmsten Fall passieren?«

Und natürlich trat der schlimmste Fall ein. Gut, vielleicht nicht der schlimmste; nichtsdestotrotz nahm die Katastrophe ihren Lauf, als Superking Son hereinkam, von seinem Handy aufschaute und sich inmitten eines Tornados von Federbällen wiederfand und dann von einem ahnungslosen Siebtklässler mit dem Schläger am Kopf getroffen wurde. »Was zur verdammten Hölle ist hier los?«, schrie er, nachdem er dem Siebtklässler den Schläger aus der Hand gerissen und auf den Boden geschmissen hatte. Woraufhin Justin zu lachen anfing – hysterisch oder gespielt hysterisch. Er beugte sich vor, mit verschränkten Armen. »Du hast irgendwas vor, oder?«, sagte Superking Son und deutete auf Justin. »Du versuchst, mich zu provozieren.«

»Gut erkannt, Einstein – du hast mich erwischt!« Alle drehten sich zu Justin um. Er lief durch die Gruppe von Spielern, über die am Boden liegenden Federbälle hinweg. »Ich fordere Sie zu einem Match heraus«, sagte er und blieb vor unserem Trainer stehen.

Die umstehenden Spieler reagierten verwirrt und ungläubig, während Ken plötzlich nach Luft schnappte. (Thema Raucherlunge.)

»Meinst du das ernst?«, sagte Superking Son in einem möglichst herablassenden Ton, der aber kaum Wirkung entfalten konnte, da Justin vollkommen aufrecht vor ihm stand und ihn deutlich überragte.

»Ja, und wenn ich gewinne«, sagte Justin, »müssen Sie mich auf Platz eins aufstellen.«

Superking Son stieß ein verstörendes Lachen hervor. »Und was passiert, wenn du verlierst?«

»Dann höre ich auf«, sagte Justin. »Ganz einfach. Dann müssen Sie sich nicht mehr damit herumschlagen, dass ich Ihre ewige Ich-bin-der-Trainer-und-verlange-Respekt-Nummer sabotiere.«

»Wie langweilig«, sagte Superking Son spöttisch.

»Gut«, sagte Justin, »wenn ich verliere, werde ich

bei jedem Training und Wettkampf die Federbälle einsammeln.« Bei diesem Vorschlag wurden wir besonders hellhörig – das Säubern des Bodens von den zerfledderten Federbällen war wahrscheinlich das Schlimmste am vereinsmäßigen Badminton. »Und ich halte die Klappe und bleibe auf Platz drei.«

Superking Son riss Kyle den Schläger aus der Hand. »Abgemacht, du Vollidiot.«

Wir drängten uns um das Feld in der Mitte, das einzige, das durch die spärliche Beleuchtung voll erhellt wurde. Superking Son überließ Justin den ersten Schlag – mit den Worten »Dann zeig mal, was du draufhast« reichte er ihm den Federball –, und direkt mit der Angabe von Justin stürmte Superking Son vor ans Netz. Er schmetterte den Ball so hart, dass er vom Boden abprallte und Ken im Gesicht traf und dort eine riesige rote Beule hinterließ. Vom Rest der Mannschaft hörte man *Krrraaaassss!* und *Ooooohhhhh*, während Ken schrie: »Mein Gesicht! Mein Gesicht, Mann!«

Von Beginn an waren die beiden Gegner wie Tanzpartner. Superking Son lobbte den Ball, aber Justin brachte ihn immer zurück, was in einen grandiosen Schlagabtausch von Smashes am Netz mündete, bei dem keiner der beiden einen Punkt erzielen konnte, für eine gefühlte Ewigkeit. Dann spielte Justin eine Reihe von riskanten Drops, wobei Superking Son, wie er es uns beigebracht hatte, immer einen kräftigen Ausfallschritt nach vorne machte und Schläge spielte, die Justin wiederum mit seiner makellosen Grifftechnik zuverlässig wie ein Uhrwerk abwehrte. Und es versteht sich von selbst, dass natürlich immer, wenn einer von ihnen hochsprang, um zu schmettern, der andere direkt auf die Knie ging, den krachenden Schlag zurückbrachte und den Schmerz der aufgeschürften Stellen wegsteckte, die sich an den Knien bildeten.

Vor unseren Augen entfaltete sich das schönste und beeindruckendste Badminton. Ihr Spiel wurde durch das Gegenüber mit einer Intensität angeheizt wie der zweier Mas, die ihre Enkelkinder zur Sau machen. Die Füße glitten über den Platz, hüpften, sprangen, grätschten. Die Schlägersaiten zitterten. Federbälle flogen haarscharf über die Netzkante. Beide waren so mühelos in ihrer Technik, so im Einklang mit ihrem eigenen und dem Körper des anderen, dass sie wie von einem göttlichen Puppenspieler gelenkt wirkten. Wir jubelten bei jedem Punkt und jeder kaum vorstellbaren Rettungstat. Wir fieberten mit, bis all die unglaublichen Schläge zu einem einzigen perfekten Schlag verschmolzen.

Doch dann verstummten wir. Unsere müden Augen empfanden die schiere Athletik als zu routiniert. In der zweiten Hälfte des Spiels stellte sich tatsächlich Langeweile ein. Statt weiter zuzuschauen, holten einige von uns ihre Schulbücher raus und lernten. Ken legte sich auf eine Bank auf der Tribüne und kühlte sich mit einem Eisbeutel die geschwollene Wange. Andere kramten ein Kartenspiel hervor und begannen eine Runde Big Two zu spielen. (Was tatsächlich das fesselndere Spiel war. Kyle verspielte sein Herz-Ass, verlor zehn Dollar und brachte seine Pläne für das

Wochenende komplett durcheinander – die Wette ging so, dass der Verlierer die Ma des Gewinners zu dem Tempel im Nirgendwo beim schrottigen Walmart fahren musste.) Superking Son und Justin waren zu gut. Sie wussten stets, was der andere als Nächstes tun würde. Keiner der beiden Spieler hatte je mehr als zwei Punkte Vorsprung. Es gab keine Dramatik, keine Spannung oder Reibungen, keinen Außenseiter, der überraschend stark war. Und als Superking Son schließlich den finalen Punkt zum Sieg machte, ließ es alle kalt. Sogar Justin schien teilnahmslos.

Wen es aber alles andere als kaltließ, war Superking Son. Er tänzelte in seinem Feld herum, drehte Ehrenrunden und stampfte so heftig auf, dass wir ziemlich sicher waren, dass unser halb tauber, halb toter Eigentlich-wäre-es-mal-Zeit-für-die-Rente-aber-eine-Verbeamtung-ist-bequem-und-die-Rente-seit-der-Immobilienkrise-zu-gering-Lehrer für langweilige britische Theaterstücke und Gedichte (kein Wunder, dass die Schüler es kaum aufs Community College schafften) ihn vom anderen Ende des Campus hören konnte. Er schrie immer wieder »Fuck yes!«, als wäre die Überlegenheit und der Sieg über einen Jugendlichen befriedigender als jeder Sex seines Lebens (was angesichts seines Glücks mit Frauen wahrscheinlich stimmte). Er wechselte in den typisch kambodschanischen Spottmodus unserer Älteren und legte die gleiche Feindseligkeit an den Tag wie unsere Mütter, wenn wir Schuhe kaufen wollten, die nicht heruntergesetzt waren, unsere Väter, wenn wir unsere Hausaufgaben dem Familiengeschäft überordneten, unsere Mas und Gongs, wenn sie unser miserables Khmer mit amerikanischem Akzent hörten, und unsere älteren Geschwister und Cousins, wenn wir es wagten, über die Pflichten zu klagen, die auch sie früher zu erfüllen hatten, darüber, dass wir etwas auszuhalten hatten, das niemals mit dem vergleichbar sein würde, was allen, die wir kannten, bereits widerfahren war.

»Wer will nochmal, wer hat noch nicht?«, brüllte Superking Son und schlug sich mit seiner freien Hand auf die Brust. Er rannte durch die halbe Turnhalle, um nicht nur Justin, sondern auch alle anderen anwesenden Spieler zu verhöhnen. »Keiner von euch hat's drauf. Keiner!« Er schien blind vor fehlgeleiteter Leidenschaft, die hervortretenden Adern seines fetten Halses pumpten das Blut direkt in die Augäpfel. »Geht mir aus den Augen, verdammt!« Wir spürten die Spucke, die aus seinem sabbernden Mund flog, auf unserer Haut.

Unsere Erinnerungen verblassen um den Moment herum, als Superking Son schließlich *uns* zu Spielen gegen ihn herausforderte, sogar die armen Siebtklässler aus dem Nachwuchsteam, als er mit seinem Schläger auf ein Kind nach dem anderen zeigte und immer wiederholte: »Komm! Zeig mir, was du draufhast!«, wie ein Roboter, der in einer Endlosschleife festhängt. An was wir uns aber klar erinnern, ist Folgendes: unseren Schock darüber, wie Superking Sons aufgeblasenes Ego sich in der ganzen Halle ausbreitete. Wie wir ihn mit Leib und Seele bemitleideten. Wir schauten unseren geliebten Trainer an, einen zu alten Sohn, der zu angst- und neiderfüllten Wutausbrüchen neigte, der seinen Platz in der Welt und sein Erbe satthatte, der ständig launisch, angewidert und paranoid war, einfach aus sich selbst heraus, und dann sahen wir uns gegenseitig an. Genau dort in der Turnhalle, während Superking Son uns ins Gesicht schrie, verständigten wir uns darauf, schweigend, fast telepathisch, dass, erstens, Superking Son ein Arschloch war (ein tragisches, aber trotzdem ein Arschloch); wir zweitens zu viele Arschlöcher in unserem beschissenen Leben hatten; und drittens nicht genug Klopapier, um mit allen von ihnen fertigzuwerden.

Na ja, was sollen wir noch sagen. Wir hatten zu tun. Wir hatten unsere eigenen Verpflichtungen und Erwartungen zu erfüllen, die wir immer zu enttäuschen drohten. Und sicher, es gab Anzeichen. Massenhaft, wenn wir ehrlich sind.

Zuerst beschwerten sich unsere Mas über den Mangel an frischem Gemüse und Obst. Grüne Papayas, die so alt waren wie ihre Augen, die noch die Konzentrationslager gesehen hatten, verfaulten in den Regalen der Gemüseabteilung. Dann fingen zwielichtige Kambodschaner an, im Laden ein und aus zu gehen, und zwar nicht, um verfaulte Papayas zu kaufen, das war klar. Sie eilten durch die Gänge nach hinten, manchmal mit unzähligen Paketen, manchmal mitten am Nachmittag, manchmal kurz vor Ladenschluss, ohne dass man sie den Laden je wieder verlassen sah. Nach einiger Zeit verbannte uns Superking Son ganz aus dem hinteren Lagerraum. Ein riesiger, massiger Kambodschaner, der früher bei der Armee gewesen war (und der Tanzpartner von Kevins Schwester beim Abschlussball), bewachte die Tür hinter der Fleischtheke. Superking Son selbst ging fast nie dorthin, nicht einmal mehr, um Spider Solitaire auf seinem uralten HP-Computer zu spielen.

Wir hatten Ähnliches bei kambodschanischen Läden schon öfter beobachtet. Wir hatten erlebt, wie Angkor Noodles Lady einen Koch einstellte, der matschige Nudeln kochte. (Der alte Koch hatte die klassische Nummer des Alkoholikervaters abgezogen – eine volle Woche war er auf Sauftour. Als seine Frau ihn fand, saß er sternhagelvoll an einem Roulettetisch in Reno und hatte den College-Fonds der Tochter verspielt.) Angkor Noodles Lady lieh sich immer mehr Geld von den wohlhabenderen Kambodschanern. Sie versprach ihnen jeden Monat, die volle Summe zurückzuzahlen, zuzüglich der angefallenen Zinsen, sobald das Geschäft wieder lief. Das Geschäft lief aber nie wieder (so matschig und ekelhaft war die Kuy Teav), und das Restaurant hielt sich nur durch die Gelder der kambodschanischen Community, bis die Angkor Noodles Lady schließlich beschloss, die Stadt zu verlassen. Sie versteckte sich in Bakersfield, im Gästezimmer bei ihrem Neffen, und betrank sich mit Wein aus Tetrapacks, bis sie an Leberkomplikationen starb.

Superking Son ist nicht tot, keine Sorge. Wir sehen ihn ständig irgendwo draußen, meist in dem guten Pho-Lokal, meist mit Cha Quai Factory Son, der seit

Jahren über dieselbe Fehlinvestition schimpft. (Es geht dabei um die massenhafte Produktion dieser seltsamen neonfarbenen Schröpfköpfe, deren Spuren auf der Haut kambodschanischer Mütter bei weißen Leuten mit Retterkomplex die Sorge hervorrufen, sie könnten Opfer häuslicher Gewalt sein.) Als der Laden zumachte und Superking Son den wohlhabenderen Kambodschanern nichts mehr zu bieten hatte, nicht einmal ein Hinterzimmer, das sie als Hauptquartier nutzen konnten, rettete seine Mutter seine Haut, indem sie ihr Haus verkaufte und seine Schulden beglich.

Wir wissen nicht, wovon Superking Son heute lebt, aber manchmal, wenn man Glück hat, taucht er in einer öffentlichen Turnhalle auf. Er spielt ein oder zwei Matches und gibt ein paar technische Tipps. Seine Ausfallschritte und Smashes wirken beeindruckend für jemanden in seinem Alter, der wahrscheinlich unter Knie- und Handgelenksschmerzen leidet. Nach der Hälfte verlässt er die Spielerschlange und hockt sich auf die Tribüne. Von dort schaut er dann jüngeren Kambodschanern zu, wie sie das Spiel spielen, das, wie er betont, das Einzige war, was ihm je einen Wert als Mensch verlieh. Wenn die Halle dann zumacht, fährst du nach Hause, und wenn du die Pershing Avenue in Richtung Manchester Street nimmst, kommst du an den Überresten des Superking Grocery Store vorbei. Und auch wenn das Gebäude seit Jahren leer steht und Staub ansetzt und die Graffiti von Gangs anzieht wie ein Haufen blutigen Fleisches die Fliegen, auch

wenn die Community jetzt bei größerem und heißerem

Scheiß angekommen ist, wie College-Abschlüssen und Costco-Massenprodukten, wirst du schwören können, bei den Gräbern all der ermordeten Kambodschaner, bei jedem Bluterguss vom Schröpfen, mit dem deine Mutter ihr Fleisch vom Trauma zu befreien versucht, dass der Gestank von rohem Fisch und rohem Sonstwas nie Wind davon bekommen hat, dass er sich verziehen und zur Ruhe kommen kann. Im Ernst, ihr könnt uns vertrauen.

MALY, MALY, MALY

Sie finden uns immer unmöglich, heute aber ganz besonders. Also sitzen wir hier, ziel- und planlos, in einem rostigen Pick-up, dem, der Öl verliert und dessen Getriebe sich anhört wie das Texas-Kettensägenmassaker. Hier sitzen wir mit laufendem Motor, nur für die Klimaanlage, die Türen weit offen, damit wir unsere nackten Beine rausstrecken können. Unter den gegebenen Umständen unsere einzige Möglichkeit, die mörderische Hitze zu überstehen.

Vor einer Stunde wurden wir zu Ausgestoßenen. Jemand von uns – nicht ich – wollte einfach nicht die Klappe halten. Und da sich die Omas auf die Mönche vorbereiten und sich dabei konzentrieren müssen, wurden wir nach draußen verbannt, um an den Düngerwolken zu ersticken, die von den Spargelfarmen im Umland hergeweht werden, in unsere Heimatstadt, diesen miesen Ort voller langweiliger Typen, mit ihrer immer grünen und fies stinkenden Pisse.

Und die Mas finden alles an uns gleichzeitig zu männlich und zu weiblich: unsere Körperhaltung – die Rücken gekrümmt wie die Models in unseren geklauten Zeitschriften; unsere Kleidung – die Risse, Nieten und ausgefransten Ränder, nichts ergibt für sie irgendeinen Sinn. Alles an uns beiden ist für sie verkehrt. Bei

Maly, der Cousine, erscheint es ihnen allerdings nicht ganz so verkehrt wie bei mir, dem Cousin.

»Ma Eng kann mir mal den Schwanz lutschen«, sagt Maly, die immer noch nicht die Klappe hält, während ihre langen Haare in der benzingesättigten Luft aus den Lüftungsschlitzen umherwirbeln, ihre blond-orangen Strähnchen im Luftzug tanzen, oder es zumindest versuchen. »Was hat die für ein Scheißproblem, bitte? Ernsthaft, ich müsste ja wohl ein Mitsprache-recht beim scheiß Ablauf dieser Feier haben. Das ist mein Geburtsrecht!«

»Wenigstens lässt dich Ma Eng in Ruhe«, sage ich, das Kinn aufs Lenkrad gestützt. Unterm Auto scheint der rissige Beton von Ma Engs Einfahrt zu dampfen, und in der Luft brennt sogar der Staub, ich schwöre es, so schwer fällt einem das Atmen. Wir schaffen es nicht mal, Radio zu hören. Wir können uns auf nichts anderes konzentrieren als auf unsere eigene schwit-zige Langeweile. Ich blicke hoch in den gnadenlos blauen Himmel, wie er die flachen Doppelhäuser des G-Blocks niederdrückt. Ich versuche, meine Aufmerk-samkeit auf etwas anderes zu richten als auf Maly, aber ihre quirlige Präsenz, dieser Wirbel aus billigen Strähnchen, raubt mir alle Energie. Außerdem schlägt sie mir von der Seite gegen den Kopf.

»Ves, Ves, Ves!«, sagt Maly. »Guck mich an!«

»Alter«, jammere ich und schlage ihre Hand weg. »Ich dachte, die Feier wäre dir ›scheißegal‹. Was küm-mert es dich, ob sie jetzt Amok kochen oder nicht?«

»Es war *mein* Essenswunsch, okay, und es ist *meine*

tote Mutter.« Sie wirft ihren Kopf heftig zur Seite, dabei knackt ihr Hals. »Oder okay, anscheinend ist sie ja nicht *richtig* tot, nicht mehr, aber trotzdem ...«

Unsicher, was ich sagen soll, beiße ich die Zähne zu einem schiefen Lächeln zusammen. Ich kann nicht anders, als schon wieder, wie immer, ihr Aussehen zu bewundern. Fast mit Stolz. Maly sieht irgendwie immer gut aus, egal wie zerzaust sie ist. Selbst heute, an einem beliebigen Augustsonntag, während wir darauf warten, die Wiedergeburt des Geistes ihrer toten Mutter im Körper des Babys unserer Cousine zweiten Grades zu feiern, sieht sie toll aus. Ihr linkes Bein hat sie aufs Armaturenbrett geworfen, und es würde mich nicht wundern, wenn sie jetzt anfangen würde, sich die Zehennägel zu schneiden. Sie trägt Jeansshorts, die sie unserer anderen, für die Hose ohnehin zu dicken Cousine geklaut hat, und ein weißes T-Shirt, ebenfalls geklaut, das sie zu einem Tanktop geschnitten und in die Hose gestopft hat, so dass man ihre schmale Taille sehen kann. Schwer zu sagen, ob es Absicht ist, wie ihre Klamotten sitzen, all dieses gebrauchte Zeug – was sie vermutlich dafür einsetzt, Jungs zu vernaschen, die zu dumm sind zu verstehen, dass sie sie gleich wieder ausspucken wird.

Durch ihre billige Sonnenbrille sehe ich ihre großen Augen, die mich gleichzeitig an- und an mir vorbeiblicken. Dieser Gesichtsausdruck spiegelt eigentlich perfekt wider, wie ich mich manchmal fühle, und zwar dass *ich* für sie verantwortlich bin, dass ich ein toter Besen bin, der als Mensch wiedergeboren wurde, mit

der einzigen Aufgabe, die Scherben hinter ihr aufzu-
fegen, wenn Maly mal wieder etwas zertrümmert hat.

»Mach nicht so ein Drama«, sage ich und trommle
mit den Fingern auf dem Lenkrad. »Du weißt, dass das
alles Blödsinn ist – die Feier, die Mönche, unsere Cousine dritten Grades oder wer auch immer sie ist.« Ich
bin mir nicht sicher, ob ich das tatsächlich glaube oder
es nur sage, um Maly aufzuheitern. »Das ergibt doch
alles null Sinn, oder?«, füge ich hinzu. »Ich bin zwar
kein Experte, aber warum sollte deine Mutter über ein
Jahrzehnt später wiedergeboren werden?«

Maly zuckt mit den Schultern, jetzt gleichgültig, zu
sehr mit sich selbst beschäftigt, um auf meine Versuche, sie zu trösten, einzugehen. Das erinnert mich an
früher, wenn ich bei ihr übernachtete. Immer wenn
mein Vater sternhagelvoll war, schickte mich meine
Mutter zu Ma Eng. Er war nie gewalttätig in meiner
Anwesenheit, aber wer weiß, was zwischen meinen
Eltern ablief, wenn ich bei Maly übernachtete, bei ihr
im Zimmer auf dem Fußboden schlief.

Vor allem in den Jahren, als mein Vater arbeitslos
war – nachdem sein Restaurant pleitegegangen war
und bevor er anfing, das Mittagessen in einer Schule
für reiche Kinder zu kochen –, und als klar wurde,
dass ich kein, na ja, normaler Junge war, sondern ein
Weichei, das Sport hasste und komische Filme mochte.
Ich war ein frühreifer Freak, der sich schon vor der
Pubertät geoutet hatte, und damit war das Urteil über
mich gesprochen. Leute wie wir, sagte meine Mutter
immer, haben es doch schon schwer genug. Alles sehr

klischeehaft, wie in diesen herzerweichenden Coming-out-Geschichten, aber besser kann ich es nicht erklären. Es geht nun mal um meine immigrierten Eltern.

Jedenfalls stupste mich Maly an den Abenden, die meine Mutter »mal richtig Zeit mit Oma« nannte, obwohl Ma Eng eigentlich meine Großtante ist, mit irgendeiner vorgespielt superdringenden Frage wach, wie etwa, ob sie eigentlich hübsch sei oder wirklich so lustig. Wochenlang konnte sie sich nicht einkriegen über unseren Englischlehrer in der achten Klasse, der behauptete, sie sei nicht reif für den Fortgeschrittenenkurs in der Highschool, und sich dann weigerte, ihr eine Empfehlung zu schreiben. *Warum hassen mich alle Lehrer? Was, wenn dieser dumme Sack recht hat?* Und jede Nacht sagte ich zu ihr: Du bist toll, die anderen sind Arschlöcher und so fort, nur um dann festzustellen, dass sie längst eingeschlafen war, während ich noch redete.

Ich war immer für Maly da, genau da, wo sie mich haben wollte, auf dem Boden neben ihrem Bett, wo ich sie beruhigte und bestätigte, bis sie in ihre Träume sank. Aber in letzter Zeit ist es schlimmer geworden, sie ist bedürftiger als sonst. Vielleicht, weil ich in knapp einer Woche wegziehe, nach L.A., wo ich aufs College gehen werde, während Maly für weitere zwei Jahre mindestens bei Ma Eng festsitzt, da sie sich mit dem Community College begnügt.

Maly hat die Beifahrertür geschlossen und streckt jetzt den Oberkörper aus dem Fenster. Sie lehnt sich mit der rechten Hüfte innen gegen die Tür, stemmt den linken Fuß gegen die Mittelkonsole, hält sich kurz in dieser Position und klammert sich dabei mit der Hand am Dach fest, bis sie schließlich in einer Körperhaltung zur Ruhe kommt, die aussieht, als posiere sie für irgendeinen berühmten Fotografen. Ich sehe ihr skeptisch dabei zu, wie sie jetzt die Hände vom Dach löst, die Finger in den Mund steckt und einen ohrenbetäubenden Pfiff ausstößt.

»Komm her, du Bitch!«, schreit sie, worauf ich kurz erstarre.

Rithy joggt zu uns herüber, unterm Arm einen Basketball, in weiten Sportshorts, die ihm um die Beine flattern. Wie immer ganz der coole braune Junge. Er ist einer dieser Typen, die die Texte von 50 Cent auswendig können und *Boyz n the Hood* und *8 Mile* lieben, auch wenn er – so vermute ich – die politische Ebene gar nicht versteht. Diesen Sommer haben Rithy und Maly angefangen zu ficken, was einleuchtet, da beide tote Mütter und Scheißväter haben. Kurz muss ich mir bewusst machen, dass ich Rithy *auch* schon ewig kenne, dass er nicht nur Malys persönliches Spielzeug ist. Ihr *boy toy*, wie sie ihn nennt.

Maly setzt sich zurück auf ihren Sitz, schiebt die Sonnenbrille nach unten und fährt sich mit der Zunge über die Zähne. Rithy ist noch nicht mal am Auto angekommen, aber da geht es schon los: *Lolita*. Wir haben beide das Buch nicht gelesen, und nur ich habe den Film gesehen, starren aber beide bei der Arbeit in der Videothek immer auf das verblichene *Lolita*-Poster. Normalerweise bekifft. Bekifft genug, dass wir immer wieder im Anblick der herzförmigen Brille versinken, dem verwegenen Mir-doch-alles-egal-Blick des Mädchens und der irren Angeberei des Schriftzugs – WIE HABEN SIE ES BLOSS GESCHAFFT, *LOLITA* ZU VERFILMEN? – während wir illegal DVDs für unseren bescheuerten Onkel und seinen Verleih brennen.

»Solltest du nicht eigentlich gerade eine *Feier* vorbereiten?«, stichelt Rithy, während er sich gegen die Tür des Autos lehnt und die Beine ausstreckt. Er schwitzt am ganzen Körper, wahrscheinlich vom Basketballspielen bei seinem Cousin, ich kann ihn fast riechen. Mir wirbelt alles im Kopf herum, was Maly mir über seinen Körper erzählt hat.

»Wir mussten ins Exil«, antwortet sie ausdruckslos. »Weil jede Ma seit dem Genozid ein Psycho ist. Offenbar gilt man jetzt schon nicht mehr als komplettes Arschloch, solange man keine Regierung stürzt und ein kommunistisches Regime installiert.« Maly lacht, zufrieden über ihren Spruch.

»Deine Ma ist der Hammer, das weißt du«, antwortet Rithy. »Auf die Frau ist absolut Verlass mit ihren Rindfleischspießen.«

Er greift sich den unteren Teil seines Hemdes, um sich damit den Schweiß von der Stirn zu wischen, und entblößt seinen flachen Bauch. Ob mit Absicht, ist mir vollkommen egal. »Um wie viel Uhr ist das Fest nochmal?«

Maly macht eine Armbewegung in Richtung des Doppelhauses, als wolle sie alles dort wegschieben. »Frag Ma Eng selbst. Ich hab die Schnauze voll von ihrem Scheiß.«

»Sag es doch einfach«, sagt Rithy und beißt sich auf die Lippe.

»Wir können zur Geburtstagsparty meiner toten Mutter zu spät kommen, okay? Das geht absolut *in Ordnung*.« Sie nähert sich seinem Gesicht. »Wir sind jung und schön, und das Konzept von Zeit ist ein beschissener Stimmungskiller.«

»Um sechs ist gut«, mische ich mich ein.

»Oh, hey, Ves«, sagt Rithy, ohne zu bemerken, dass ich auf die Adern an seinen Unterarmen starre. »Schon Vorfreude aufs College?«

»Hast du Gras dabei, Rithy?«, wirft Maly ein und sinkt in ihren Sitz zurück.

Rithy verzieht sein Gesicht zu einem noch breiteren Lächeln. »Weißt du doch.«

Mit einem knappen Nicken bedeutet mir Maly, dass sie gleich wieder da ist und stinksauer wäre, falls ich dann weg sein sollte. Sie steigt aus dem Wagen und führt Rithy zum Haus seines Onkels, das gleich um die Ecke liegt, als würde sie einen verirrten Welpen nach Hause bringen. Seine Hand gleitet ihren Rücken hinunter und bleibt auf ihrem Po liegen, der bei jedem Schritt ein wenig wackelt. Er legt den Kopf schief, um Maly an seiner Seite zu sehen, und schaut dann wieder geradeaus. Selbst von hier kann ich sehen, wie hingerissen er von ihr ist, wie sehr ihn sein irres Glück verblüfft, dass er das so früh in seinem Leben haben darf, wo wir doch alle erst seit drei Monaten erwachsen sind.

Und jetzt kommt der Teil, wo alles gewöhnlich wird. Oder besser gesagt, kommt jetzt der Teil, wo die Power-Rangers-Bettwäsche aus der Kindheit sich eigentlich ziemlich cool anfühlt, wo die Srey versteht, wie ihr dicker Eyeliner und ihre künstlichen Fingernägel auf Männer wirken, und der Proh sich für einen kurzen Moment in seinem dunkelhäutigen Körper stark fühlt und überlegen über seinen drogenabhängigen Vater mit dem schlechten, gebrochenen Englisch. Der Teil, der kurz wie eine Offenbarung wirkt, bis er durch den Gang des Lebens in Vergessenheit gerät, da das Leben eines Erwachsenen absolut nichts Besonderes ist am Arsch der Welt in Kalifornien, der von irgendeinem Regierungsbeamten für die Ansiedlung eines Haufens PTBS-geschädigter Flüchtlinge ausersehen wurde und Träume ausfurzt, als sei er erfolgsintolerant.

Der Teil wie aus einer thailändischen Lakhon, den Seifenopern aus Bangkok, die in Khmer synchronisiert und auf Großhandels-DVDs von Costco gebrannt werden. Die Srey – heruntergekommen und arm, in den Adern das Blut einer vergessenen Königsfamilie, erbost über die Ränke von Testamenten und Erbschaften – findet durch List ihren Weg in die Arme des Prinzen, dessen Familie für ihr Unglück verantwortlich ist. Sie lässt zu, dass ihre Absicht, die Ehre ihrer Familie wiederherzustellen, sie blind macht für das Gefühl wahrer Liebe, das unter dem ganzen Halligalli, all den Reinfällen, ihrer Unbeholfenheit und Kapriziosität in ihr aufkeimt. Sie ahnt nicht, dass sie schon bald die verpasste Gelegenheit bereuen wird, als der Prinz

89

sich nämlich zur Armee meldet, um seine Männlichkeit unter Beweis zu stellen, denn jeder thailändische Prinz in jeder thailändischen Soap, wie jeder beschissene Proh in jeder beschissenen Gegend, sehnt sich immer nach irgendwas Höherem.

Im Moment jedoch genießt die Srey den heißen Atem des Prinzen, den Schock der heimlichen Berührungen, den Rausch der Manipulation. Und, hey, wenigstens ist sie nicht der Sidekick, der schwule beste Freund. Denn da ist er, in jeder Folge egal welcher Version der immer gleichen doofen Geschichte: der Kteuy, der zum Zuschauen verdammt ist, in der Sonne brät, und von dem man erwartet, dass er seine Befriedigung nicht etwa aus dem Verhältnis zu einem eigenen Proh bezieht, sondern einfach aus der Vorstellung, wie die Srey, in deren Dienst er sich stellt, den ihren bekommt.

Natürlich bin ich trotz dieser deprimierenden Fantasie froh, dass ich kurz meine Ruhe habe, während ich darauf warte, dass Maly und Rithy mit dem Ficken fertig sind – so entwürdigend sich das anfühlen mag. Ich freue mich sogar für sie, dass sie an diesem für sie schrecklichen Tag ein wenig Trost finden kann mit dem schönen Körper ihres *boy toy*. Obwohl ich nur vermuten kann, dass es Maly damit so geht. Sie spricht fast nie ernsthaft über ihre Mutter.

Ich schaue in die Fenster des Zweifamilienhauses, in dem Ma Eng seit den achtziger Jahren wohnt, schon bevor Malys Mutter, ihre Nichte, Selbstmord beging, und lange bevor sie Maly bei sich aufnahm, nachdem Malys Vater es wie so viele kambodschanische Männer gemacht hatte und abgehauen war. Ma Eng zeigt in ihrer Küche streng mit dem Finger auf die anderen Mas und gibt ihnen Anweisungen, wie sie bestimmte Gerichte – nicht Amok – für die Feier heute Abend zu kochen haben. Wahrscheinlich ist sie immer noch sauer, dass Maly die Vorbereitungen für das Fest nicht ernst genug genommen hat. Ich frage mich, wie sich Ma Eng wohl gerade fühlt, erfüllt von dem verzweifelten Wunsch, dass die tote Tochter ihrer toten Schwester die Chance auf ein weiteres Leben bekommt, dass die Kräfte der Reinkarnation ihren Voodoo-Zauber wirken und verlorene Seelen wieder zum Leben erwecken. Vor allem jene, die so sinnlos gestorben sind wie Malys Mutter, eine Immigrantin, die ihre Erinnerungen an den Genozid nicht ertrug, eine alleinerziehende Mutter, die immer auf den nächsten Tag hoffte, und dann den übernächsten, und jeder brachte nur weiteres Leid.

Um ganz ehrlich zu sein, werde ich richtig wütend, wenn ich so darüber nachdenke. Ich weiß, dass es eine schreckliche Frage ist, aber warum *hat* Malys Mutter überhaupt ein Kind bekommen? Und warum darf nur sie sich aus dem Staub machen? Na ja – dumm gelaufen, denn jetzt muss sie in einem weiteren Leben klarkommen, und das auch noch im G-Block.

Das Garagentor von Ma Eng öffnet sich, und lautes Stimmengewirr in Khmer dröhnt aus dem Haus. Zwei Mas, die ich aus der Videothek kenne, fangen an, den Betonboden zu fegen, auf dem wir während der Feier beten und essen werden, auf Schilfmatten, die rote pochende Streifen auf den Beinen hinterlassen.

Wieder sehe ich zu den Küchenfenstern, aber Ma Eng hat mein Blickfeld verlassen. Ich umfasse das Lenkrad mit beiden Händen und stelle mir vor, dass ich jetzt losfahre, zum College, und meinen gesamten wertlosen Kram hier zurücklasse, die Secondhand-Klamotten und alles andere. Endlich könnte ich mein Leben beginnen, von null anfangen. Nur ist das leider nicht möglich, jedenfalls noch nicht, da die Mas, die Ma Eng helfen, ihre Autos hinter meinem geparkt haben und auf unbestimmte Zeit die Einfahrt blockieren.

Ich bin gerade am Wegnicken, während die kalte Luft aus dem Lüftungsschlitz und die drückende trockene Nachmittagshitze sich um meine Haut streiten, da springt Maly am Seitenfenster hoch und schreit: »Buh!«

»Hast du sie noch alle?«, sage ich, und muss husten vor Schreck, während Maly sich von einem hysterischen Lachanfall über ihren kleinen Spaß erholt.

Sie wirft mir einen Joint in den Schoß. »Sag danke«, sagt sie und winkt den Mas in der Garage mit einem falschen Lächeln zu. Die starren sie nur an und umklammern ihre Besen, als wollten sie uns gleich damit verdreschen. »Wenigstens müssen wir den Scheiß jetzt nicht mehr nüchtern ertragen.«

Wie sonst auch, wenn sie Alkohol oder Gleitmittel bei mir im Schlafzimmer verstecken durfte und mir im Gegenzug anbot, mich zu bedienen, denkt Maly bei aller Selbstbezogenheit immer auch an mich. »Wir können den nicht hier rauchen«, sage ich. »Nicht vor Ma Engs Schergen.«

Wir beschließen, in die geschlossene Videothek zu gehen, um dort zu kiffen, weil es uns Spaß macht, bekifft mit den Sachen unseres Onkels Mist zu bauen, und so laufen wir los, den halben Kilometer durch den G-Block, vorbei an einem Doppelhaus nach dem anderen, alle randvoll mit kambodschanischen Familien, hinter Maschendrahtzäunen und staubigen Flächen, auf denen eigentlich Gras wachsen sollte. Auf halbem Weg zur Videothek sehe ich das rosafarbene Doppelhaus, im dem wir vorm letzten Umzug zur Miete gewohnt hatten, und erinnere mich daran, dass der G-Block früher »Ghetto Way« genannt wurde. Wie öde und fantasielos das alles ist, solche Spitznamen, und insgesamt die ganze Gegend hier.

Als wir bei der Mall mit der Videothek ankommen, sind wir klitschnass vor Schweiß. Der Iraner, dem der Getränkemarkt gehört, steht auf dem Bürgersteig vor seinem Laden und raucht eine Zigarette. Er sieht uns nicht, weil seine ganze Aufmerksamkeit den vietnamesischen Jungen vor Adalberto's gilt. Sie werfen sich gegenseitig Knallbonbons vor die Füße und lassen einen Styroporbecher kreisen – wahrscheinlich mit Horchata, der große Renner bei Adalberto's –, und ich stelle mir vor, wie diese Jungen zu Rithys heranwachsen und mit ihren eigenen Malys zusammen sein werden. Die Jungs brechen in Gelächter aus, als einer von ihnen wegen der Funken der Feuerkracher auf dem Boden durchdreht. Der arme Junge rennt weg, und Maly ruft ihm hinterher: »Lauf, Forrest, lauf!«

In der geschlossenen, leeren Videothek zünden wir

den Joint an, nehmen beide einen Zug, und dann sehe ich Maly dabei zu, wie sie durch den Bereich mit Arthouse-Filmen schlendert, die unser Onkel vom Vorbesitzer geerbt hat. Sonst geht sie immer direkt ins Hinterzimmer und wirft sich auf die Couch, heute aber nicht. Sie spielt, dass sie eine Kundin ist, nur so aus Scheiß, und ich schätze, ich bin für sie Teil der Szene, einfach, weil ich bei ihr bin. Normalerweise teilen auch wir uns eine extragroße Horchata, und wenn wir genug Geld haben, einen California Burrito, mit Carne Asada und Pommes gefüllt, aber nur Maly, die Sau, schafft es, nie zuzunehmen. Eigentlich kann ich mich aber auch nicht beschweren, auch wenn ich durch das Gras ein bisschen aufgedunsen bin. Mein Körper ist in Ordnung, und bei den paar Malen, als ich im Victory Park cruisen war, habe ich festgestellt, dass die Jungs nicht wählerisch sind, solange mein Mund feucht ist und ich meine Zähne im Zaum halte. Es war natürlich Maly, die mir beigebracht hat, wie man einen richtigen Blowjob gibt.

Ich nehme noch einen Zug und schaue mir den vorderen Verkaufsraum genauer an. Den billigen Ständer mit Angkor-Wat-Hemden für zehn Dollar. Die verblödete Dummheit unseres Onkels, dass er die Süßigkeitenspender – eigentlich natürlich für Kinder – direkt neben dem schmutzig-roten Vorhang der Pornoabteilung aufgestellt hat. Der Laden soll eigentlich wie eine Blockbusterfiliale aussehen, aber die Regale und Ständer sind ungleichmäßig im Raum verteilt, manche Gänge sind fast zu schmal für eine Person, andere breit genug, um darin Hampelmann zu machen. Maly ist gerade in einem schmalen Gang und ich bin in einem breiteren, dazwischen liegt die Insel mit »Horror«-DVDs.

Unser Onkel, der eigentlich ein Cousin sowohl meiner als auch von Malys Mutter ist, hat sich für den Monat ins Heimatland verzogen – wahrscheinlich, um mit seiner zweiten Familie Familienleben zu spielen – und die Verantwortung für die Videothek in diesen Wochen an seinen jüngeren Bruder übertragen und uns die Ersatzschlüssel gegeben. Da unser älterer Onkel weg ist, verschwindet aber auch unser jüngerer Onkel an den meisten Tagen von Mittag bis Ladenschluss. Außerdem weigert er sich, am Wochenende zu arbeiten, darum hat die Videothek im Moment auch nicht geöffnet. Vor einer Woche bekamen wir die Aufgabe, Kopien von der letzten Lieferung thailändischer Lakhons zu brennen, um uns bei der Arbeit endlich mal *nützlich* zu machen – aber wir verbringen unsere Zeit stattdessen lieber damit, abwechselnd am Seiteneingang des Ladens zu kiffen und dann über die Schaumzucker-Bananen aus dem Automaten herzufallen. Von der Couch stehen wir nur auf, wenn die Ladentür klingelt, einer von uns stellt sich dann hinter die Kasse. Ich werde ja wohl kaum meine letzte Woche zu Hause damit verbringen, auf einem Kacklaptop mit DVD-Shrink-Raubkopien von Seifenopern zu brennen. Vielleicht ist *das* ja der Grund, warum die Omas aus dem G-Block so schlecht drauf sind, übellaunig und aggressiv, als wären sie Kriegerinnen auf dem karmischen Kriegspfad des Augenrollens. Wir haben die neuen thailändischen Lakhons nicht gebrannt und sie so um ihr einziges Vergnügen hier in Amerika gebracht, Tausende von Meilen entfernt von allem, was sie erträglich finden. Zumindest stelle ich es mir so vor, jetzt, völlig stoned.

»Ich schwör bei Gott«, sagt Maly, die immer noch ihre übergroße Sonnenbrille trägt, selbst hier drinnen, im illegalen Videoverleih. »Diese Filme sind so *weird*.« Im dunklen Spiegel ihrer Brillengläser sehe ich, wie Maly mir die alten Kleider ihrer Mutter überwirft und ich auf hohen Absätzen rumstakse, beide mit rot geschminkten Lippen, die Augenlider mit Lidschatten beschmiert, und wie wir dann den nächsten Film – *Candyman* zum Beispiel, tausendmal haben wir den gesehen – auf der PlayStation 2 laufen lassen, die mein Vater mir gekauft hatte, obwohl er es sich eigentlich nicht leisten konnte, in der Hoffnung, ich würde wie die anderen Jungs werden. »Erde an Ves!«, schreit sie. »Was zur Hölle ist ein Videodrome?«

Ich tauche aus meinen Erinnerungen auf und kneife die Augen zusammen, um die DVD sehen zu können, die sie mit spitzen Fingern an einer Ecke hochhält wie eine schmutzige Windel. »Ah ja, den habe ich gesehen«, sage ich und erinnere mich an das letzte Mal, als ich mit Maly einen wirklich guten Film angeschaut habe – *Suspiria* –, und wie sie immer wieder zusammenbrach vor Lachen. Was für eine Idiotin, sagte Maly, als eine Figur in einen mit Stacheldrahtrollen gefüllten Raum stürzte und dann die Kehle aufgeschlitzt bekam. »Es geht um so einen langweiligen weißen Typen«, erkläre ich ihr, »der besessen ist von einem Fernsehsender namens

Videodrome.« Ich ziehe am Joint und blase Rauchringe in die Luft, die Maly aufmerksam beobachtet und dabei das Gesicht verzieht. »Der Sender zeigt so was wie Snuff-Pornos. Leute, die sexuell gefoltert werden.«

»Warum dann nicht gleich zu einem echten Snuff-Porno wichsen?«, fragt Maly. »Warum sich mit einem langweiligen Kunstfilm rumquälen?«

»Es ist eine Metapher«, antworte ich.

»Und die Metapher steht für … was?«

»Es geht darum, wie wir ständig von den Medien missbraucht werden und … wie … Fernsehwerbung …« Ich mache eine Pause und gehe die DVDs mit thailändischen Lakhons durch, die Ma Eng uns als Kinder zu sehen zwang, was mich dummerweise an das Thema meines College-Aufsatzes denken lässt: Wie unser Khmer-Unterricht aus synchronisierten thailändischen Sendungen mit wirrer Handlung, schlechter Kameraführung und weiblichen Charakteren bestand, die alle mit der Stimme derselben Synchronsprecherin sprachen. Mein Essay handelte davon und von Maly und meiner herzerweichenden Coming-out-Geschichte. »Es gibt eine Stelle in dem Film«, fahre ich fort, »wo sich der Bauch des weißen Typen in eine Vagina verwandelt, und dann schiebt ein anderer weißer Mann eine Videokassette in seinen Vagina-Bauch … Die Vergewaltigung unseres Geistes, oder irgend so'n Mist.«

Ich verschweige, dass ich die Szene, als ich sie zum ersten Mal sah, aufregend fand und mich dafür hasste. Stattdessen reiche ich ihr den Joint.

»Ist das bescheuert.« Maly zieht den Rauch ein,

bläst ihn wieder aus und lässt dann den Joint aus dem Mund hängen wie ein französisches Mädchen in einem Godard-Film, nur in Braun und arm. »Von den Medien vergewaltigt«, sagt sie und raucht den Joint auf. »*Könnten* wir ohne Judge Judy überhaupt Englisch?«

»War wohl unsere Überlebensstrategie«, sage ich und gucke immer noch geistesabwesend die thailändischen Lakhons durch, in der Hoffnung, eine wiederzuerkennen oder irgendwas Interessantes zu entdecken. »Dass wir uns von den ganzen Sendungen missbrauchen ließen, die wir als Kinder so gern mochten, *Full House*, *Step by Step*, *Family Matters* – Steve Urkel hat uns jeden Tag nach der Schule auf ABC Family ins Hirn gefickt. ›Habe *ich* das getan?‹«

»Ves … das ist … komplett gestört«, antwortet Maly, und wir starren uns für den Bruchteil einer Sekunde schweigend an, bevor wir zu lachen anfangen.

Wir kichern weiter, bis mein Blick schließlich doch an einer thailändischen Lakhon hängen bleibt. »Ach du Scheiße, erinnerst du dich an Nang Nak?« Ich ziehe die DVD aus dem Regal, halte sie mir vors Gesicht und verdecke so meine blutunterlaufenen Augen durch das Bild einer verrückten Frau mit schwarzen Haaren, blasser Haut und geisterhafter Präsenz, wie eine thailändische Low-Budget-Version von *Der Fluch – The Grudge*. Als ich die DVD sinken lasse, ist Malys Gesicht wie eingefroren.

»Krass«, sagt sie und nimmt ihre Sonnenbrille ab. Mit ziemlich unkoordinierten Bewegungen versucht sie, über die Filmtonne zu klettern, fast in Zeitlupe, als habe sich die Luft in dicken Schlamm verwandelt. Irgendwie schafft sie es in meinen Gang, stolpert zu Boden, rammt dabei das Regal mit den Kubrick-Filmen und reißt mir dann, nachdem sie sich von diesem unnötigen Stunt erholt hat, die DVD aus den Händen. »An den hab ich seit Jahren nicht mehr gedacht. Ist da das gesamte Teil drauf?« Sie überfliegt die Khmer-Worte, die sie nicht einmal lesen kann. »War der nicht so ungefähr zehntausend Stunden lang?«

»Ich erinnere mich vor allem an das verrückte Kreischen«, sage ich und schlüpfe in die Rolle von Nang Nak als rachsüchtigem Muttergeist, aber Maly reagiert nicht, also verstumme ich mitten im Schrei. Ich studiere ihren Gesichtsausdruck, während sie das verblichene DVD-Cover betrachtet, ihre zugeschwollenen Augen um die Wette starrend mit denen von Nang Nak.

Es vergeht eine Ewigkeit, bis Maly plötzlich mit seltsamem Ernst sagt: »Ich fand Nang Nak immer eine coole Sau.« Sie hebt den Kopf, und ihre Augen, dunkle Kugeln im schummrigen Licht, blicken direkt durch mich hindurch. »Ich meine es ernst«, sagt sie, »*verdammt*, Mann. Sie hat diese Arschlöcher jahrelang als Geist heimgesucht.«

In dem Moment wünsche ich mir, Maly könnte mit mir nach L.A. gehen, dass wir so lange zusammenbleiben, bis einer von uns – also Maly natürlich – von irgendeinem Hollywood-Mogul entdeckt wird, und dann würde ich vielleicht Filme mit ihr machen, weil sie wahrscheinlich eine großartige Schauspielerin wäre, die perfekte Muse – was sollte sie denn sonst werden? Zugleich ist es aber das Letzte, was ich will, und außerdem werde ich nicht auf die Filmschule gehen. Ich hatte mich beworben und wurde auch angenommen, kann mir aber die Gebühren nicht leisten.

»Ich weiß, es ist dumm«, sagt Maly dann, fast zitternd, »aber ich will, dass meine Mutter irgendwo da draußen rumgeistert. Ich meine ... warum sollte *sie* nicht auch alle quälen dürfen ... alle, die ihr Unrecht getan haben ...«

»Stimmt«, setze ich an, kann den Gedanken aber nicht zu Ende führen. Ich bin mir nicht mal sicher, ob ich verstehe, was sie meint. Ich lege ihr die Hand auf die Schulter – eine nutzlose Geste, aber mehr kann ich nicht tun. Wir verharren in dieser Position, ohne zu sprechen oder Augenkontakt herzustellen, bis Maly aufhört zu zittern. Dann stößt sie mich von sich weg und wirft die DVD in den anderen Gang.

Sie schreit mich an: »Weißt du, was wir jetzt machen sollten? Einen Film gucken! Noch ein allerletztes Mal, bevor du mich *für immer* verlässt, du Arsch-Sack. Und zwar richtig großes Kino, was Episches. Okay? Lass uns einen Porno gucken! Komm mir nicht mehr mit Vagina-Bäuchen und guck dir mit mir einen *Porno* an. Mal sehen, wie lange es dauert, bis wir uns seelisch missbraucht fühlen durch die Medien.«

Ich bin mir nicht sicher, was ich von ihrem Enthusiasmus halten soll, aber dann stürmt Maly in die Pornoabteilung. »Es wird schon nicht komisch«, sagt sie und ihre Stimme entfernt sich immer weiter. »Und zwar weil du schwul bist und ich ein Mädchen!«

Der Porno, den Maly aussucht und den wir jetzt über den Beamer ihres Onkels an die Wand werfen, ist der übliche Scheiß – grelles Licht, das nichts gut aussehen lässt außer wackelnde Brüste, geschwollene Klitorides und geäderte Schwänze, hölzerne Dialoge, schlecht gekünstelte Gesichtsausdrücke und falsches Stöhnen, die Pornodarsteller dabei so beneidenswert wie ekelhaft. Das volle Programm. Zu viele POV-Aufnahmen, zu viele Nahaufnahmen, die dem Zuschauer den Eindruck vermitteln sollen, er sei mittendrin. Einen feuchten Penis in eine feuchte Vagina eindringen zu sehen, von oben, mit dem geübten Tempo von Profis, erscheint mir wie ein weiteres Drama für die Ewigkeit, bei dem ich nichts als Zuschauer bin, ohne irgendwas dabei zu lernen, wie bei Olympischen Spielen oder Präsidentschaftsdebatten. Mein eigenen Penis spüre ich kaum, er ist nicht da, und nicht nur, weil Malys Anwesenheit ihn verschreckt, sondern auch, weil ich mich nicht in die digitale Projektion projizieren kann; was bin ich groß anderes als ein Abklatsch der Frau, die gevögelt wird, nur mit einem rudimentären Schwanz, der im Weg ist?

Es ist aber ohnehin egal, ob ich mich in dieser Pornowelt wiederfinde – in der ein schnauzbärtiger Klempner eine großbusige MILF mit einem verschlagenen Grinsen und einem Heben der Augenbraue rumkriegt –, denn wie immer drängt sich Maly ins Zentrum meines Blickfelds und versperrt mir den Blick auf die riesige Vagina in Hochauflösung.

»Guck mal ... er fickt mir buchstäblich das Hirn

raus«, sagt Maly, die jetzt vor der Wand steht, auf die wir den Film projizieren. Von meinem Platz auf der Couch sieht es so aus, als stoße der riesige Schwanz in ihr linkes Ohr, rein und raus und über und durch das ganze Gesicht.

»Cool«, sage ich halbherzig, ohne auch nur zu versuchen, meine mangelnde Begeisterung zu verbergen.

»Was ist denn dein scheiß Problem?«, schnauzt Maly mich an. »War doch lustig«, sagt sie und läuft hin und her, wie immer, wenn ihr Rausch seinen Höhepunkt erreicht und ihre Versuche, witzig zu sein, in Aggressivität umschlagen. Die Bilder von heterosexuellem Sex schlingen sich um ihren Körper und hüllen sie in fleischige Farben.

»Beruhig dich mal, okay?«, sage ich. »Es ist *dein* Porno.«

Maly stemmt die Hände in die Hüften, blickt mich empört an und setzt sich wieder hin.

Die Pornodarsteller ficken jetzt aggressiver, und ich warte darauf, dass Maly sie kommentiert, einen Witz über das Grunzen des Mannes oder das Stöhnen der Frau macht. Ich will, dass sie etwas sagt, das dem Irrsinn dieser Situation gerecht wird. Irgendwas, das uns vereint als Beobachtende der Welt, der anderen Menschen, allen außer uns, als den Außenseitern, die den ganzen Schwachsinn durchschauen, aber stattdessen ist sie jetzt mürrisch. Gedankenverloren sieht sie sich den Porno an. Wir sitzen also schweigend da, während sich die Szene ihrem Höhepunkt nähert, als der männliche Darsteller aus der weiblichen Darstellerin herauszieht, heftig masturbiert und sie sich in Ekstase windet, und ihre Vagina seinen Penis geradezu auffordert abzuspritzen. Und *wie* er dann abspritzt, überall auf ihre Innenschenkel, so viel, dass Maly vom Sofa aufspringt und vor neuem Tatendrang selbst zu explodieren scheint.

»Ich muss dieses Baby sehen«, sagt sie, rennt zur Tür und hinaus auf die Straße.

Ich räume schnell auf, damit ich ihr hinterherlaufen kann, mache den Film aus und suche die DVD-Hülle. Dann, bevor ich die Auswurftaste drücke, muss ich nochmal auf das eingefrorene Bild starren, verblüfft sitze ich da, völlig zugedröhnt. Ich bin fasziniert von dem Sperma, das die untere Körperhälfte der Frau bedeckt, die Vagina selbst aber nicht, und trotz meiner eigenen Vorlieben erscheint es mir als ein Scheitern. Scheitern in seiner legitimsten Form.

Als ich sie einhole, klettert Maly gerade über den Zaun des Hauses unserer Cousine zweiten Grades. Vielleicht hätte die ja gar nichts dagegen, dass wir uns in ihr Haus schleichen, aber ich bin zu stoned und paranoid, und Maly schert sich offenbar weder um die Privatsphäre von irgendjemandem noch hält sie es für nötig, vorher um Erlaubnis zu fragen. Jedenfalls ist es zu spät, sie zurückzuhalten und davon zu überzeugen, dass es unklug ist, in das Kinderzimmer eines Babys einzubrechen, das zufällig ihre tote Mutter ist, also folge ich ihr nervös durch den Hintereingang.

Unsere Cousine zweiten Grades schläft gerade auf

der Couch, und ich kämpfe gegen den Drang an, Maly zuzurufen, dass sie die Mission abbrechen soll, sie an den Schultern zu packen und ihr ins Bewusstsein zu rufen, dass das alles keine Rolle spielt, dass wir uns frei machen können von den blöden Wahnvorstellungen alter Menschen, die wünschten, ihr Leben wäre anders verlaufen, dass wir einander haben, so wie wir uns immer gehabt haben, auch wenn uns bald fünfhundert Kilometer und ein ganzes Gebirge trennen werden. Scheiß auf alle, möchte ich zu ihr sagen, die ihre Last auf uns abladen. Lass uns wieder unser Ding machen, egal was, solange es nicht das hier ist. Was kümmert uns unsere Familie? Was haben sie je für uns getan, außer uns am Leben zu erhalten, damit wir uns beschissen fühlen können?

Wir finden das Zimmer des Babys ohne größere Probleme, abgesehen von meinem wachsenden Unbehagen, Maly bei ihrem Vorhaben zu unterstützen. Als wir im Schlafzimmer sind, nähert sie sich vorsichtig dem schlafenden Baby. Sie schüttelt den Kopf und umklammert das Gitter des Kinderbettes. Sie wacht über diesen winzigen, neuen Körper der Mutter, ohne die sie aufgewachsen ist.

»Es ist hässlicher, als ich es mir vorgestellt habe«, sagt Maly.

»Was hast du denn erwartet?«, frage ich sie von hinten, und denke darüber nach, was sie wohl in dem Gesicht des Babys sieht, ob sie ein Flackern der Seele ihrer Mutter erkennt oder gar nichts.

»Ich ...« Wieder schüttelt sie den Kopf, diesmal aber

schnell. »Wer, glaubst du, wird als mein Kind wieder-geboren?«

»Du glaubst etwa daran?«

»Ich meine nur rein hypothetisch. Was, wenn es Ma Eng wäre? Also nachdem sie gestorben ist.«

»Okay, *das* wäre echt mal Karma.«

»Wär das beschissen«, sagt Maly. »Ich habe wirklich null Interesse daran, die Wiedergeburt von Ma Eng zu ermöglichen. Sie würde aus meiner Vagina flutschen, nach Tigerbalsam stinken und mich in die Ohren knei-fen, weil sie … da schon von mir enttäuscht wäre. Ich werde auf gar keinen Fall Ma Eng nochmal auf die Welt loslassen.«

Wir lachen und halten das Schweigen danach aus, während sie weiter vor mir steht mit zugekehrtem Rücken.

Dann: »Ich würde auf jeden Fall abtreiben, wenn ich wüsste – also *sicher* wüsste –, dass Ma Eng in mir he-ranwächst.«

»Auch als toter Embryo oder sogar reinkarniert würde sie dich noch gnadenlos verfolgen.«

»Schätze auch«, antwortet Maly und blickt seitlich nach hinten zu mir. Es wirkt fast so, als könne sie nicht weggehen von dem Baby, als zwinge sie irgendwas, ihm gegenüberzutreten. »Ves … ist es komisch, dass ich mir wünsche, dass meine Mutter als … *mein* Kind wieder-geboren wird?«

»Finde ich nicht«, antworte ich. Was soll ich sonst sagen?

Als ich sehe, wie sie nach unten blickt und mit der

Hand in die Wiege fasst, kann ich mich der Vorstellung nicht erwehren, dass Maly dem Baby Schmerzen zufügen wird. Ich weiß, dass es keinerlei Sinn ergibt, aber ich habe Angst, dass sie etwas Schreckliches tun wird, obwohl sie nur mit ganz sanften Berührungen den Kopf des Babys streichelt.

»Ich habe meine Meinung geändert«, sagt Maly. »Sie ist eigentlich ziemlich süß.«

Und ausgerechnet das haut mich um. Die Luft fühlt sich plötzlich stickig an, das Zimmer beengend, und ich spüre meinen trockenen Gaumen, all die Worte, die sich den Weg durch meine Kehle zu bahnen versuchen. *Scheiße*, denke ich jetzt, mit feuchten Augen, ich bin nicht ins Haus unserer Cousine zweiten Grades eingedrungen, sondern in die Welt von Maly, mit ihrer einzigen Gelegenheit, Frieden zu schließen mit diesem Baby. Natürlich würde Maly bei ihrer Mutter sein wollen, egal wie. Natürlich hat sie mich nie gebraucht, zumindest nicht wirklich. Vielleicht war ich derjenige, der die ganze Zeit wütend war, auf Malys Mutter, auf alle. Ich allein.

Genau in dem Moment öffnet Ma Eng die Tür, vermutlich um das Baby für die Feier abzuholen. Ihre Augenbrauen ziehen sich zusammen. Sie ist überrascht, uns hier zu sehen, aber sagt nur, dass wir uns beeilen sollen, das Essen sei fertig, die Mönche seien schon bei ihr zu Hause, und fordert uns dann auf, das Baby zu bringen. Maly hebt es also aus dem Bett und dreht sich um. Und so steht sie vor mir, ihre wiedergeborene Mutter wie eine Rüstung an den Körper gepresst, und sieht dabei ganz natürlich aus, als hätte sie sich ihr ganzes Leben lang darauf vorbereitet, dieses Baby zu halten, von ihrer übermütigen Anarchie keine Spur mehr.

»Lass uns gehen«, flüstert sie und folgt Ma Eng.

Es dauert eine Sekunde, bis ich verstehe, dass Maly mit dem Baby spricht, und ich werde von der Stille im Kinderzimmer überwältigt. Für einen Moment bin ich der einzige Mensch hier in der gesamten Gegend, der nicht zur Feier gehört, der getrennt ist von den Großeltern und den Eltern, auch meinen eigenen, und den Babys. Von allen Generationen, den alten und den jungen, den toten und den lebenden oder von mir aus auch den wiedergeborenen. Während ich hier noch stehe, und Maly schon weg ist, wird mir klar, wie zutiefst allein ich bin.

In dieser Nacht – nachdem die Mönche Malys wiedergeborene Mutter gesegnet haben, nachdem alle auf das Baby angestoßen und sich die Bäuche mit Gerichten vollgeschlagen haben, die das Baby nicht mal essen kann, nachdem unsere betrunkenen Onkel zu viele Karaoke-Lieder gesungen haben und nachdem Rithy Maly entführt hat, für nur eine Stunde, und sie mit Knutschflecken übersät zurückgebracht hat – träume ich, dass ich im Videodrome bin. Ich befinde mich inmitten von Türmen aus Fernsehern, auf denen Sendungen ausgestrahlt werden, die uns einer Gehirnwäsche unterziehen sollen, die Verschwörungen unserer Zeit auf allen Kanälen, und dazu Malys Leben, das gleichzeitig auf Hunderten von Bildschirmen läuft. Auf jedem ist sie ein anderes Mädchen, mit verschiedenen Menschen, die sich um sie kümmern, die auf merkwürdige Weise ihre Zuneigung ausdrücken, die zu viel opfern, um sie aufzuziehen, die sie aus verschiedenen Gründen verlassen. Drecksäcke voller Selbsthass und narzisstischer Güte und schwierige Vorbilder aller Geschlechter treten in ihr Leben und verlassen es wieder, verletzen sie meistens, aber manchmal, wenn es gut läuft für sie, beschert ihr auch jemand so etwas wie Glück. So oder so bekommt sie irgendwann Kinder, manchmal viele, manchmal nur eines, die alle mit einer Anspruchshaltung aufwachsen, die sie nicht versteht, die alle von ihr geliebt werden, heftig und bedingungslos. Und doch folgt jeder Abschnitt in Malys Leben, trotz aller Spuren von Rebellion, aller noch so kleinen Details, einem ähnlichen Muster, demselben Bogen bis zum selben Ende.

Umgeben von Visionen von Maly bedauere ich, dass ich mich nicht an jedes einzelne ihrer Leben erinnern werde, aber dieses Bild werde ich nicht vergessen: Wie ich hier im Videodrome stehe und zuschaue, wie meine Cousine in all ihren Reinkarnationen zu derselben Mutter wird, während ich über mein Kteuy-Sein nachdenke, wie das zu allem vor mir passt und inwiefern nicht.

Dann wache ich auf. Ich stehe aus meinem Doppelbett auf, blicke mich in meinem Zimmer um, sehe, wie das Sonnenlicht durchs Fenster fällt und den in der Luft schwebenden Staub zum Leuchten bringt, wie das Phantom eines Projektorlichtstrahls. Und dann fange ich an zu packen.

DIE WERKSTATT

Im Gespräch mit Kunden nannte ich Dad meistens den Besitzer, oder, wenn unsere Werkstatt nach etwas klingen sollte, den Chef-Abgastechniker, aber eigentlich sah ich ihn in meiner Kindheit einfach als einen typischen kambodschanischen Automechaniker – ein Klischee, der Mann, der irgendwann genug Geld zusammengespart hatte, um eine eigene Autowerkstatt aufzumachen. Im Sommer, als ich mit dem College fertig war, empfand ich mich rückblickend als dummen Arsch dafür, wie wenig ich Dads Leistung gewürdigt hatte, wobei ich zu meiner Verteidigung sagen muss, dass es eben das war, was kambodschanische Männer machten. Sie reparierten Autos, verkauften Donuts oder lebten von Sozialhilfe.

Zumindest wenn es nach Doktor Hengs Frau ging, die immer, egal ob ihr Auto repariert werden musste oder nicht, im Warteraum der Werkstatt rumlungerte. Früher, zu Zeiten der Flucht, als die Kambodschaner gerade erst nach Kalifornien gekommen waren, war einzig *ihr* Mann lange genug zur Schule gegangen, um etwas aus seinem Leben zu machen, wie Arzt werden zum Beispiel. Sie redete in der Werkstatt oft über die Verdienste ihres Mannes, und das ganz besonders oft, als ich nach meinem Studienabschluss in »Symbolische

Systeme« – einem Studiengang für Programmierer, die nicht schlau genug für richtiges Programmieren sind – keinen Job gefunden hatte und aus dem Mittleren Westen zurück ins Central Valley gezogen war.

Die Haare zu einem unförmigen Klumpen frisiert, das Make-up eine Nuance zu hell, tauchte Doktor Hengs Frau immer wie aus dem Nichts auf, mit wehenden Ärmeln einer ihrer unzähligen geblümten Seidenblusen, setzte sich vor die Klimaanlage und sagte Dinge wie: »Mein Mann, Doktor Heng, muss nie nachschlagen, wenn er eine Diagnose stellt. Er ist einfach viel klüger als andere Männer. Er merkt sich wirklich alles.«

Einmal, als ich gerade wieder in der Werkstatt zu arbeiten begonnen hatte, erging sich Doktor Hengs Frau in einer Tirade über die Faulheit der Jungen meiner Generation. »Was ist los mit euch Jungs!«, sagte sie. »Nach meinem Mann, Doktor Heng, ist kein einziger Kambodschaner hier in Amerika Arzt geworden, nicht einmal hier geborene! Meine Generation kam mit nichts hier an. Wir sind den Kommunisten entkommen. Und was *machen* Jungs wie du so?!«

Ich war gerade mit einem Kunden beschäftigt, dem die Reparatur seines Autos zu lange dauerte. »Lassen Sie mich kurz den Chef-Abgastechniker fragen«, sagte ich, und versuchte, ihm mimisch zu vermitteln, dass Doktor Hengs Frau trotz ihres Tonfalls und ihrer aggressiven Frisur harmlos war.

Nachdem der Kunde vor die Tür gegangen war, um einen Anruf anzunehmen, kam Doktor Hengs Frau an den Tresen und schlug mir mit einer zusammengerollten Zeitschrift auf den Kopf. »Warum bist du nicht Arzt geworden?«

Sie versuchte, mich nochmal zu schlagen, aber ich wich ihr aus. »Ming, bitte hör auf«, sagte ich. »Gewalt wird unsere Probleme nicht lösen, und der Mythos von der vorbildlichen Minderheit auch nicht.«

»Unnütze große Worte«, schnaubte sie. »Das ist alles, was ihr im College lernt.« Ich musste lachen. Unrecht hatte sie nicht.

Niemand wusste, warum Doktor Hengs Frau so oft in die Werkstatt kam, nicht einmal Mom und ihre tratschsüchtigen Freundinnen, aber ihre täglichen Besuche fanden bereits seit dem Tag statt, an dem Dad die Werkstatt eröffnet hatte. Sie fanden statt, als ich zwölf war und Brian und ich abwechselnd die Schecks zur Bank gegenüber brachten, die so oft von irgendwelchen Idioten überfallen wurde, dass sie irgendwann geschlossen wurde und ein Church's Chicken in den Räumen einzog. Sie fanden statt, als ich siebzehn war und für die Studierfähigkeitstests lernte, und die Kunden Dad passiv-aggressive Sachen zubrummelten, weil er die Preise erhöht hatte. Und sie fanden statt, als ich anfing, wieder in der Werkstatt abzuhängen, nicht weil Dad mich dafür bezahlte – wofür hätte er mich auch bezahlen sollen, wenn er ohnehin schon für meinen Lebensunterhalt aufkam? –, sondern einfach, weil ich nichts Besseres zu tun hatte.

Brian hatte die Theorie, dass Doktor Hengs Frau in jungen Jahren in Dad verliebt gewesen sein könnte und dann bitter enttäuscht war, als Dad Mom einen Heiratsantrag machte, direkt nach ihrer ersten Begegnung. Nach dieser Logik waren die Besuche in der Werkstatt einfach nur der Versuch von Doktor Hengs Frau, uns unter die Nase zu reiben, wie gut ihr Leben gelaufen war, um so vieles besser, als sie es sich damals hätte vorstellen können, als sie für Dad schwärmte – mit ihrem Lexus, ihren Omega-Uhren und ihren nach neuem Leder duftenden Louis-Vuitton-Taschen, die so riesig waren, dass ich überzeugt war, dass sie mit eigenem Bewusstsein ausgestattet waren und mich in einem Stück verschlucken konnten, sollte ich ihrer Herrin Ärger machen.

Wer weiß? Vielleicht hatte Brian recht. Dad war es so oder so egal. Die Hälfte der Zeit beachtete er weder Doktor Hengs Frau noch sonst jemanden, der kein Kunde war. Einen Großteil des Tages verbrachte er damit, die Fehler seiner Leute wiedergutzumachen – die verkehrte Diagnose eines Getriebefehlers, eine falsche Achseneinstellung, Ölflecken im Innenraum eines Autos, weil jemand vergessen hatte, eine saubere Schutzdecke auf den Sitz zu legen. In Bezug auf andere kambodschanische Männer war Dad ein echter Softie. Er hatte so viele Freunde eingestellt wie nur möglich, deutlich mehr, als sich die Werkstatt eigentlich leisten konnte, und ließ ihnen alles durchgehen. Es war ein wunderschönes Unternehmen, egal wie fehlerhaft, die Art, wie Dad so viele Menschen versorgte, ein ganzes Ökosystem, wie er dem Stadtviertel seine Dienste anbot und auch zwölf kambodschanischen

Männern Arbeit gab. Einige von ihnen ließ er sogar schwarz bei sich arbeiten, damit sie weiterhin Anspruch auf Sozialhilfe hatten, allerdings nur die mit Kindern. Dads unendliche Langmut mit seinen Leuten war der Grund, warum wir überhaupt in Schwierigkeiten gerieten. Also damals, als ich in der Werkstatt Vollzeit arbeitete, als quasi Erwachsener. Es war ja beileibe nicht das erste Mal, dass die Werkstatt in der Scheiße steckte.

Wie dem auch sei, Ende Juli ließ Ohm Young am Ende der Probefahrt nach einer Reparatur die Schlüssel im Zündschloss des Pick-ups eines Kunden stecken. Er hatte ihn auf dem Parkplatz des Einkaufszentrums neben der Werkstatt abgestellt, wo wir immer die reparierten Autos parkten, direkt vor dem winzigen Friseursalon, der zugleich Massagesalon und Nagelstudio war, und darüber hinaus, nicht zu vergessen, der einzige Laden, in dem man anständigen Kokosreis in Bananenblättern kaufen konnte. Am nächsten Morgen war der Pick-up verschwunden. Eigentlich war Ohm Young als Assistent des Chefs angestellt, auch wenn er kaum je dem Chef assistierte.

»Ahhhh, tut mir leid, Chef«, sagte Ohm Young. »Ich weiß nicht, was passiert ist.« Er zuckte mit den Schultern, während Dad in eine Schockstarre verfiel, als er die beeindruckende Gelassenheit seines stellvertretenden Geschäftsführers zu verarbeiten versuchte.

»Was soll das heißen, du weißt nicht, was passiert ist?«, rief Doktor Hengs Frau, die natürlich auch vor Ort war und das Gespräch verfolgte. »Dir ist ein Auto abhandengekommen! Nicht ein Auto-*Teil*. Ein ganzes *Auto*!«

»Schon gut, schon gut, es wird alles okay«, sagte Dad und beruhigte alle im Warteraum, außer sich selbst, denn er sah leicht benommen aus, zu blass, als dass er als okay gelten konnte. »Toby, geh und such das Auto«, sagte er dann zu mir. »Bitte, Oun, tu es einfach.«

Es war eine fast unlösbare Aufgabe, die, so schien mir, auf der Annahme beruhte, dass irgendein betrunkener Obdachloser in das Auto gestiegen und ein bisschen in der Gegend rumgefahren war. Was *tatsächlich* schon mal passiert war, einige Jahre zuvor. Der Obdachlose hieß Ace, und er brachte das Auto selbst zurück, ging schnurstracks zum Tresen und übergab Dad die Schlüssel, als wäre die Werkstatt eine Autovermietung. Eine jüngere Version meiner selbst hätte sich Dads Bitte widersetzt – was glaubte er denn, wie viele gutmütige Aces es auf der Welt gab? –, aber ich konnte es ihm nicht übelnehmen, dass er es wenigstens versuchen wollte, dass er sich einen Funken Hoffnung bewahrte, alles könne sich zum Guten wenden, dass die schlimmsten Zeiten seines Lebens vorbei waren und daher nichts, was ihm jetzt widerfuhr, besonders dramatisch sein konnte.

»Okay, ich gehe«, sagte ich, worauf er sich ein Lächeln abrang, bemüht darum, optimistisch zu wirken. Dad war einer dieser Typen, die ständig lächelten und lachten, aber immer mit einem traurigen Ausdruck in den Augen. Mir war das zum ersten Mal kurz nach meinem Studium aufgefallen. Ein anderer von Dads

Leuten, Ohm Luo, ein Abgastechniker, der kaum je Abgase prüfte, hatte einen Witz darüber gemacht, dass er immer in unterdrückerischen Regimes gelebt hat – erst dem von Pol Pot, dann dem seiner Frau, und jetzt hatte Ohm Young die ganze Nachbarschaft in den Wahnsinn getrieben, indem er auf Straßenfesten Keyboard übte –, worauf Dad gar nicht mehr aufhören konnte zu lachen, aber als er sich schließlich beruhigte, trafen sich unsere Blicke, und da sah ich diesen Ausdruck leiser, beständiger Trauer in seinen Augen.

Es lag wohl an Einsichten, die ich schon als Kind hätte haben sollen, dass ich jetzt den Boden der Werkstatt wischte. Eigentlich hätte ich mich auf Jobs in der Bay Area bewerben sollen, Jobs mit Eigenkapital und Sozialleistungen, anstelle kostenloser Mittagessen mit Dad und seinem falschen besten Freund, Ohm Sothuy, der ebenfalls eine Autowerkstatt besaß, auf der anderen Seite des Costco. Ich wusste, dass ich einen richtigen Job finden musste, aber mir schienen an diesem Punkt in meinem Leben dumme Erleuchtungen über mein Zuhause so wertvoll, so notwendig und so vergänglich.

»Ich komme mit«, sagte Doktor Hengs Frau zu Dad und klemmte sich ihre Louis-Vuitton-Tasche unter den Arm, als würde sie in den Kampf ziehen. »Ich muss sowieso mal mit dem hier reden«, fügte sie hinzu und deutete auf mich.

Doktor Hengs Frau und ich stiegen in meinen Honda Accord, der zwanzig Jahre alt war, aber einfach nicht den Geist aufgab, sosehr er es sich auch gewünscht haben mag, da Dad unsere Autos so gründlich reparierte, dass sie ewig liefen. Es hatte etwas Beruhigendes, dieses Auto zu fahren, das von Mom an Brian und dann wieder an Mom und schließlich an mich weitergegeben worden war, aber seine Klimaanlage ließ zu wünschen übrig.

»Meine Hitzewallungen sind schlimm, richtig, richtig schlimm«, sagte Doktor Hengs Frau und fächelte sich mit meinen abgelaufenen Zulassungspapieren Luft zu. »Wenn du ein Mädchen heiratest, achte darauf, dass ihre Mutter keine schlimmen Wechseljahre hat. Es ist genetisch. Alles ist genetisch. Alles wird vererbt.«

»Ich bin schwul«, sagte ich zu ihr und bog in die Swain Road ein, eine der Wohnstraßen nah der Werkstatt. Ich fuhr so langsam wie möglich, damit wir die geparkten Autos genau sehen konnten. »Wir suchen nach einem 2005er Toyota Tundra«, fügte ich hinzu. »In einer Art schlammigem Gold.«

»Ich weiß«, antwortete sie, obwohl sie es ganz sicher *nicht* gewusst hatte. Jetzt fächelte sie sich Luft mit einem Louis-Vuitton-Portemonnaie zu, das zu ihrer Louis-Vuitton-Tasche passte. »Du kannst trotzdem ein Mädchen heiraten«, sagte sie, und ich machte mich darauf gefasst, dass sie jetzt Spekulationen über die genetische Veranlagung zur Homosexualität in meiner Verwandtschaft anstellen würde. »Ich bin mir dessen schon bewusst«, sagte ich, »dass ich, rechtlich gesehen, eine Frau heiraten kann.«

Dann kniff mich Doktor Hengs Frau in die Wange und begann einen Monolog zu halten: »Dummkopf! Hör mir jetzt mal zu. Ich mein es ernst, wie sonst auch. Ich mache keine Scherze und verbitte mir auch Scherze darüber, was ich sage. Ich habe nur die besten und klügsten Absichten für dich und deine Altersgenossen. Warum sind Jungs so begriffsstutzig? Schwule Jungs sollten eigentlich weniger dumm sein als andere Jungs, oder? Wieso bist du es dann nicht? Heirate ein Mädchen, weil das am sinnvollsten ist. Ich sage ja nicht, dass du nicht schwul sein darfst. Wie schwer ist es, normal und schwul zu sein? Also, folgender Plan: Du heiratest ein Mädchen aus Kambodscha, ein nettes Mädchen, aus einer guten Familie, einer reichen Familie, eine Prinzessin aus einer reichen Familie, und ihre Eltern werden dir fünfzigtausend zahlen, mindestens fünfzigtausend, damit du ihre Tochter heiratest und ihr damit eine Green Card verschaffst, und du und dieses Mädchen, ihr werdet Kinder haben, weil das am sinnvollsten ist, Kinder zu haben. Nach fünf Jahren, wenn das Mädchen den Einbürgerungstest bestanden hat, kannst du dich dann von ihr scheiden lassen und ihr teilt das Sorgerecht für die Kinder. Als Nächstes investierst du die fünfzigtausend an der Börse. Dann bist du abgesichert. Wenn du abgesichert bist, kannst du so schwul sein, wie du willst. Das ist der Plan.«

Ihr Monolog endete, als wir in eine belebtere Straße einbogen, und Doktor Hengs Frau fing jetzt an, die Unternehmen aufzuzählen, die auf CNBC als vielversprechend für Anlagen empfohlen wurden. Wir fuhren an sechs Fast-Food-Restaurants und drei Parkflächen vorbei. Dann, in der El Dorado Street, rief Doktor

Hengs Frau, ich solle auf den Parkplatz der Angkor-Apotheke fahren. Ich parkte ein, und während Doktor Hengs Frau aus dem Auto sprang und ins Gebäude stürmte, dachte ich über ihren Plan für mein Leben nach. Ich empfand die ganze Situation als urkomisch, wie sie meine Zukunft als Slapstick-Komödie entwarf, wie eine Billigversion von *Das Hochzeitsbankett*, gespielt von Asiaten mit dunklerer Hautfarbe.

Als ich den Blick über die Läden des Einkaufszentrums schweifen ließ, sah ich den Dollar-Tree-Laden, in dem ich immer meine Schulsachen gekauft hatte, und den Plattenladen, in dem ich immer geklaut hatte, weil die Noten für meine Klavierstunden, wie die Stunden selbst, absurd teuer waren. Und da drüben war auch das billige Sushi-Restaurant mit dem wahnsinnig leckeren fettigen Thunfisch mit widerwärtigem Krebsfleischimitat – eine Kombination, deren Sinn ich nie verstand –, in dem ich meiner Freundin aus der Highschool, zugleich mein Abschlussball-Date, gesagt hatte, dass ich schwul bin, und schließlich, ganz am Ende des Parkplatzes, war da noch der kambodschanische Lebensmittelladen, in dem meine Mutter immer noch ab und zu einkaufte, aber nur, wenn sie gerade auf die Besitzer des besseren kambodschanischen Ladens sauer war. Eine Gruppe dunkelhäutiger asiatischer Kinder in weiten Klamotten, die mich an meine Freunde in der Kindheit erinnerten, rannte mit Dollarscheinen in den Händen auf den kambodschanischen Laden zu, – obwohl ich mir das mit den Geldscheinen wahrscheinlich nur einbildete –, mit ungelenken, schlaksigen, spastischen Gliedmaßen, und als ich sie so auf den Laden zueilen sah, erinnerte ich mich daran, wie sehr ich mich in meiner Jugend danach gesehnt hatte, dem Valley zu entkommen, in das es meine Eltern verschlagen hatte, und nach jedem Versprechen eines anderen Lebens wie nach einem Strohhalm griff. Eine echte Chance, so hatte ich mir eingeredet, hatte man nur in den großen Städten aus dem Fernsehen, in den Großstädten, wo sich das wahre Leben abspielte, wo ich so schwul sein konnte, wie ich es für richtig hielt. Genervt von der kaputten Klimaanlage meines Autos wischte ich mir den Schweiß von der Stirn und dachte: *Ich fasse es nicht, dass ich in diesem schrottreifen Honda sitze, einen College-Abschluss habe und mit dem Gedanken spiele, eine kambodschanische Prinzessin für Geld zu heiraten.* Und doch war das eine so tief verankerte Vorstellung, dass ein solches Arrangement, der Stoff von Farcen, tatsächlich eine Brücke zwischen unterschiedlichen Welten schlagen konnte.

In der Angkor-Apotheke redete Doktor Hengs Frau, an den Verkaufstresen gelehnt, auf den Besitzer ein, der in einem Stapel von Papieren wühlte und dabei so gleichmäßig mit dem Kopf nickte, dass klar war, dass er nicht zuhörte. Als sie wieder ins Auto stieg, fragte ich sie, ob sie ihr Medikament bekommen habe, worauf sie mich nur entgeistert ansah, als wäre meine Frage so dumm, dass sie ihren Inhalt kaum verstehen konnte.

»Medikament? Was redest du denn da?«, antwortete sie. »Ich war dort, um der Angkor-Apotheke ein neues Geschäftsmodell vorzuschlagen. Die müssen anfangen, mehr als nur Medikamente zu verkaufen. Man muss sich doch nur mal anschauen, wie gut Walgreens läuft!« Als ich lachen musste, warf sie mir einen bösen Blick zu und sagte: »Was habe ich dir gesagt? Hör auf, über mich zu lachen. Ich bin *keine* lustige Frau.«

Ich konnte aber nicht anders. Mit den Händen fest am Steuer, konnte ich einfach nicht aufhören zu lachen. »Es gibt also noch andere ›begriffsstutzige Jungs‹, denen Sie Ratschläge geben?«, sagte ich und verschluckte mich beim Lachen, als ich vom Parkplatz fuhr.

»Du bist nicht mein einziges Sorgenkind«, sagte sie.

Danach fuhren wir weiter durch die Straßen, auf der Suche nach dem verschwundenen Pick-up, und hörten dabei eine CD mit alten Khmer-Liedern, die noch aus der Zeit im CD-Player steckte, als der Honda meiner Mutter gehört hatte. Ich verstand die Liedtexte kaum, abgesehen von ein paar Brocken in den Refrains, kannte aber die Melodien, die Stimmen, die seltsame Mischung aus schwermütigen und psychedelischen Klängen. Wenn ich zu formulieren versuchte, was ich empfand, wenn ich an zu Hause dachte, kam ich immer wieder auf diese Lieder zurück, die Mischung aus Unverständlichkeit und Wohlgefühl. Ich hatte schon so lange mit dem Unverständnis gelebt, dass ich es nicht einmal mehr als etwas Schlechtes empfand. Es war einfach da, eingebettet in alles, was ich liebte.

Als wir zurück in die Werkstatt kamen, schrie der Besitzer des verschwundenen Wagens gerade Dad an, dass er uns verklagen und die gesamte Gegend dazu bringen werde, die Werkstatt zu wechseln. Dad erklärte ihm, dass die Polizei den Pick-up gerade zu orten versuche, dass er seinen eigenen Sohn auf die Suche geschickt habe und dass er für den Kauf eines neuen Autos aufkommen werde. Ohm Young und ich hörten von der Werkstatt aus zu. Ich sah schon vor mir, wie mein Vater gleich vom Warteraum rüberkommen und seine Panik mit einem leeren Gesichtsausdruck überspielen würde, und wie Ohm Young ungerührt über seinen Fehler mit den Schultern zucken und eine Zugabe seiner verblüffenden Unbekümmertheit geben und sagen würde: »Tut mir leid, Chef, ich weiß nicht, was passiert ist.«

Danach ging es mit dem Geschäft bergab. Der Pick-up wurde nie gefunden. Einige Stammkunden waren danach keine Stammkunden mehr. Wenn er zum Abendessen mit der Familie zu Besuch kam, fing Brian Gespräche darüber an, dass Dad die Werkstatt verkaufen könne, die Geschäftskosten einsparen und stattdessen in Mietobjekte investieren, was er Dad schon eine ganze Weile empfohlen hatte. Brian arbeitete damals als Immobilienmakler und verkaufte Häuser in einer Gegend der Stadt, wo es schicke Gated Communities gab, er kannte sich also mit solchen Dingen aus.

»Ich will damit doch nur sagen«, sagte Brian eines Abends, »dass die Immobilienpreise absolut im Keller sind und jetzt der richtige Zeitpunkt zum Kaufen ist. Die Preise werden wieder steigen, und zwar ziemlich bald, und ich will nicht, dass wir uns zu Tode arbeiten. Ich sag's euch, die Kredite hat man *sofort* abbezahlt.«

Dad seufzte, als habe sein ältester Sohn die wichtigste Lektion, die er ihm seit Jahren beizubringen versuchte, noch immer nicht begriffen. »Was glaubst du denn, warum die Immobilienkrise die Leute so hart getroffen hat? Man muss vorsichtig sein im Leben. Man kann den Banken nicht einfach so vertrauen.«

»Immobilien sind die einzige sichere Investition!«, rief Brian, den Mund voll mit Schweinefleisch in Ingwersauce. »Wenn die Regierung zerbricht und die Gesellschaft im Chaos versinkt, bleibt nur noch *Land* übrig, und ich für meinen Teil ...«

»Alter«, sagte ich, »schluck erstmal runter, bevor du Ba mit apokalyptischem Unsinn anschreist.«

»Ich schreie nicht!«, schrie Brian und gab mir einen Schlag auf den Arm. »Ich will doch nur sagen – dass *ich* hier derjenige bin, der versucht, vorsichtig zu sein. Ba kann nicht für den Rest seines Lebens Autos reparieren!«

Brian und Dad stritten weiter, wobei Brian eine durchgeknallte Theorie darlegte, der zufolge eine neue Erfindung demnächst alle Autos überflüssig machen würde, während Dad immer wiederholte, Brian solle sich um seine eigenen Angelegenheiten kümmern und so weiter. Gelegentlich mischte ich mich als Schlichter ein und wies Brian zurecht, dass er sich zu sehr echauffierte, wie er es oft tat, oder unterbrach Dad, um einzuwenden, dass Brian mit einem Argument tatsächlich recht hatte, auch wenn es so klang, als wäre er überzeugt davon, dass wir bald durch die Singularität ausgelöscht werden. Mom, die das ganze Abendessen lang auf ihrem iPad rumscrollte, hielt sich aus dem Gespräch heraus und meldete sich nur zu Wort, um Brian dafür auszuschimpfen, dass er in eine eigene Wohnung gezogen war und Geld für die Miete verschwendete, worauf Brian antwortete: »Mom, kein Mädchen will eine Beziehung mit einem sechsundzwanzigjährigen Mann, der noch zu Hause wohnt!«

Mom verdrehte die Augen. »Ist es so falsch, wenn ich meine beiden Söhne unter meinem Dach haben will?«, sagte sie, bevor sie sich wieder ihrem iPad zuwendete, da sie Gespräche über die Werkstatt hasste. Sie hatte in ihrem Leben bereits genug Energie auf Versuche verschwendet, Dad davon zu überzeugen, die ihrer Meinung nach unbrauchbaren Angestellten – allen voran Ohm Young – zu entlassen. Meine gesamte Kindheit hindurch hatte sie bis spätnachts die Buchhaltung der Werkstatt gemacht, den Kopf tief über ölverschmierte Rechnungen gebeugt, sich mit ihren festen Händen durch die Haare fahrend, als könnte das fehlende Geld aus der Frisur rieseln. Als ich dann in der Highschool war, stellte Mom, nachdem sie sich zum tausendsten Mal den Witz von Dad angehört hatte, dass seine Leute nun mal Frauen, Kinder und Spielsüchte zu finanzieren hätten, die Anstrengungen ein, die Gewinne der Werkstatt zu steigern, und fing an, als Schichtarbeiterin im Sozialamt zu arbeiten. Anstatt für ausgeglichene Bilanzen zu sorgen, schaute sie sich jetzt auf YouTube trashige und kitschige Thai-TV-Serien an, synchronisiert in Khmer. Sie hörte auf, über Geldangelegenheiten zu reden, und fing an, vom Ruhestand und einer

Reise nach Thailand zu träumen, um dort zu lernen, wie man authentisch thailändisch kocht, da sie bereits sämtliche Khmer-Rezepte beherrschte, sogar die von Gerichten, die sie nicht mochte. »Thailändisches Essen ist einfach schlechtes Khmer-Essen«, sagte sie einmal, »aber immer noch besser als andere Küchen. Was soll ich denn machen? Lernen, wie man Pasta macht?«

In ihren Zukunftsplänen kam Dad nie vor, manchmal sprach sie aber von einer Zeit, in der sie mit Brian, mir und den Enkeln, die sie von uns erwartete, zusammenleben würde. »Ich möchte zwei Kinder von dir und vier Kinder von Brian«, sagte sie dann, und ich verstand nie, warum sie von mir weniger Kinder forderte als von meinem älteren Bruder. Tatsache ist, dass ich weder zwei noch vier, sondern eigentlich gar keine Kinder wollte. Ich war im Frieden mit mir als schwulem Mann, und natürlich wusste ich, dass auch schwule Paare Kinder haben können, aber mir schien es die Hürden nicht wert, die man dafür nehmen musste – die Leihmutterschaft oder die Adoption, die vielen Anträge. Das einzige Mal, dass ich ernsthaft eigene Kinder in Betracht zog, war, als ich über all die im Genozid Verstorbenen nachdachte, über zwei Millionen Verbindungspunkte, die in den Abgrund reinkarniert waren, und darüber, wie junge *Cambos* wie ich die Welt eigentlich mit weiteren *Cambos* bevölkern sollten, und zwar insbesondere die mit schicken Hochschulabschlüssen, deren Kinder bevorzugt Zulassungen zu den besten Colleges bekommen würden.

Bald kamen nur noch Kambodschaner in die Werkstatt. Es war ein untrügliches Zeichen dafür, dass die Geschäfte schlecht liefen, wenn keine Weißen, Schwarzen, Hispanoamerikaner oder auch nur andere Ostasiaten mehr den Laden betraten. Es gab in unserer Stadt zwar viele *Cambos*, aber nicht genug für einen soliden Kundenstamm. Niemand musste sein Auto *so* oft reparieren lassen. Außerdem handelte es sich bei ihnen meist um Verwandte oder Verwandte von Verwandten oder Freunde oder Freunde von Freunden, so dass Dad dauernd Rabatte gewährte und wir kaum Gewinn machten. Dads Leute fingen an, Karten zu spielen, im hinteren Teil der Werkstatt, wo Poster mit nackten thailändischen Frauen mit einem chinesischen Tierkreiskalender um ihre Aufmerksamkeit konkurrierten. Da der Warteraum meist kundenleer war, sortierte ich alte Rechnungen und kratzte verkrustetes Öl von den Oberflächen. Ich versuchte sogar zu lernen, wie man Bilanzen macht, aber Dad verlor schnell die Lust, wenn er mir die Ausgaben zu erklären versuchte. Der Warteraum war jetzt so sauber wie seit dem Tag der Eröffnung nicht mehr. Es hatte etwas Trauriges, dass die Werkstatt mit jedem Tag besser aussah und schlechter lief. Auf eine kosmische Art schien es mir ungerecht.

Als es keine Ölkrusten mehr abzukratzen gab, überflog ich auf meinem Handy Stellenanzeigen und aktualisierte immer wieder die Website mit Jobangeboten meines ehemaligen Colleges. Doktor Hengs Frau hielt mir Vorträge darüber, dass ich zurück an die Uni solle und Pharmazie studieren. Ich bewarb mich nicht auf eine einzige Stelle, da mir noch immer die Jobmessen und Vorstellungsgespräche in den Knochen saßen, die ich im College vergeigt hatte. Trotzdem fühlte es sich produktiv an, meine hypothetischen Zukünfte durchzugehen – als Datenanalytiker, technischer Redakteur, Ingenieur für Benutzeroberflächen. Doch je mehr ich darüber nachdachte, desto weniger konnte ich mir vorstellen, in einem dieser Jobs zu arbeiten. Jeden Morgen gebügelte Hosen und Hemden anziehen. Mit den Kollegen über das Wetter und ihre Lieblingswanderungen plaudern.

Dann wurden die Tage kürzer, der Sommer ging in den Herbst über, und an manchen Abenden traf ich mich nach der Arbeit in der Werkstatt mit einem alten Freund von Brian. Wir waren uns zufällig bei Costco über den Weg gelaufen. Es gab dort gerade Mobil-5W-30-Öl im Angebot, aber man durfte nur drei Kanister auf einmal kaufen. Irgendein lokales Gesetz begrenzte die Menge brennbarer Substanzen, die ein Kunde pro Einkauf erwerben durfte, auf drei. Also schickte mich Dad alle paar Stunden zu Costco, um Nachschub zu holen, und so stand ich gerade in der Kassenschlange, hoffend, dass die Kassiererin mich nicht wiedererkennen würde, als Paul vom Food Court herübergeschlendert kam, mit dieser Ausstrahlung untergründiger Existenzangst, die man oft bei Typen sieht, die unsere Heimatstadt nie verlassen und einem staubigen Kalifornien ohne Ambitionen und Strände die Treue gehalten haben. Er fragte mich, wie es mir ginge, und so überredete ich ihn, drei Kanister Öl für mich zu kaufen. Als ich mich bedankte, sagte er mit einem leichten

Grinsen, dass ich mich ja sicher revanchieren würde. Danach fielen wir wieder in alte Muster zurück und fuhren in die abgelegenen Gegenden des Deltas. Es war der sicherste Ort für Sex im Auto, insbesondere, wenn man mehr wollte als Blowjobs.

Paul war halb Mexikaner, halb Italiener, und seine Freundin war Filipina. Er arbeitete als Leiter einer AT&T-Filiale. Verdiente sogar ganz gutes Geld, wenn man die Provisionen mitrechnete. Er war auf eine unprätentiöse Art schön, und hatte einen Dreitagebart, der mich wahnsinnig machte, wenn er mir mit den Stoppeln über den Rücken oder Bauch fuhr. Seine Nase war groß, aber wohlproportioniert. Manchmal schloss ich die Augen und benutzte sie, um mit ihr Druck auf meine Augenhöhlen auszuüben. Es war ein komisches, aber befriedigendes Gefühl, als ob die Augäpfel massiert würden. Falls es Paul nicht gefallen haben sollte, so sagte er zumindest nie etwas, um mich davon abzubringen. Ich hatte ihm mal in den Wintersemesterferien auf Grindr geschrieben, nachdem ich seinen kopflosen Torso auf dem Profilbild an seinem The-Mars-Volta-T-Shirt erkannt hatte, und wir hatten in den folgenden Jahren ab und zu Sex, immer in seinem roten Sienna-Minivan, der auch der Minivan gewesen war, mit dem seine ältere Schwester Paul, Brian und mich in der fünften Klasse zur Schule gebracht hatte. Das Auto hatte in unseren Jugendjahren Legendenstatus. In der Highschool nannten es alle den Party-Van, weil Pauls ältere Schwester während der Mittagspause so viele Freunde wie möglich zum Essen im Food Court vom Costco fuhr. Als Paul dann in die Highschool kam und das Auto von ihr erbte, ging auch die Aufgabe auf ihn über, Teenager zu billigem Essen zu chauffieren. Zehn Jahre später konnte man Paul immer noch bei Costco begegnen, mitten in der Woche, wenn er dort Hot Dogs für 1,50 Dollar aß.

Eines Nachts, nachdem Paul in mir gekommen war, lagen wir auf der Rückbank seines Minivans, mein Rücken klebte noch an seinem Oberkörper mit einem Gemisch aus Schweiß, Gleitmittel und Sperma. Wir lagen noch eine Weile so da, Pauls Kinn an meine Schulter geschmiegt, während ich zuschaute, wie die Fensterscheiben von der Hitze unserer Körper beschlugen. Dann, wie aus dem Nichts, fragte er mich, ob es in Ordnung sei, wenn er sein Auto in die Werkstatt bringe; er müsse mal zum Ölwechsel. Nur wenn er die mexikanischen, weißen und philippinischen Autobesitzer der Stadt dazu überrede, ihre Autos ebenfalls in unsere Werkstatt zu bringen, antwortete ich im Scherz.

»Das Problem ist: Ich bin zu weiß für die Mexikaner und zu mexikanisch für die Weißen«, sagte Paul und fuhr mir dabei mit den Fingern durchs Haar. »Und ich schätze, ich kann dir auch die Filipinos nicht bringen, weil ich meine Freundin mit dir betrüge.«

»Sei doch nicht blöd«, sagte ich, »du brauchst doch nicht zu fragen.«

»Ich wollte nur sichergehen«, antwortete er. »Nur für den Fall, dass es irgendwie komisch wäre.«

»Es ist nicht komisch«, sagte ich und erinnerte mich
an die Zeit, als ich jünger war und auf demselben Rück-

sitz desselben roten Minivans saß und mich tatsächlich komisch fühlte neben Paul, und zwar weil seine ältere Schwester achtzig fuhr, obwohl das Tempolimit vierzig war. Er war nur drei Jahre älter als ich, was jetzt, da wir beide in unseren Zwanzigern waren, kaum einen Unterschied machte; trotzdem empfand ich es als aufregend, mit dem coolen älteren Typen aus meiner Jugend Sex zu haben, der Bands wie The Mars Volta hörte. Wenn nur mein nicht geoutetes, sexloses Ich aus der Highschool mich jetzt sehen könnte, dachte ich manchmal, bevor mir wieder bewusst wurde, wie dumm diese Sicht auf Paul war – einen nicht geouteten Schwulen, der sich nicht traute, mit seiner ersten Freundin Schluss zu machen. Dazu kam, dass The Mars Volta in Wirklichkeit scheiße sind.

»Warum arbeitest du eigentlich im Betrieb deines Vaters?«, fragte Paul.

»Warum nicht?«, antwortete ich. »Ich habe gerade keinen Job. Was spricht dagegen.«

»Es scheint einfach nicht dein *Umfeld zu* sein.«

»Und was für eins wäre das?«

»War nur eine Frage. Vergiss es.«

»Kein Problem, ich bin da nicht empfindlich«, versicherte ich ihm. »Es würde mich wirklich interessieren.«

»Mann, keine Ahnung«, fing er an, »du bist doch weggezogen, aufs College, warum kommst du zurück? Ich dachte, du würdest inzwischen irgendwo mit einem coolen Job leben und gute Typen daten. Typen, die auch coole Jobs haben. Banker und Ärzte und so.«

»Ich würde nie einen Banker daten«, sagte ich und bereitete mich innerlich schon darauf vor, dass Paul jetzt gleich in Trübsinn verfallen würde. Das passierte manchmal, wenn wir uns trafen. Er machte sich dann einen Kopf, weil er seine Freundin Meryl betrog, die im Übrigen wirklich nett war. Sie war eine gläubige Katholikin, die Dinge wie »Ach herrje!« sagte. Wenn ich ihr begegnete, fragte sie immer, wie mein Tag bislang war, in der aufrichtigen Absicht, sich die Antwort anzuhören. Natürlich mied ich sie wie die Pest. Paul war in Meryl verliebt, oder glaubte es zumindest zu sein, fickte aber ein wenig zu gern mit Männern, und wenn ihn das überforderte, sagte er so peinliches Zeug wie »Ich bin nicht gut genug für dich«.

An diesem Abend sagte er: »Ich ... Ich glaube, ich verstehe nur nicht, warum du wieder zu Hause wohnst.«

»Ach, richtig«, erwiderte ich. »Wie spät ist es? Wir müssen wahrscheinlich bald ins Bett.«

»Nee, ich meine es ernst«, sagte er. »Für dich würde es in San Francisco doch auf jeden Fall super laufen, das weißt du doch auch. Ich werde für immer hier sein. Ich werde immer rumfahren müssen. Die Parkplätze in der Stadt sind beschissen.«

Ich wusste nicht, was ich sagen sollte. Um ehrlich zu sein, hätte ich auch für immer so leben können – den Tag über in der Werkstatt, eingelullt von den Geräuschen rostiger Maschinen, Türriegeln, die ver- und entriegelt werden, Dad und seinen Leuten, die sich über amerikanische Diätpläne lustig machten, weil sie der Diät der Roten Khmer, die aus gekochtem Gras bestand, hoffnungslos unterlegen waren. Alles, was ich brauchte, war ab und zu Sex, eine Möglichkeit zu kommen, ohne die eigenen Hände benutzen zu müssen.

»Wusstest du, dass ich auf dem schwulsten College überhaupt war?«, fragte ich.

»Klingt ziemlich gechillt«, sagte er und umarmte mich fester, als sei es das letzte Mal, dass wir uns zum Ficken treffen, auch wenn ich genau wusste, dass dem nicht so war.

»Es war einfach nur ein Haufen schwuler Jungs mitten in Nirgendwo, Ohio«, sagte ich und löste mich aus seiner Umarmung, um meine Klamotten einzusammeln. »Ein paar Theaterstudenten und Typen, die Musiker und Künstler werden wollten. Ich habe meine Jungfräulichkeit an einen Typen verloren, der gleich drei Abschlüsse machte, in Theater, Musik und Kunst, obwohl der jetzt in einem Programmierer-Bootcamp gelandet ist, glaube ich. Jedenfalls hatte ich in den ersten zwei Jahren so viel schlechten Sex, dass mein Schwanz und Arsch ständig wund waren. Ich konnte nicht mal richtig in den Vorlesungen sitzen, weil ich das Gewicht immer von einer Arschbacke auf die andere verlagern musste.«

Paul lachte. »Warum erzählst du mir das?«

»Ich hatte meinen Spaß«, fuhr ich fort. »Das bestreite ich gar nicht. Aber wenn ich ans College zurückdenke, war das im Grunde auch schon alles.«

»Verstehe ich nicht«, sagte er.

»Ich bin einfach nur froh, hier zu sein, das ist alles.« Ich manövrierte mich zurück in meine Hose, beugte mich über ihn und küsste ihn, wischte das Sperma von seinem Bauch ab und schmierte es ihm mit meiner klebrigen Hand ins Gesicht.

»Alter!«, sagte er und wischte sich das Sperma ab, und wir fingen beide an zu lachen.

Später, als Paul mich nach Hause fuhr, sah ich aus dem Fenster auf die Autos auf der Gegenfahrbahn. Die entgegenkommenden Scheinwerfer blitzten gelb und weiß auf. Es war zu dunkel, um die Autos richtig erkennen zu können, aber ich hielt trotzdem Ausschau nach dem verschwundenen Pick-up. Ich wünschte mir nichts sehnlicher, als dass einer der vorbeiziehenden Lichtschweife der goldene Toyota Tundra wäre.

Ein paar Tage vergingen, ohne dass wir uns zum Sex im Auto trafen, und dann brachte Paul seinen roten Minivan in die Werkstatt. Brian begleitete ihn. Sie traten durch die Glastür ein, Brian vorweg in seinem besten Anzug, dem marineblauen, den er beim Abschluss wichtiger Geschäfte trug. Er betonte sein liebenswürdiges Selbstvertrauen, die Ausstrahlung, dass er einen in den Schwitzkasten hätte nehmen können und auch dabei noch gutmütig gewirkt hätte, so als habe man selbst um diesen Würgegriff gebeten. Brian war nie weggezogen, weil er in dieser Stadt ausgezeichnet klarkam. Es war beruhigend zu wissen, dass mein Heimatort es Typen wie meinem Bruder durchaus ermöglichen konnte aufzublühen.

»Ich bin mitgekommen, um Ba daran zu hindern, diesem Trottel hier einen Rabatt zu geben«, sagte Brian, während er sich über den Tresen zu uns herüberbeugte und mit dem Daumen gespielt diskret hinter sich auf Paul deutete, als habe er in seinem Leben je schon mal so leise gesprochen. »Aber im Ernst, Paul hat einen Job. Er kann seinen Ölwechsel selbst bezahlen.«

Paul zog seine Brieftasche heraus. »Nennen Sie mir den vollen Betrag, Mr. Chey.«

»Lass mal gut sein«, sagte Dad. »Es reicht mir völlig, wenn du dafür sorgst, dass die Jungs sich nicht gegenseitig umbringen.« Er tätschelte meinen Kopf mit väterlicher Belustigung, einer scherzhaften Herablassung, wobei die Schmiere von kaputten Autos in meinen Haaren hängen blieb.

»Das ist nicht der Grund, warum er dich mag«, sagte ich zu Paul. »Er schwärmt immer noch davon, dass du Durian essen kannst.«

»Meine Güte«, sagte Brian, stieß sich vom Tresen ab und lief im Raum umher und dehnte seine Arme, als bereite er sich schon wieder darauf vor, Gelegenheiten beim Schopf zu packen. »Können wir jetzt bitte nicht über Durian reden? Mir wird direkt schlecht.«

»Ihr seid so was von nicht kambodschanisch«, sagte Dad und winkte ab. »Ihr seid nicht einmal kambodschanische Amerikaner! Durian ist echtes, wahres Khmer-Essen.«

»Hey«, sagte ich, »ich *mag* Durian. Ich finde nicht mal, dass sie schlecht riecht. Sie erinnert mich nur an Benzin, was zufällig auch der Geruch ist, in dem ich, falls du es noch nicht bemerkt haben solltest, mein halbes Leben gepökelt wurde …«

»Was ist Durian nochmal?« fragte Paul.

Brian hörte auf, sich zu dehnen, packte Paul an den Schultern und schüttelte ihn im Spaß. »Es ist das Einzige, was Andrew Zimmern bei *Bizarre Foods* nicht essen wollte!«, rief er. »Stell dir das mal kurz vor! Die harte Sau isst frittierte Heuschrecken, und selbst *er* ekelt sich vor Durian. Du weißt, dass die Frucht von einer fetten stacheligen Schale geschützt wird, oder? Die Dinger sind so irr und tödlich, dass sie Elefanten umbringen können, wenn sie ihnen vom Baum auf den Kopf fallen! Wie soll das bitte kein Zeichen dafür sein, dass wir die Finger von dem Zeug lassen sollten?«

»Ach so, ja«, sagte Paul und kniff die Augen zusammen. »Ich glaube, ich mag Durian.«

Dad warf einen Stift nach Brian und schnaubte. »Meine Kinder sind völlig verwöhnt!«, sagte er. »Alles, was man essen kann, sollte man auch essen. Glaubst du, dass alles, was wir während der Zeit der Roten Khmer zu essen hatten, gut *gerochen* hat?«

Ich lachte und genoss dieses Hin und Her, das ich so sehr vermisst hatte, als ich auf dem College war. »Ba, du musst mal endlich damit aufhören, den Völkermord als Argument zu verwenden«, sagte ich, aber bevor er antworten oder auch nur kichern konnte, kam Doktor Hengs Frau hereingestürmt.

»Bong, ich habe mit den Mönchen gesprochen«, sagte sie, nachdem sie fast Paul über den Haufen gerannt hatte. »Ich weiß jetzt, was du tun musst!« Dad zog die Augenbrauen hoch und seufzte. Skeptisches Sich-Fügen war die Reaktion seiner Wahl auf so ziemlich alles, was die Frau von sich gab. Unbeeindruckt von seinem

Gesichtsausdruck kramte Doktor Hengs Frau in ihrer Louis-Vuitton-Tasche – die an diesem Tag noch größer aussah als sonst – und zog eine goldene Buddhastatue heraus, die sie mit einem lauten Knall auf den Tresen stellte. »Wir müssen dein Karma aufbessern«, fuhr sie fort und drehte den Buddha so, dass sein Gesicht mit dem überheblichen Grinsen mir und Dad zugewandt war. »Das ist der Schlüssel zu deinem Erfolg.« Dann fuhr sie auf Khmer fort, mit einer so halsbrecherischen Geschwindigkeit, dass mir ganz schwindlig wurde beim Versuch, es zu verstehen, obwohl ich erahnen konnte, dass sie die Einzelheiten eines grandiosen Plans erläuterte. Dad nickte nur schweigend. Nach einer Weile gab Brian mir ein Zeichen, dass ich ihn draußen vor der Tür treffen sollte. Ich heftete eine leere Rechnung auf ein Klemmbrett, gab sie zusammen mit einem Stift Paul und ging nach draußen zu meinem Bruder auf den Bürgersteig.

Brian blickte durch die Scheibe in den Warteraum. »Wie geht es Ba heute?«, fragte er mit ernstem Blick und verschränkten Armen.

»Weiß ich nicht«, sagte ich, während ich ebenfalls durch die Glastür sah. Doktor Hengs Frau stellte den Buddha an verschiedene Stellen im Raum, vermutlich um den Ort zu finden, an dem er seine maximale spirituelle Wirkung entfalten konnte. »Ich glaube, es geht ihm gut.«

»Bekommst du eigentlich *irgendwas* mit?«, fragte Brian jetzt. »Das Geschäft läuft katastrophal, und jeder weiß es.«

»Es ist eine Phase«, sagte ich und zuckte mit den Schultern. »Die Werkstatt hat halt eine schlechte Kritik auf Yelp bekommen, wegen des gestohlenen Autos. Wir haben schon Schlimmeres erlebt.«

»Dummkopf«, sagte Brian und schüttelte den Kopf. »Sieh dir den Kerl doch an!«

Das tat ich, aber auf mich wirkte er völlig normal – müde zwar, aber amüsiert. »Vielleicht sollte ich mal nachfragen«, sagte ich und fragte mich, ob ich mich daran gewöhnt hatte, Dad so am Boden zu sehen, ob ich den Unterschied nicht mehr erkennen konnte.

Brian verzog das Gesicht leicht irritiert. »Ja, mach das«, sagte er. »Hör auf, ein Vollidiot zu sein.«

Ich deutete ihm an, dass ich in der Tat aufhören würde, ein Vollidiot zu sein, und starrte dann Paul an, der vom Klemmbrett aufblickte und mir in die Augen sah. Er lächelte und zwinkerte mir zu. Es hatte etwas wahnsinnig Kitschiges, und wieder fühlte ich mich wie ein Kind, das seinen Jugendschwarm anhimmelt, nur dass ich mich jetzt entblößt fühlte, mit Brian, Dad und ausgerechnet Doktor Hengs Frau in der Nähe.

In den folgenden Wochen gingen die *Cambos* in der Werkstatt ein und aus. Einige brachten zwar auch ihre Autos zur Reparatur, vor allem kamen die Leute aber, um Buddhafiguren in allen Größen und Farben für den Warteraum vorbeizubringen, eine sogar in einem bedenklich scharfen Pink. Doktor Hengs Frau organisierte das Ganze, nachdem sie die Community darüber informiert hatte, dass die Werkstatt dringend besseres Karma brauchte. Mas und Gongs, Mings und Pous –

alle älteren *Cambos*, denen ich je begegnet war – versuchten, Dad zu helfen, so gut sie konnten. Wir stellten überall, wo es nur ging, Buddhas auf: eine Schar mittelgroßer Figuren auf dem Minikühlschrank, eine Armee winziger Buddhas auf dem Schreibtischrand, einen riesigen Buddha neben der Bambuspflanze in der Ecke und ein paar Buddhas auf dem Boden zwischen Schreibtisch und Wand, um sicherzugehen, dass wir ja keinen Meter ausließen.

Als den Leuten die Buddhafiguren ausgingen, kamen sie mit Emblemen, die sie auf Papierschnipsel gekritzelt hatten. Wir hängten sie überall an den Wänden auf, zwischen die Abgasprüfungszertifikate und das gerahmte Foto meiner Jugend-Baseballmannschaft, deren Sponsor die Werkstatt gewesen war. Ich konnte einen halb blinden Gong gerade noch davon abhalten, eines der Bildchen mitten auf den Computerbildschirm zu kleben; wir einigten uns auf die untere rechte Ecke.

Mit jedem Mal, wenn wieder ein *Cambo* mit einem buddhistischen Emblem in den Warteraum marschiert kam und sich Dads Hoffnung zerschlug, dass das Geräusch der Ladentür einen neuen Kunden ankündigen könne, da es schon wieder nur ein Kerl war, der mit ihm in den Konzentrationslagern zwölf Stunden am Tag Reis geerntet hatte, schaute er noch missmutiger, noch enttäuschter drein. Alle Punkte guten Karmas, die die Werkstatt sammelte, schienen direkt aus seiner Seele abgezogen zu werden. Dennoch blieb Dad stets freundlich zu diesen *Cambos*. Sie kamen mit den besten Absichten, und Dad fragte sie nach ihren Kindern, ihren Geschwistern, ihren Verwandten in Kambodscha.

Angesichts der spirituellen Überflutung der Werkstatt musste man den bescheidenen Optimismus würdigen, der unsere Community am Laufen hielt, wo diese Lehren doch nichts weiter versprachen, als dass unser Leben und unser reinkarniertes Leben danach im besten Fall erträglich bleiben würde.

Ich hörte auf, durch Jobangebote zu scrollen, da ich jetzt die meiste Zeit des Tages versuchte, Dad aufzumuntern. Selbst nicht-kambodschanische Kunden, sagte ich zu ihm, könnten diesen Aberglauben ganz amüsant finden. Während sie auf die Reparatur ihres Autos warteten, könnten sie Zählspiele spielen, wie in Zeitschriften für Kleinkinder. »Wie viele Kritzeleien und fette Buddhas kannst du hier bei March Lane Brake and Tune entdecken?«, fragte ich, und Dad lachte, bis ihm das Lachen verging.

Als Mittagessen nahm sich Dad jetzt die Reisreste vom Vortag in ausgewaschenen alten Eisdosen mit. Er hielt sich die Rechnungen so nah vors Gesicht, dass ich manchmal dachte, er würde hinter dem Papier ersticken. Ich konnte mich nicht erinnern, ob Dad immer schon so gestresst war, ob er die Rechnungen schon immer so hielt. In meiner Kindheit mied er Ärzte, weil er den Eigenanteil nicht bezahlen wollte, geschweige denn einen Optiker für etwas so Grundlegendes wie sein Sehvermögen. Doch auch das konnte sein Verhalten kaum erklären.

Während der karmischen Umgestaltung der Werkstatt trafen Paul und ich uns fast jeden Abend. Unser Sex wurde rauer, schneller, als hätten wir uns erst kürzlich über Grindr kennengelernt. Ein paarmal vergaß ich das Gleitgel, und da Paul nie welches dabei hatte – Meryl hätte es ja finden können –, benutzten wir einfach Spucke. Die Schmerzen, die wunden Stellen und die Hämorrhoiden waren nicht schön, aber mein Bedürfnis nach Sex nahm eher noch zu, als der Herbst in den Winter überging und ich mir mehr und mehr Sorgen um die Werkstatt machte.

»Da fühlt man sich doch als was ganz Besonderes«, sagte Paul einmal im Scherz, nachdem ich bei einem unserer abendlichen Treffen nach nur fünf Minuten gekommen war und ihn aus meinem wunden Arschloch weggeschoben hatte.

»Ja, tut mir leid«, antwortete ich. »Komm, ich hol dir einen runter.«

Wenig später zog ich mir meine Sachen an und steckte gerade mit dem Kopf und einem Arm im T-Shirt fest, als Paul sagte: »Warte, Meryl hat heute in der Kirche zu tun, ich habe den ganzen Abend Zeit. Außerdem muss ich dir was sagen.« Er half mir, mich aus dem T-Shirt zu befreien und zog mich zu sich runter. Ich fiel in seine Arme und landete dabei so hart auf seinem Oberkörper, dass es weh tat, oder vielleicht hatten mich die Hämorrhoiden am ganzen Körper empfindlich gemacht. »Ich glaube, ich bin endlich so weit, mich zu outen«, sagte er, und da ich nicht wusste, wie ich reagieren sollte, drehte ich mich zu ihm, um sein

Gesicht sehen zu können. Sein Ausdruck war aufrichtig, ruhig, mit einem sanften Lächeln wie dem der Buddhas, die die Werkstatt beschützten. »Ich glaube, es ist unfair gegenüber Meryl«, fügte er hinzu, »wenn ich mich nicht, na ja, oute.«

»Was du nicht sagst«, platzte es aus mir heraus, aber er lächelte unbeeindruckt weiter vor sich hin. »Wie kommt's?«

»Ich glaube, ich habe endlich den Mut dazu«, sagte er. »Wegen dir, um ehrlich zu sein. Du wirkst so im Reinen damit und entspannt, sogar hier, vor deinem Vater und allen.« Er umarmte mich fester, und ich fragte mich: Denkt er, dass ich jetzt seine neue Meryl werde? Vielleicht wäre es ja schön, dachte ich dann. Ich stellte mir unser gemeinsames Leben vor, wie wir ein Haus in der Nähe meiner Eltern kaufen und einmal die Woche zusammen in einem kambodschanischen Lebensmittelladen einkaufen gehen würden. Wir würden als offen schwules Paar in unserer Community leben, ein radikales Symbol der Liebe für die Jugend, für alle, die jemals dachten, sie müssten ihre Heimat verlassen, ihre Familie aufgeben, ihr Leben, um sie selbst sein zu können.

»Warum bist du nie weggezogen?«, fragte ich. »Ich bin ja nichts Besonderes. Ich hatte halt die Gelegenheit wegzugehen.«

Er machte ein Gesicht, als sei das die schwerste Frage, die man ihm seit Jahren gestellt hatte. »Es hat sich nie angeboten«, sagte er. »Was würde ich denn auch woanders machen?«

»Aber du weißt schon, dass es überall AT&T-Läden gibt?«, sagte ich im Scherz.

»Ich meine es ernst, du Blödmann«, sagte er und wuschelte mir durch die Haare, während er mich mit der anderen Hand an der Seite kitzelte.

»Okay, okay«, sagte ich lachend und schob mit dem Ellbogen seine Hand weg. »Also, wann ist das offizielle Geständnis?«

»Werden wir sehen«, antwortete er, und ich wusste nicht, inwieweit *ich* in seinem *Wir* vorkam, ob ich Teil davon sein wollte oder nicht.

In der darauffolgenden Woche schien Dad kurz davor, den Verstand zu verlieren. Er schrie mich an, weil ich blaue Papiertücher zum Putzen der Fenster benutzte und keine alten Zeitungen. Er drohte sogar damit, seine Leute nach Hause zu schicken, auf unbestimmte Zeit und ohne Bezahlung, nachdem Ohm Young ihn damit aufgezogen hatte, was für ein schlechter Chef er geworden sei, da er nicht mehr Mittagessen für alle kommen ließ.

»Sei froh, dass ich überhaupt noch hier vor dir stehe!«, schrie Dad Ohm Young an, der lachte, bis er begriff, dass es kein Scherz war.

Am Nachmittag kam endlich eine neue Kundin, die erste seit Anfang der Woche. Sie war älter und weiß und trug eine weiße Oma-Strickjacke. Dad machte vor Aufregung eine neue Kuli-Schachtel auf, um es ihr so einfach wie möglich zu machen, ihre Kontaktdaten auf die Rechnung zu schreiben. Er versprach, dass der *Besitzer* und der *Chef-Abgastechniker* ihre Reparaturen durchführen würden, und strengte sich an, seinen leichten Akzent zu verbergen. Ich dachte, die Kundin würde gleich verenden, direkt hier im Vorraum, so träge sprach sie, was in Kombination mit Dads Anstrengung, die letzte Silbe der Worte nicht zu betonen – wie es die älteren *Cambos* gewöhnlich tun –, dem ganzen Gespräch etwas Zeitlupenhaftes verlieh.

Offenbar konnte Dad, so wurde mir klar, seinen Leuten nicht einmal mehr die einfachsten Aufgaben anvertrauen. Er führte die erste Diagnose selbst durch, was eigentlich nicht nötig gewesen wäre, da das Auto nur einen Ölwechsel brauchte. Im Warteraum fragte die Kundin, ob der Supermarkt auf der anderen Straßenseite geöffnet habe, worauf ich mit »Ja, Ma'am« antwortete, obwohl ich noch nie jemanden so angesprochen hatte. Als sie den Raum verließ, um einkaufen zu gehen, überlegte ich, ob ich ihr sagen sollte, dass der Supermarkt hauptsächlich abgelaufene Konserven führte, wollte aber das empfindliche Gleichgewicht ihres Besuchs als Kundin nicht stören.

Ohm Young betrat den Warteraum, kurz nachdem die Kundin draußen war. In der Hand hielt er einen kleinen Stapel Papiere. »Kannst du noch Noten lesen?«, fragte er.

»Lass mal sehen«, sagte ich und erinnerte mich daran, wie ich als Teenager die einzelnen Noten auf Ohm Youngs Notenblättern beschriftet hatte und sogar dazuschrieb, welcher Finger welche Taste auf dem Klavier anschlagen sollte. Er schaute mir über die Schulter, während ich Rockklassiker aus den Achtzigern transkribierte, den ersten Jahren der kambodschanischen Immigranten in Amerika. Das Notenblatt, das er mir jetzt reichte, war für den Song »Every Breath You Take«.

»Es ist gut, dass du für deinen Vater da bist«, sagte er und strich mir über den Kopf. »Weil du für mich dann *das* machen kannst!«

»Ja, ja«, sagte ich. »Wofür ist das eigentlich?«

»Wenn die Mönche kommen, will ich sie fragen, ob meine Band am kambodschanischen Neujahrsfest spielen kann. Die Mönche lieben Sting.«

»Warte, die Mönche kommen?«

»Das weißt du nicht? Sie kommen morgen.«

»Das bedeutet nichts Gutes, oder?«, sagte ich und warf einen Blick nach links, durch die offene Tür zur Werkstatt. Dads Kopf war genau in diesem Moment unter der Motorhaube des Autos der Kundin verschwunden, nur noch sein Hintern ragte in die Luft.

»Die Mönche kommen – wenn man bankrottgeht.« Ohm Young seufzte. »Sie kommen, wenn man ein Geschäft eröffnet, um alles zu segnen, aber danach will man sie eigentlich nicht wiedersehen. Man sollte sie nicht nochmal brauchen. … Hey! Mach bitte weiter mit der Musik. Meine Band ist mein Plan B. Ich kann nicht mein ganzes Leben lang stellvertretender Manager sein. Ist einfach zu viel Stress.«

»Ah. Richtig«, sagte ich und starrte auf die endlosen Notenlinien der Melodie. »Das leuchtet ein.«

Dad war mit der Arbeit am Auto der Kundin bereits fertig, als sie mit einer Plastiktüte voller Kichererbsendosen zurückkam. Er füllte die Rechnung mit großer

Sorgfalt aus, führte detailliert alle Arbeiten auf, die er am Auto durchgeführt hatte, und schrieb den Betrag von 29,99 Dollar darunter. Als die Kundin bezahlte und die Schlüssel entgegennahm, rundum zufrieden mit unserem Service, hatte ich plötzlich die Stimme von Doktor Hengs Frau im Kopf. Es war der Vortrag, den sie mir in meinem Honda gehalten hatte, über die Heirat mit einem kambodschanischen Mädchen, das eine Green Card will. Wie viele Ölwechsel musste man machen, fragte ich mich, um fünfzigtausend Dollar zu verdienen? Und wie lange würde man dafür brauchen?

An diesem Abend machte Mom in der Küche Frühlingsrollen, während Dad auf der Couch döste und im Fernsehen ein Footballspiel lief. Ich fragte Mom, ob ich helfen könne, worauf sie antwortete: »Heute hast du also Zeit für mich?« Sie schaufelte Hackfleisch aus einer Schüssel auf ein Teigblatt. »Glück muss man haben! Mein Sohn lässt mich nicht allein, wie sonst jeden Abend.«

»Ist das für die Mönche morgen?«, fragte ich, und sie verdrehte die Augen.

»Wenn jemand mal auf mich hören würde, bräuchten wir das nicht. Glaubst du, ich habe an einem Arbeitstag die Zeit, hundert Naem Chien zu machen?«

»Wie kann ich helfen? Soll ich welche wickeln?«

»Nein, du bist zu ungeschickt.« Sie schüttelte den Kopf. »Geh und misch die Fischsauce zum Dippen.«

»Wie macht man die?«, fragte ich. »Ich … habe es vergessen.«

144   Mom warf die Hände in die Luft, beide verklebt mit

rohem Fleisch, und tat so, als würde sie sich entnervt die Haare raufen. Sie wollte mir klarmachen, für wie dumm sie mich hielt, dass ich mir ihre Rezepte nicht merken konnte, womit sie ja recht hatte. Dann ging sie hinüber zu den Schränken und holte einen leeren Plastiktopf, einen dieser billigen Behälter, die Restaurants für Speisereste bereithalten. Er war außen beklebt mit drei Klebestreifen, in unterschiedlich großen Abständen. Sie zeigte auf die einzelnen Streifen und erklärte: »Warmes Wasser bis hier, Fischsauce bis hier, Essig bis hier. Dann mit Zucker und gerösteten Erdnüssen abschmecken.«

»Was passiert, wenn wir diesen Behälter verlieren?«, scherzte ich, als ich ihn entgegennahm. »Wie sollen wir ohne dich Dip-Sauce machen?«

»Verlier halt nicht meine Sachen, wenn ich tot bin«, antwortete sie und griff wieder ins Hackfleisch. »Also, wann lernen wir ihn kennen?«

»Wen kennen?« antwortete ich.

»Den Jungen, mit dem du zusammen bist«, sagte sie.

»Woher hast du das denn?«, fragte ich, während ich das Wasser erhitzte.

»Erzähl mir doch nicht, dass du jeden Abend weg bist und dich nicht mit einem Jungen triffst. Lüg mich nicht an. Ich bin deine Mutter.« Sie hielt die frisch gewickelte Frühlingsrolle hoch, auf Höhe unserer Augen. »Hier, siehst du?«, sagte sie. »*Die* ist perfekt.« Und das war sie auch.

Ich ließ ihre Frage nach Paul unbeantwortet, mischte die Zutaten fertig und wiegte dann den Plas-   145 tikbehälter in den Händen, der jetzt mit einer klaren bronzenen Flüssigkeit gefüllt war. Ich spürte, wie sich ihr Gewicht von der linken in die rechte Hand verlagerte. Natürlich war es auf der Grundlage von Moms Methode ein Leichtes, die genauen Mengenverhältnisse für ihre Dip-Sauce zu wissen. Und doch erschien mir die Zukunft in diesem Moment als etwas so Unsicheres, wenn eine Tradition wie diese von einem dünnem Stück Plastik abhängen konnte.

»Ich bin mit niemandem zusammen, echt nicht«, sagte ich schließlich zu Mom, während ich weiter über unsere Kultur nachdachte und darüber, wie *Cambos* wie wir unsere kambodschanische Identität vor allem durch unser Essen bewahrten. Frühlingsrollen, die Portale zurück in die Heimat aufstoßen, aber nur im Mund, bis sie sich in Speichel auflösen und in der Kehle verschwinden. Mom schaute mich skeptisch an und rollte eine weitere Frühlingsrolle.

Nachdem wir zusammen die Küche aufgeräumt hatten, setzte ich mich auf mein Bett und schrieb Paul eine Nachricht, dass ich mich nicht gut fühlte, wir uns am nächsten Tag aber auf jeden Fall treffen würden. Ich legte mein Handy weg und schlief ein. Am nächsten Morgen konnte ich riechen, wie Mom hinten im Garten Frühlingsrollen frittierte, bevor sie sich auf den Weg zur Arbeit machte. Ich las die Nachrichten, die Paul am Abend zuvor noch geschickt hatte: Aaach, kein Ding, außer platzenden Eiern. Dann: Ich glaube, heute Abend passiert es. Ich werde es Meryl sagen. Dann: 146 nichts mehr.

Ich wollte erst antworten: Wie ist es gelaufen?, da ich es als aufregender empfand, als ich mir eingestehen wollte, wenngleich auch als beunruhigend, weil ich das Gefühl hatte, dass eine einfache Textnachricht etwas in unserer Beziehung festigen könnte, für das ich noch nicht bereit war. Ich schrieb ihm schließlich gar nichts.

Später am Vormittag, einige Stunden vor dem Termin für den göttlichen Überfall, wischten Dad und ich in der Werkstatt die Fettrückstände vom Boden auf, polierten die Buddhas im Warteraum auf Hochglanz und hängten die diversen Poster mit nackten Thailänderinnen ab. Wir stellten einen Klapptisch auf, bedeckten ihn mit einem sauberen Laken und stellten Moms Frühlingsrollen zu den anderen Gerichten, die die Frauen von Dads Leuten zubereitet hatten – Rindfleischspieße mit Zitronengras, Glasnudeln mit Tofu und Hackfleisch, feuriger Papayasalat mit Fischsauce und natürlich der obligatorische riesige Topf mit dampfendem weißem Reis. Dad wirkte dabei die ganze Zeit noch ernster als sonst, als stünde der nächste Staatsstreich der Kommunisten bevor. Ich wollte ihn irgendwie aufmuntern, ihm versichern, dass niemand schlecht über ihn dachte, aber mir fiel nichts ein.

Gegen Mittag kamen fünf Mönche anmarschiert, angeführt von Doktor Hengs Frau, alle in den gleichen orangen Gewändern und sandfarbenen Crocs, ausgerüstet mit Unmengen von Räucherwerk. Dad und ich verbeugten uns mit gefalteten Händen nacheinander 147 vor jedem der Mönche. Dann liefen sie in der Werkstatt umher, untersuchten jeden Winkel und besprenkelten die ölverschmierten Wände mit gesegnetem Wasser. Als sie mit der Begehung fertig waren, zündeten die Mönche in jedem Raum ihr Räucherwerk an, sogar im Lagerraum mit dem hochentzündlichen Mobil-5W-30-Öl. Der Duft der brennenden Blüten, so vermutete ich, sollte ein Kraftfeld erzeugen, das böse Geister abhielt und gleichzeitig Kunden anlockte.

Nachdem die Werkstatt jetzt in einen leichten Nebel gehüllt war, breitete Doktor Hengs Frau Flechtmatten auf dem Werkstattboden aus und gestikulierte dann wild in Richtung von Dad, seinen Leuten und mir. »Runter!«, zischte sie uns an, als wären seit ihren Handzeichen bereits zehn Minuten vergangen. »Ihr könnt nicht über den Mönchen stehen. Sie müssen sitzen! Was steht ihr da so herum?«

Wir fielen auf die Knie, und die Mönche taten es uns gleich und setzten sich in die Mitte der Matten. Sie begannen mit leisen, gedämpften Stimmen zu singen, Texte, die ich schon als Kind gehört, aber nie zu verstehen versucht hatte. Wir sahen ihnen beim Beten zu, unsere Hände erneut gefaltet. Es vergingen fünfzehn Minuten ununterbrochenen Singsangs, und vielleicht ging es mir nur so, weil meine Oberschenkel und Pobacken mit der Zeit taub wurden, aber der Rauch der Räucherstäbchen nahm mir die Luft zum Atmen, als drückte er in jede Pore und in die Nasenhöhlen, als verstopfte er den Raum zwischen meinen Körperzellen. Ich hatte auf einmal hämmernde Kopfschmerzen und erinnerte mich an das erste Mal, als Dad mit mir ernsthaft über den Genozid gesprochen hatte.

Ich war zehn, geradeso ein Teenager, und es war kambodschanisches Neujahrsfest. Ein paar älteren Kindern passten meine Schuhe nicht oder was auch immer. Hinter dem Tempel und neben dem Feld, auf dem von den Grills der Buden der Rauch aufstieg, drängten sie mich gegen einen rostigen Maschendrahtzaun. Sie fragten mich, ob es in meiner Verwandtschaft Kommunisten gäbe. »Dein Gong hat wahrscheinlich Leute umgebracht, du Schwuchtel«, sagte ihr Anführer. »Wahrscheinlich Pol Pot den Schwanz gelutscht.« Ich verstand zwar nicht genau, was seine Sticheleien bedeuteten, war aber trotzdem am Boden zerstört und rannte schluchzend und zitternd zu Dad zurück, der mir dann erklärte, dass wir keinerlei Verbindungen zu Kommunisten in unserer Verwandtschaft hätten, den Teil über unsere Geschichte aber bestätigte – wie jede Familie den Tod von vielen Verwandten zu betrauern hatte.

»Es ist etwas, das man uns angetan hat, das ist alles«, sagte er und wischte mir die Tränen aus dem Gesicht. »Dann wein dich jetzt am besten ein für alle Mal aus«, sagte er noch. »Es hat keinen Sinn darüber zu weinen, wenn es schon passiert ist.« Dann hob er mich auf seine Schultern, obwohl ich dafür eigentlich schon zu groß war, und ging so mit mir in den Tempel. Vor den Mönchen hatte sich eine Menschenmenge versammelt. Wir gesellten uns zu ihnen und beteten für gutes Karma und Glück und Segen für das kommende

Jahr und unsere zukünftigen Reinkarnationen, und ich versank in tiefer Hoffnungslosigkeit. Was hatten wir getan, um solche Gewalt zu verdienen? Wie schlimm muss es gewesen sein, das Karma der Vergangenheit unseres Landes und unserer Kultur.

Diese Gedanken kamen mir wieder in den Sinn, als ich auf dem öligen Boden der Werkstatt kniete, auf denselben geflochtenen Matten wie an jenem schicksalsschweren kambodschanischen Neujahrstag. Ich empfand eine Schwermut, die durch das Summen der unverständlichen Gesänge nur noch verstärkt wurde. Ich konnte es kaum ertragen, Dad dabei zuzusehen, wie er Zuflucht bei diesen halb kaputten religiösen Vorstellungen suchte.

Also dachte ich an Paul. Er war ein anständiger Typ mit einem anständigen Job, jemand, den ich so gern mochte, dass ich ihn in mein echtes Leben ließ, jenes, das ich noch gar nicht richtig begonnen hatte. Und er würde sogar noch anständiger werden, wenn er sich endlich geoutet haben und seine Freundin nicht mehr belügen würde. Ich könnte es mit Paul versuchen, dachte ich. Ich könnte hier leben und dauerhaft mit Dad arbeiten. Ich könnte der zweite pflichtbewusste und reife Sohn sein, auf dessen Unterstützung sich meine Eltern verlassen können. Ich wusste zwar nicht so richtig, was ich anzubieten hatte, außer die Werkstatt zu putzen und Musik für Ohm Young zu transkribieren. Und dennoch kam mir der Plan, ein weiteres Mal wegzuziehen, ungeheuer egoistisch vor.

»Ba«, flüsterte ich, und entweder hörte er es nicht

oder ignorierte mich. Ich murmelte ihm trotzdem weiter zu: »Ba ... Ba ... *Ba*.«

»Du musst dich konzentrieren«, antwortete Dad, ohne dass ich eine klare Vorstellung davon gehabt hätte, worauf ich mich konzentrieren musste.

»Ba, mach dir keine Sorgen«, fuhr ich fort, während meine Beine vom Knien zitterten. »Ich werde dir helfen. Ich weiß nicht wie, aber ich werde der Werkstatt helfen.«

»Oun«, sagte Dad unwirsch, »kannst du dich bitte einfach um dich selbst kümmern?« Er seufzte und wandte mir sein Gesicht zu. »Die Werkstatt sorgt für dich, dafür haben wir die Werkstatt.«

Und dann traf er mich wie ein Schlag, wieder dieser kummervolle Blick. Aber dieses Mal schützte mich niemand vor seiner vollen Wucht. Das vergangene Jahr zog vor meinem inneren Auge vorbei. Die Tage, die ich in der Werkstatt mit Nichtstun verbracht hatte, meine Unfähigkeit, mich auf echte Jobs zu bewerben. Was hatten denn die Leute von mir gedacht, fragte ich mich, und von Dad? Sein Sohn ohne Job, ein College-Abschluss für nichts. Mir wurde bewusst, wie kindisch ich mich verhalten und meinen Vater an einen scheiternden Betrieb gekettet hatte. Dad richtete seine Aufmerksamkeit wieder auf die Mönche, wie sie mit vollem Einsatz versuchten, die Werkstatt zu retten, und ich konnte kaum atmen. Ich war fassungslos über mich selbst.

Dann kam mir wieder Paul in den Sinn, und dass wir an dem Abend verabredet waren. Was ich mir gerade ausgemalt hatte, mich auf ein Leben hier einzulassen, kam mir jetzt nur noch dumm vor, auch wenn der Gedanke weiterhin etwas Behagliches hatte. Ich zog mein Handy aus der Tasche, legte es auf den Boden und sah unauffällig nach Benachrichtigungen. Ich hatte mehrere Nachrichten von Paul, aber bevor ich sie öffnen konnte, hörten die Mönche auf zu singen und alle hörten auf zu beten.

Doktor Hengs Frau stellte leere Schalen vor die Mönche und reichte dann uns anderen, den Vertretern der Werkstatt, Schalen, die sie mit warmem Reis gefüllt hatte. Noch immer auf den Knien, hockten wir uns jetzt in eine Reihe. Wir rutschten in einer Prozession über die Matten und füllten Reis in die Schalen der Mönche. Als das Ritual beendet war, begannen die Mönche mit ihrem Festmahl, und ich stand neben der Tür des Warteraums, eine Hand in der Hosentasche, mit der anderen umklammerte ich mein Handy. Da die Motivation schwand, meine Nachrichten zu lesen, blickte ich in der Werkstatt umher. Sie erschien mir jetzt kleiner. Maschinen, die mir einst gigantisch vorgekommen waren, reichten mir nur noch bis zur Schulter.

Im Warteraum hörte ich Doktor Hengs Frau mit Dad sprechen, und so lugte ich durch die Tür. »Bong, du musst eine Spende geben«, sagte sie am Tresen stehend. »Schreib einen Scheck, bevor die Mönche satt sind. Mach es schnell, Bong.«

»Okay, okay, okay«, sagte Dad, als würde er seine eigene Art von Gebet hersagen, und während er den Scheck ausstellte, versuchte ich, die Falten auf seiner verärgerten, niedergeschlagenen Stirn zu verstehen. Sie buchstabierten mir etwas, eine Botschaft, gesandt vom anderen Ende des Universums, von unseren vielen verschiedenen Vergangenheiten, vorbei an allen unseren reinkarnierten Leben. »Wenn heute so viel Karma wie möglich angehäuft wird«, stand in seinen Falten zu lesen, »mehr spirituelle Kraft, als man je in dieser Community gesehen hat, wird die Werkstatt vielleicht laufen. Und wenn es so kommt, hoffentlich, Daumen gedrückt, kommt auch das Geld dieser Spende wieder rein.«

Auf der Schwelle zwischen Warteraum und Werkstatt stehend sah ich zu, wie Dad den Scheck unterschrieb. Ich sah zu, wie er das dünne Papier Doktor Hengs Frau überreichte, die es in ihre riesige Handtasche steckte. All das Geld, wahrscheinlich ein gesamter Monatsverdienst, schwamm nun zwischen losem Kleingeld umher, und mir wurden Pauls ungelesene Nachrichten egal, die geschrumpfte Werkstatt, die Mönche, die sich mit Moms Frühlingsrollen vollstopften. Nichts, was hinter mir lag, schien von Bedeutung. Alles verschwand in der rauchigen Unschärfe des Räucherwerks, in den Schatten all dieser Buddhas.

Ich wünschte mir nur eines – eine Antwort auf Dads Botschaft abzuschicken, eingraviert in meine eigene Stirn, ein Signalfeuer, das ich in den Äther schießen würde. »Aber was«, war ich jetzt zu fragen bereit, für jedes Leben, das Dad und ich gelebt und verloren hatten, »tun wir danach?«

DIE MÖNCHE

Seit zwei Tagen bin ich jetzt im Wat und habe bislang nichts anderes gemacht, als irgendwelche Sachen zu zählen. Die Punkte an der Decke. Wie lange es dauert, bis ein Räucherstäbchen zu Asche zerfällt. Die Zahl der Schritte zur Küche, wo die Omas die ganze Zeit lästern, über alle und jeden, sogar über sich gegenseitig, voreinander. Ich hatte eigentlich erwartet, dass es im Tempel spiritueller zugeht, erleuchtender und lehrreicher, so wie in den Filmen, wo Prediger ihre Gebete rausschmettern und ganz gewöhnliche Leute dazu bringen, sich selbst völlig neu zu betrachten. Stattdessen zähle ich die weißen Stiche an meinem orangen Gewand. Und dann die Stiche an den Gewändern der Mönche, die beim Gebet neben mir sitzen.

Meine Jungs würden sich so hart über mich lustig machen, wenn sie erfahren würden, dass mein Leben im Tempel aus Zählerei besteht. Und wenn sie erfahren würden, dass ich in einem winzigen, fies muffenden Zimmer schlafe. Nicht *richtig* fies, eher so die Sorte: ein-Paar-hat-in-einem-Aschehaufen-gevögelt-fies. Haben wir dir doch gesagt, dass der Wat fake ist, würden meine Jungs sagen. Traurige Deppen ohne Job und ohne Wohnung, und dann werden sie halt Mönche. Und Maly wäre auch stinksauer. Sie wollte nicht, dass ich mir für den Bon den Kopf rasiere, und sagte nach den ersten Zeremonien, bevor ich in den Tempel ging, um Dads Geist, oder was immer er jetzt ist, den Übergang in sein nächstes Leben zu vereinfachen, ich sähe aus wie ein abgetriebener außerirdischer Fötus. »Komm wieder, wenn sich deine Kopfhaut nicht mehr wie ein riesiger Schwanz anfühlt«, sagte sie und schubste mich vom Bett. »Ich kann nicht fassen, dass du eine Woche an dieses kranke Arschloch verschwendest, das du deinen Dad genannt hast«, sagte sie auch.

Nach Dads Beerdigung hatte ich das letzte Mal Sex. Nur ein Quickie mit Maly, die mich nicht küssen wollte wegen meiner Glatze. Ich war ihr trotzdem dankbar. Seitdem aber nichts mehr, nicht mal einen runtergeholt. Das Zählen entspannt mich aber, als Zeitvertreib. Wenn ich könnte, würde ich zählen, wie viele Stunden ich schon am Leben bin, oder Sekunden, oder wie viel Zeit mir noch bleibt, bis ich zur Grundausbildung beim Militär muss, aber dafür fehlt mir die Geduld. Ich bin kein Mathe-Wunderkind. Ich lebe nicht in einer kambodschanischen Version von *Stand and Deliver*. Ich fiel in der Schule durch alle Prüfungen, und meinen Lehrern war es egal genug, um mich nicht zu warnen. Sie hatten alle Hände voll zu tun, immer wieder *Stand and Deliver* einzulegen, damit sie nichts Richtiges unterrichten mussten.

Wenn ich mir einen Taschenrechner aus dem Büro des Cha sichern könnte, würden sich fürs Zählen ganz neue Möglichkeiten auftun, aber der Cha würde nur sagen, dass ich mich entspannen soll. Er würde nur endlose Reden darüber halten, dass das Universum dies und das Karma jenes sei, und ehe ich mich's versehe, würde ich draußen die albernen Schnipsel vom Boden schrubben, die da seit dem letzten kambodschanischen Neujahrsfest kleben. Das ist alles fürs Nirwana, würde er sagen und sich auf der Veranda totlachen. Junge, würde er sagen, du hast viel zu tun für dein Karma, wenn du bald in den Krieg ziehst.

VOR DEM MITTAGESSEN
Liegestütze: 45 (5 mehr als Pou am Morgen
   macht)
Sit-ups: 60 (10 mehr als Pou am Morgen macht)
An Malys Körper gedacht: Überblick verloren,
   vielleicht die ganze Zeit?

Neulich, als ich gerade hier angekommen war, gab mir der Cha einen Notizblock. Wir standen in der Mitte des großen Gebetsraums, und der riesige, golden angemalte Buddha starrte uns von der Bühne herab an. Seit meiner Middleschool-Zeit wirkt die Bühne so, als würde sie im nächsten Moment einstürzen, kein Scheiß. Im Hintergrund lief Khmer-Musik. Ohne die vielen knienden Großeltern im Raum fühlte ich mich dort seltsam und nackt. Ich stellte mir vor, dass wir von einem wogenden Meer faltiger, alter, sich im Gebet auf und ab bewegender Camboköpfe umgeben wären. »Soll ich hier buddhistische Sachen reinschreiben?«, fragte ich.

»Du schreibst deine Gefühle auf, Rithy«, sagte der

Cha harsch. Er versank in einem riesigen weißen Polohemd. Dass es eine Fälschung war, konnte man daran sehen, dass das Reiterlogo doppelt so groß wie sonst war. Und es saß genau da, wo sich die rechte Brustwarze eines Mannes befindet. »Ich habe das aus dem Fernsehen«, fügte der Cha hinzu. »Die Talkshow-Moderatorin interviewte eine Frau, die ein Jahr lang jeden Tag Notizen machte. Es half ihr, ihren toten Mann zu vergessen.«

»Sie meinen, es half ihr, ihre Traurigkeit zu vergessen?«, fragte ich und starrte auf seinen Logo-Nippel. Ich konnte nicht ausmachen, ob der Stoff dort einfach wulstig war oder ob der Cha Brustwarzen hatte, die sich seltsam durch Hemden abzeichnen.

»Du weißt schon, was ich meine«, sagte er und winkte ab, als habe er genug. »Nimm ihn und schreib.« Er legte seine Hände auf meine und schob sie mit dem Notizblock von sich weg.

»Okay, verstanden, glaube ich«, sagte ich. »Muss ich sonst noch was wissen oder tun?«

»Ab morgen bekommst du Aufgaben«, antwortete er mir. »Wir alle hier müssen für unser Brot arbeiten. In deinem Zimmer findest du Gewänder. Geh sorgfältig mit ihnen um, wir schwimmen hier nicht im Geld.« Er deutete in Richtung des Flurs links von ihm. »Die zweite Tür. Sei kein Idiot und verirr dich nicht.«

Ich fragte dann noch, ob es einen Tagesplan mit Mönch-Sachen gab, oder eine Liste mit buddhistischen Zielen, die ich für den Bon meines Vaters abarbeiten musste, aber der Cha unterbrach mich.

»Grüß deinen Onkel von mir«, sagte er, als wäre meine Woche im Tempel schon vorüber. »Beim nächsten Pokerabend mach ich ihn fertig«, sagte er noch. Und dann entschwand er über die Gebetsteppiche direkt in sein Büro.

In meinem Zimmer drehte ich den Notizblock um und sah, dass die Rückseite voller Fettflecken war, dazu die Aufschrift »Speedy Transmissions Manufacturer« in Sprechblasenbuchstaben über einem Comic-Auto mit großen runden Augen. Der Cha weiß nicht, dass es im Haus meines Pou Hunderte dieser schmuddeligen Notizblöcke gibt. Und da ich bei meinem Onkel auch wohne, und zwar schon seit Jahren, weil Dad ein Totalausfall war, fühlte sich das Geschenk des Cha nichtssagend an. Im Grunde schenkte er etwas an mich weiter, das mein Onkel an ihn weiterverschenkt hatte. Den Rest des Nachmittags wartete ich in meinem Zimmer darauf, dass mich ein Mönch abholte oder der Cha, dessen Aufgabe ja im Wesentlichen darin bestand, zwischen den Mönchen und normalen Leuten wie mir zu vermitteln, aber niemand kam. Als ich mich schließlich auf die Suche nach was zu essen machte, schienen die Mönche überrascht. Sie hatten vergessen, warum ich da war.

Ich habe jetzt noch fünf Tage hier im Wat, und seit der Cha mir den Notizblock gegeben hat, ist kaum etwas passiert. Über Gefühle habe ich wenig zu berichten, also lege ich Listen an mit Dingen, die ich zähle. Wenn der Cha sieht, dass ich gerade schreibe, trägt er mir nicht irgendeinen Scheiß auf, den ich für die Mönche erledigen soll. Er glaubt dann, dass ich mich mit meiner Trauer beschäftige und lässt mich in Ruhe. Mir würde es gar nichts ausmachen, Aufgaben für die Mönche zu erledigen, solange sie sinnvoll sind und irgendwie Dads Geist zugutekommen, aber der Cha lässt es so klingen, als wären es einfach nur lästige Arbeiten.

Manchmal, wenn ich etwas notiere, denke ich an meinen Onkel, wie er wahrscheinlich gerade zu Hause seinen immer gleichen Routinen folgt. Jeden Abend kommt Pou aus der Autowerkstatt zurück und rechnet aus, wie viel Geld er verdient hat. Er notiert seine Einnahmen, Rechnungen und Auslagen, neben der Anzahl der Liegestütze, die er am Morgen gemacht hat, alles in seine schmuddeligen Notizblöcke. Immer, wenn ich alte Notizblöcke von ihm wegschmeißen will, wirft Pou mir leere Bierdosen an den Kopf. Ich vermute, dass der Anblick der Notizblockstapel für ihn eine weitere Möglichkeit ist, um zu verfolgen, wie viel er von allem angehäuft hat.

SCHRITTE VON MEINEM ZIMMER
zum Gebetsraum, wo ich beim Beten einschlafe:
25
in die Küche, wo die Omas mir Essen zustecken:
58
zum Brunnen, einem ziemlich friedlichen Ort:
115

Es ist nicht so, dass ich die Mönche nicht mag. Manche sind völlig okay. Zwei von ihnen teilen sich mit mir morgens ihre Zigaretten, nach den Gebeten und vor den Hausarbeiten. Ich nenne sie Mönch B und Mönch C, weil wir nicht reden oder irgendwas von uns mitteilen, also unsere Namen zum Beispiel. Wir rauchen zusammen beim Brunnen, in einiger Entfernung von den Buddhastatuen im Garten. Ich glaube, die Mönche versuchen vor den Buddhas zu verbergen, dass sie rauchen.

Aber Mönch A mag mich nicht. Er schreit mich immer an, wenn ich falsch fege oder die Räucherschalen durcheinanderbringe. Er hält mich für einen Versager, sagt der Cha, weil ich zur Armee gehe. Bin ich ja wahrscheinlich auch, also nehme ich ihm das nicht übel oder so. Was hat der Cha nochmal gesagt? Richtig, er sagte Folgendes: »Krieg ist nicht das beste Gesprächsthema hier, für keinen von uns. Weißt du eigentlich *irgendwas* über die Roten Khmer?« Das sollte ich mir wohl merken für die Zeit hier.

Über die Mönche weiß ich bislang das hier: Mönch A ist dünn und Mönch C nicht, was ich mir nicht erklären kann, da es nicht viel zu essen gibt, außer bei Beerdigungen, Hochzeiten oder dem kambodschanischen Neujahrsfest. Mönch B wiederum ist ein athletischer Typ mit schwarzen Tattoos, die sich um seine Arme winden. Neulich habe ich Mönch B gefragt, woher er die Muskeln hat, ob er irgendeinen Trainingsplan speziell für Mönche befolgt. Er zuckte mit den Schultern und rauchte einfach weiter. Dann bot er mir noch eine Zigarette an. Er macht ganz sicher Liegestütze, vielleicht sogar Klimmzüge. Vielleicht verlaufen

Rohre durch sein Zimmer, an denen er trainieren kann. Ich hätte mein Khmer auffrischen sollen, dann hätte ich mit den Mönchen kommunizieren können. Zumindest hätte ich mich für die Zigaretten bedanken können, ohne wie ein Schwachkopf zu klingen.

Mönch B und C behandeln mich gut, was aber daran liegt, dass ich ein Gast bin und kein richtiger Mönch. Vielleicht tue ich ihnen auch leid, wahrscheinlich sogar. Niemand hat erwartet, dass ich der Tradition folgen würde. Sogar Pou war erstaunt. »Ich verstehe nicht, warum du ins Wat willst«, sagte er. »Jeder weiß, dass dein Vater ein Arschloch war«, sagte er noch. Ich erwiderte, dass ich fände, jemand solle ihm etwas Gutes tun. Er hatte niemanden mehr am Ende.

Dann gibt es noch einen neuen Mönch. Mönch D ist in meinem Alter, hat ungefähr meine Statur und spricht im Vergleich zu den anderen Mönchen gut Englisch. Draußen am Brunnen raucht er nicht. Er begleitet die ganze Zeit Mönch A, weil er noch in der Ausbildungszeit ist. Ich schätze, er fühlt sich hier immer noch fremd. Durch Zufall habe ich seinen richtigen Namen vom Cha erfahren. Da ihn niemand so nennt, weiß ich nicht, ob es hier immer noch sein Name ist. Ob die älteren Mönche manchmal noch an ihre früheren Namen denken? Sehen sie sich ausschließlich als Mönche? Wenn ich zur Armee gehe, wird es mir vielleicht ähnlich gehen. Ich werde mich nicht mehr als eine Sache begreifen, sondern als Teil einer anderen. Ob ich dann ein besserer oder schlechterer Mensch sein werde?

VORM SCHLAFEN
Liegestütze: 88
Sit-ups: 125
Kniebeugen: 55
Burpees: 50

In meiner dritten Nacht im Wat ging ich nach draußen, um im Garten ein paar Runden zu joggen. Mönch D saß auf dem Boden, vor einem der Buddhas. Als ich mich neben ihn setzte, blickte er mich nicht an. Wir begrüßten uns aber. Ich sagte, dass wir beide offenbar die Tempelmatten nicht besonders bequem fanden, zumindest nicht bequem genug, um gut darauf zu schlafen, und er nickte. Es wirkte so, als wolle er sich nicht unterhalten, ich blieb trotzdem. Ich hätte nie das Gespräch von mir aus beendet – er war immerhin ein Mönch, und zu Mönchen darf man nicht unhöflich sein.

»Siehst du, wie seltsam der hier aussieht?«, fragte Mönch D. Ich sah mir die anderen Buddhas im Garten an. Es stimmte, der Buddha sah anders aus als sie. Die Farbe war verblichen und blätterte ab, und der Typ, der ihn gemacht hatte, hatte ihn mit ordentlich Muskeln ausgestattet, die sich unter seinem Gewand abzeichneten. Wahrscheinlich hatte er es satt, dass Buddha immer nur dieser fette Typ ist, über den die Leute beim Einkauf von Essstäbchen lachen. Ich sah mir den Buddha genauer an und stellte fest, dass er schielte. Er sah aus wie ein dummer Pumper, der seine Muskeln so hart anspannt, dass er die Kontrolle über seine Pupillen verliert.

»Warum sieht der so aus?«, fragte ich. Ich hatte eigentlich nicht erwartet, dass Mönch D dazu etwas wusste oder sich überhaupt unterhalten wollte, aber dann erzählte er mir von dem Buddha. Mönch A hatte Mönch D erzählt, dass die Statue dem Tempel von einem Mann geschenkt worden war, der jährlich eine größere Summe spendet. Mönch A wollte den Mann nicht beleidigen, um ihn nicht als Spender zu verlieren, und so stellte er den Buddha in den Garten zu den anderen Statuen, die direkt aus Kambodscha kamen. Der Mann war früher mal Statuenmacher gewesen. Dann verlor er während des Genozids ein paar Finger, ein Auge und einen Großteil seiner Familie. Jetzt arbeitet er als Hausmeister in einer Schule und macht immer noch Statuen, aber sie sehen alle irgendwie daneben aus.

Als ich den Buddha ansah, dachte ich an den Statuenmacher, dass er keine Familie hat, die ihn von seinem verloren gegangenen Talent ablenken könnte. Ein paar kleine Kinder, um die er sich kümmern und die er als Ausrede dafür benutzen könnte, dass er keine Statuen mehr machte.

»Hast du eine Freundin?«, fragte Mönch D. in die Stille. Ich bejahte. »Warum bist du hier, wenn du eine Freundin hast?«, fragte er.

»Weil ich es als meine Pflicht empfinde«, sagte ich. »Bist du nicht auch deshalb hier?«

»Nein«, sagte er mit einem Kopfschütteln. »Ich bin hier, weil ich hier sein will.« Er stand auf und wischte sich den Staub vom Gewand. Dann ging er zurück ins Innere des Tempels.

Nachdem Mönch D gegangen war, joggte ich noch im Garten. Ich zählte meine Runden, indem mir der schielende Buddha als Orientierungsmarke diente.

Wahrscheinlich war es nur das Joggen, das mich schlauchte, aber ich könnte schwören, dass jedes Mal, wenn ich am Buddha vorbeilief, alle Kraft aus mir wich. Als wäre er verwünscht, als würde mir ein Geist das Leben aussaugen. Was mir mehr eingeleuchtet hätte, wenn der Statuentyp ihn nicht mit diesen zusätzlichen Muskeln versehen hätte und der Buddha einfach ein normaler fetter Buddha gewesen wäre.

> Pou nennt meinen Vater einen Scheißkerl: etwa
>   5 Mal am Tag
> Pou redet über Mama: fast nie, aber manchmal
> Pou nennt meinen Vater einen Scheißkerl,
>   während er kalorienarmes Bier trinkt: zu oft,
>   um es zu zählen
> Ich stimme mit Pou überein: meistens, glaube
>   ich

Nach dem Aufwachen teilte mir der Cha mit, dass er mich nach dem Mittagessen in seinem Büro sprechen wolle. Ich erledigte meine Aufgaben am Vormittag besonders schnell, fegte noch mehr Staub als sonst in die kleineren Gebetsräume. Ich hoffte, der Cha würde mir endlich ein Ritual beibringen, das ich durchzuführen hätte. Irgendetwas, das Dads Geist davor behüten würde, ruhelos umherzuirren. Etwas, das ihm ein friedliches neues Leben verschaffen würde, ein angenehmeres als das komplette Desaster, das sein letztes war.

Das Büro des Cha war so groß wie eine Vorratskammer. Es war mir ein Rätsel, wie der Cha den Schreibtisch durch die Tür bekommen hatte. Mönch A und der Cha saßen auf der gleichen Seite des Tisches, auf unterschiedlichen Klappstühlen. Sie saßen so eng beieinander, dass sich ihre Arme berührten. Für mich gab es keinen Stuhl. Wahrscheinlich saß Mönch A auf dem Stuhl, der eigentlich auf meiner Seite des Tisches stand. Ich empfand die Situation als unangenehm.

»Rithy, wie geht es dir?«, fragte der Cha, und Mönch A nickte.

»Gut so weit«, sagte ich. Einen Augenblick lang überlegte ich, ob ich mich hinhocken sollte, um mit ihnen auf Augenhöhe zu sein. Ich war mich nicht sicher, welche Haltung die richtige war. Mittlerweile bin ich ziemlich sicher, dass es als respektlos gilt, auf einen Mönch herabzusehen.

»Wir wollten mal hören, wie es bei dir läuft«, sagte der Cha. Er wühlte in einem Stapel von Papieren. Auf seinem Schreibtisch lag ein Stapel mit Pous schmutzigen Notizblöcken. »Sichergehen, dass es dir gut geht.« Diesmal nickte Mönch A nicht.

»Das ist alles?«, platzte es aus mir heraus, und die Nasenlöcher von Mönch A weiteten sich.

»Junge, du solltest auf deinen Ton achten«, sagte der Cha und schaute von seinen Papieren auf. »Gibt es irgendwas, was du uns sagen willst?«, fragte er und blickte mir in die Augen.

»Ich meine ... Ich bin schon seit drei Tagen hier und mache nichts als putzen.«

»Und?«, fragte er.

»Gibt es denn keine *wichtigeren Aufgaben*, die ich erfüllen muss?«, antwortete ich.

»Einfach hier zu sein reicht«, antwortete er. »Mach dir keine Sorgen.«

»Ich dachte, ich *sollte* mir Sorgen machen?«, sagte ich. »Ist das nicht der Sinn der Sache, dass ich mich um den Geist meines Vaters sorge?« Ich wurde laut und gestikulierte, um meinen Worten Nachdruck zu verleihen. Es passierte einfach. Ich konnte nicht anders.

Dann schimpfte Mönch A auf Khmer auf mich ein. Er sagte mir in einem harten und einschüchternden Tonfall, dass ich mich beruhigen solle, aber ich kam gerade in Fahrt.

»Warum bin ich hier, wenn es nicht direkt meinem Vater hilft?«, fuhr ich fort. »Inwiefern hilft es irgendjemandem, wenn ich einfach nur im Wat *bin* – außer euch natürlich, weil ihr eine Woche lang weniger arbeiten müsst?« Ich deutete dabei auf Mönch A, was ihn wütend machte. Er schrie mich lange auf Khmer an, lauter, als ich ihn je sprechen gehört hatte. Lauter, als wenn er auf Hochzeiten und Beerdigungen vor Publikum sprach. Er redete so schnell, dass seine Worte miteinander verschmolzen und mein Kopf schmerzte, weil ich mit dem Übersetzen nicht hinterherkam.

»Bitte«, unterbrach ich Mönch A. »Ich brauche etwas Luft.« Ohne auf eine Antwort zu warten, verließ ich das

Büro des Cha und ging nach draußen, wohl wissend, wie unhöflich das wirkte. Ich lief auf und ab. Ich war es leid, dass Mönch A und der Cha so taten, als würden sie mich irgendwie unterstützen. Und ich hatte es satt, kein klares Gefühl zu haben, zu dem Tempel, zu allem, was ich tat.

Die anderen Mönche starrten schweigend vom anderen Ende des Hofes herüber und rauchten. Sie standen da, als hätten sie sich noch nie von ihren Plätzen wegbewegt. Als täten sie nichts anderes, als sich mit Zigaretten umzubringen.

Räume, die ich bisher im Tempel gefegt habe: 5
Liegestütze, die ich bisher im Tempel gemacht
  habe: mindestens 300
Stunden, die ich pro Woche arbeite: 60
Zigaretten, die ich bisher mit den Mönchen
  geraucht habe: mindestens eine Packung
Kleine Cousins, die ich zur Schule fahre und
  abhole: 4
Wie viel ich den Leuten außerhalb des Tempels
  schulde: zu viel, um darüber nachzudenken

Der Cha erzählte meinem Onkel von unserem Gespräch. Er rief mich wieder in sein Büro, was mich daran erinnerte, wie ich in der Highschool mal zum stellvertretenden Direktor zitiert worden war. Ich hatte zu viele Unterrichtsstunden verpasst und anderen Mist gebaut. In meiner Akte stand der Vermerk »Schulschwänzer«. Er wusste nicht, dass ich manchmal die sechste und siebte Stunde schwänzte, um Geld zu verdienen und Pou zu helfen, seine Arztrechnungen zu bezahlen. Es war eine schwere Zeit damals, als Pous Wirbelsäule im Arsch war und er eine Weile aussetzen musste und nicht mehr zehn Stunden am Tag Autos reparieren konnte.

Mönch A war diesmal nicht mit im Raum, nur der Cha, aber der zweite Stuhl stand trotzdem noch auf der Seite des Cha. Ich nahm an, dass das Absicht war. Nach einem kurzen Moment zeigte der Cha auf das Telefon, dessen Hörer auf dem Schreibtisch lag. Ich musste mich nach vorne beugen, weil es ein alter Apparat war mit Kabel und allem, und als ich den Hörer ans Ohr hielt, flog ich fast nach hinten, so laut schrie mich Pou an: »Was machst du für 'ne Scheiße?«

»Jesus«, sagte ich und fühlte mich dann komisch, weil ich im Tempel *Jesus* gesagt hatte. »Pou, warum bist du so wütend? Ich versuche doch nur, einen guten Bon zu machen.«

Pou schnaubte. »Der Bon deines Vaters ist mir scheißegal.«

Ich sah den leeren Blick des Cha. Ich fragte mich, ob es auch ihm scheißegal war.

Pou fuhr fort: »Du wolltest in den Wat, also musst du es auch richtig machen. Blamier mich nicht. Wenn ein Mönch dich belehren will, verdammt noch mal, wenn er dir die Scheiße aus dem Kopf prügeln will, dann hast du das hinzunehmen.«

»Ich *versuche* ja, im Wat alles richtig zu machen«, sagte ich. »Ich will einfach nur ein bisschen Führung.«

»Hör mal, Traditionen müssen nicht logisch sein«, sagte Pou, der jetzt eher erschöpft als wütend klang, aber schon auch noch wütend. »Was erwartest du denn? Wir sind nicht zu Hause, also warum zum Teufel sollte irgendwas Sinn ergeben. Hör jetzt mit der Grübelei auf und tu, was man dir sagt.« Ich wollte noch fragen, wie ich denn tun kann, was man mir sagt, wenn keiner mir was sagt, aber dann fügte Pou noch hinzu: »Und vergiss nicht, du musst hier noch mit dem Dach helfen. Vergiss das auf keinen Fall, wenn du zurück bist.« Das war sein letzter Satz, bevor er auflegte. Wenig später verdoppelte Mönch A meine täglichen Aufgaben für den Rest meiner Woche.

Jetzt fege ich also das ganze Gebäude. Ich soll damit eine Lektion lernen, nämlich dass man Mönchen, die einen gerade anschreien, nicht den Rücken kehren soll. Ich habe schon, um ehrlich zu sein, überlegt, den Wat zu verlassen, Maly anzurufen, damit sie mich abholt, aber ich könnte Pou so nicht gegenübertreten, nicht ohne die Situation mit Mönch A und dem Cha bereinigt zu haben.

Mönch D kommt zu mir, während ich den großen Gebetsraum putze. Er legt seine Hand auf meine Schulter. Fast wirkt es so, als wolle er mich umarmen. Aber dann zeigt er nur auf die Lautsprecher. »Hörst du das?«, fragt er.

»Ja«, antworte ich, »irgendein Gebetslied.«

»Hör mal genauer hin«, sagt er und hebt seinen Finger etwas höher.

Ich schließe meine Augen, um die Musik besser

hören zu können. Ich achte eine Weile auf die Melodie und dann fällt es mir auf. »Das ist eine Coverversion von ›Hey Jude‹«, sage ich und muss lachen.

Mönch D nickt, lächelt mich an und geht weg.

Während ich den Rest meiner Aufgaben erledige, denke ich darüber nach, was Pou zu mir gesagt hatte, dass wir nicht zu Hause sind. Wenn ich mich entscheiden müsste, wäre mein Zuhause wohl der Ort, wo Maly ist. Auch wenn wir uns wahrscheinlich trennen werden, wenn ich zur Armee gehe. Sie ist nicht der Typ Frau, die auf einen Mann wartet, und das will ich auch gar nicht. Ich bin nicht in die Armee eingetreten, weil ich mehr Erwartungsdruck brauche. Genau das Gegenteil will ich. Aber eigentlich komisch, mein ganzes Leben schon lebe ich in dieser Stadt und würde sie nie als mein Zuhause bezeichnen.

Jahre, die Maly und ich zusammen sind, seit wir
    18 sind: also 2
Male, die Maly mit mir Schluss gemacht hat: 4
Male, die ich mit Maly Schluss gemacht habe: 2
Wie oft Maly mir einen bläst: meistens, aber nie
    nach dem Training
Wie oft ich Maly lecke: manchmal, aber viel-
    leicht nicht oft genug
Wie lange unser Sex dauert: eine ganze Folge
    von *Die Simpsons*, also 22 Minuten
Wie oft wir Sex haben, wenn wir high sind: wir
    haben nie Sex, ohne high zu sein

Die frühe Schlafenszeit der Mönche ist nichts für mich. Obwohl ich von dem doppelten Pensum an Aufgaben erschöpft war, konnte ich in der vierten Nacht nicht einschlafen. Ich suchte den Joint, den ich in meinem Zimmer versteckt hatte, und rollte ihn zwischen den Fingern hin und her. Eine gute Stunde lang überlegte ich, ihn anzuzünden, direkt dort auf meiner Matte.

Den Joint hatte ich mir in den Schuh gesteckt, bevor ich hierherkam. So habe ich es in der Schule immer gemacht, weil ich manchmal in der fünften Stunde kiffte, hinter der Jungenumkleide. Manchmal war ich auch gestresst. Es ist ziemlich eklig, einen Joint zu rauchen, der vorher die Füße berührt hat. Aber es hat immer seinen Zweck erfüllt. Wenn ich jetzt Gras rauchen würde, könnte ich sofort einschlafen, aber ich versuche, es mir abzugewöhnen. Ich kann mich in Zukunft nicht mehr darauf verlassen, dass ich Gras habe zum Einschlafen. Außerdem hebe ich mir den Joint für meinen letzten Abend auf, wenn Dads Bon vollendet ist.

Ich dachte, im Wat zu wohnen, würde mir helfen, vom Gras wegzukommen, zumindest für eine gewisse Zeit. Meine Jungs verstanden das nicht. Weil ich noch etwas Zeit habe, bis ich weggehe, bis meine Grundausbildung beginnt, meinten sie, dass ich so viel kiffen solle wie möglich, jeden Tag, rund um die Uhr. »Du wirst von dem Zeug ja nicht abhängig«, sagten sie. »Wo ist das Problem?« Sie glauben, dass ich mich zum Militärdienst gemeldet habe, damit es mir mies geht.

Eine Zeitlang sah ich Dad nur, wenn er Gras von mir wollte. Er rief mich jedes Mal von einer anderen

Nummer aus an, wenn wir einen Deal vereinbarten, und ich habe nie jemandem erzählt, dass wir uns trafen. Pou wäre durchgedreht, selbst jetzt noch, wo Dad tot ist. Pou schwor immer, dass er Dad fertigmachen würde dafür, dass er nach Moms Tod abgehauen war. Aber eins muss ich Dad lassen. Er wusste immer meine Handynummer auswendig, all die letzten Jahre lang.

Wir trafen uns dann meist in dem einen Donut-Laden, der keinen Kambodschanern gehörte, da Dad es diskret machen wollte. Er versuchte immer, den Deal wie ein ganz normales Familienfrühstück aussehen zu lassen. Er lud mich zum Kaffee ein und so und war jedes Mal ganz stolz, dass er sich erinnerte, dass ich Krapfen mag. Er befragte mich zu meinem Leben. Über ihn sprachen wir nie. Ich wusste, dass wir beide kein Interesse daran hatten, das hier bei Happy Donuts zu besprechen. Irgendwie glaube ich, dass er eigentlich gar nicht so auf Gras stand. Wir reden hier immerhin über einen Mann, der sich jedes Wochenende Heroin spritzte. Aber vielleicht brauchte er es als zusätzlichen Anreiz, um sich mit mir nüchtern zu unterhalten. Ich vermute, er wollte sich manchmal einfach nur normal fühlen für zwanzig Minuten, oder dachte das zumindest. Vielleicht vergaß er manchmal, wer er war, und redete sich dann ein, dass er seinen Sohn treffen und Donuts essen müsse. Und dann, danach, wenn er wieder wusste, wer er war, rauchte er Gras, zusätzlich zum Heroin, weil er sich nüchtern nicht ertragen konnte. Warum sonst hätte es so mit 173 ihm enden sollen, wie es endete, wenn nicht aus dem Grund, dass er sich im Normalzustand einfach nicht ertrug?

Einmal hätte ich fast Maly mitgenommen zu einem der Treffen. Es war Dads Idee gewesen. Er hatte gesagt, dass er sich überzeugen wolle, dass Maly keine Frau war, die, wie die älteren *Cambos* sagen, einen Korb mit Löchern trug. Ich wollte Maly schon eine Nachricht schreiben und alles. Ich wollte, dass Dad meine Freundin trifft, weil er das immerhin verstehen würde. Es würde nicht einfach an ihm vorbeigehen, wie alles andere, was ich ihm erzählte. Aber ich wusste auch, dass Maly vielleicht versuchen würde, mich zu verteidigen, ihn anschreien würde, warum er nicht für mich da sei. Das wollte ich nicht. Er hatte so viel durchgemacht, dass ich immer noch das Gefühl hatte, ihm etwas zu schulden. Der Mann hatte den Genozid überstanden und mich hierhergebracht. Der Mann hatte seine Frau verloren. Er verdiente, dass man ihn in Ruhe ließ, auch als Vater.

DINGE, DIE ICH BEI DER ARMEE VERMISSEN
   WERDE
Sex mit Maly
Maly, im Allgemeinen
Mit den Jungs Gras rauchen
Kung-Fu-Filme gucken
Kambodschanisches Essen
Selbst Entscheidungen treffen zu können

Heute haben Mönch D und ich zusammen zu Abend gegessen. Dann, als es dunkel wurde, sind wir auf das Feld hinter dem Tempel gegangen. Unter unseren Füßen knackten leere Cola-Dosen und Plastiktüten. Das verdorrte Gras war mit Müll übersät, praktisch das ganze Feld, auch wenn das Neujahrsfest im April war und jetzt Winter ist.

»Ich fand es immer cool«, sagte ich zu ihm, »dass die Mönche außerhalb der Stadt leben. Als würden sie dadurch zu besonders harten Typen oder so.« Ich zündete mir eine Zigarette aus einer Packung an, die ich von Mönch B hatte.

»Jetzt finde ich es nur noch traurig. Wahrscheinlich hat die Stadt einfach entschieden, dass sie keinen Platz für den Wat hat.«

»Alles ist traurig. So ist es eben«, sagte Mönch D. Er steckte sich eine Zigarette in den Mund, aber der Wind blies das Feuerzeug aus. Er gab mir ein Zeichen, ihm zu helfen. Unsere Stirnen berührten sich. Seine Zigarette entzündete sich an der Glut von meiner.

»Das ist so kaputt«, sagte ich, trat einen Schritt zurück und sah mich um. Das letzte Mal, als ich auf diesem Feld stand, unterhielt ich mich mit einem Rekrutierer der Armee. Es war nicht das erste Mal, dass die Armee beim kambodschanischen Neujahrsfest einen Stand hatte, aber das erste Mal, dass der Rekrutierer ein Asiate war. Ich kannte ihn aus der Schule, ein Hmong-Typ, der ein paar Jahrgänge über mir gewesen war. Er stand lächelnd da in seiner Uniform und überging die bösen Blicke der *Cambo*-Opas, die ohne echten Grund Hass auf die Hmong verspüren. Wir kamen ins Gespräch, und er fragte mich, wie es mir so ergangen sei in den letzten Jahren. Ich erzählte ihm nicht, dass ich in zwei Scheißjobs arbeitete und mein Studium am Community College im ersten Semester abgebrochen hatte. Ich zuckte mit den Schultern und sagte dann: »Joah.« Er sagte »verstehe« und gab mir einen Stapel Broschüren der Armee. Eine Woche später blätterte ich sie durch. Mir gefiel, wie übersichtlich alles war durch die Überschriften, Zwischenüberschriften und Spiegelstriche. Die sorgen dafür, dass das Leben eines Typen auf die Sekunde genau durchgeplant ist, dachte ich.

»Hast du ein Foto von deiner Freundin?«, fragte mich Mönch D völlig unvermittelt.

»Ich trage keine Bilder von meiner Freundin im Gewand mit mir rum«, antwortete ich.

»Dann erkläre sie mir«, sagte Mönch D.

»Lass mich erst die Zigarette zu Ende rauchen.« Ich warf einen Blick hinüber zum Tempel. Alle Lichter waren aus, so dass er aussah wie ein riesiger schwarzer Klumpen. Es kam mir merkwürdig vor, dass Menschen dorthin gingen auf der Suche nach Antworten, nach Frieden oder sonst was. Ich dachte an Malys Körper. Wie meine Hände ihre Brüste umfassen, wenn sie sich auf mich setzte, wie sie es immer tat. Ich spürte mich in ihr, und wie sie mich umschloss. Was für ein warmes Gefühl das war. Ihren Geruch einzuatmen. Ich spürte, wie ich unterm Gewand eine Erektion bekam. Es war mir aber nicht peinlich. Es war schon dunkel und außerdem fühlte ich mich wohl mit Mönch D, ihm würde das sicher nichts ausmachen.

Ich rauchte meine Zigarette zu Ende und schnippte den Stummel in den Staub. Ich beschrieb ihm Maly. Äußerlichkeiten, wie groß sie war, die Farbe ihrer Haare. Mönch D unterbrach mich. »Nein, nein, erklär mir, wie sie ist – in der Welt«, sagte er und gestikulierte mit der Hand so, dass seine Zigarette Spiralen ins Dunkel zeichnete.

Ich fing an, Maly zu erklären, Seiten an ihr, die ich besonders bemerkenswert fand, Sachen, die ich nie verstehen, aber immer schätzen werde. Er hatte die Augen geschlossen, während seine Zigarette runterbrannte. Er sah glücklich aus. Es war ein gutes Gefühl, dass ich etwas damit zu tun hatte.

WIE ICH MALY ERKLÄRE
Sie weiß genau, wie sie etwas formulieren muss,
    damit es lustig klingt
Sie läuft immer so, als wüsste sie genau, wo-
    hin sie geht, auch wenn sie keine Ahnung hat,
    wohin
Lacht viel, als sähe sie etwas, was andere nicht
    sehen, aber nicht arrogant, sie will, dass der
    andere es auch lustig findet
Extrem fürsorglich gegenüber Menschen, die sie
    liebt, wie ihre Cousins
Klingt klug und trotzdem so, als käme sie von
    hier

Mein vorletzter Tag im Tempel fing ganz normal an. Ich wachte auf und machte Liegestütze, dann erledigte ich ein paar Hausarbeiten. Warum, weiß ich nicht, aber ich war den ganzen Morgen über erregt, fast hart. Ganz sicher hatte ich einen Ständer, als ich die Reliquien im Gebetsraum polierte.

Eigentlich hatte ich vor, mir am Nachmittag einen Ort zu suchen, um mir einen runterzuholen, aber am Mittag sagte der Cha, dass sich alle im Garten versammeln sollten. Bei der größten Buddhastatue, der liegenden, die so aussieht, als würde er im Bett chillen und Musik hören. Wir löffelten unseren kalten Porridge auf und gingen nach draußen. Mönch A war schon da und stand neben den riesigen Füßen des Buddhas. Er hatte Räucherstäbchen angezündet und direkt in die Erde gesteckt. Er war ganz eingehüllt in Rauch, was ihn, ehrlicherweise, ziemlich cool und hart aussehen ließ, irgendwie übermenschlich.

Als sich alle um Mönch A versammelt hatten, forderte er mich auf, mich neben ihn zu stellen. Die anderen Mönche setzten sich auf die Erde. Sie nahmen ihre Gebetsposition ein, den Fersensitz mit nach hinten abgewinkelten Beinen, der sich anfühlt, als würde man Übungen für die Rumpfmuskulatur machen. Als würde man eine Stunde ohne Pause etwas beplanken, oder bis man anfängt zu zittern. Mönch A sang ein Gebet, die anderen Mönche stimmten ein. Ich stand da wie ein Trottel, der nicht weiß, wohin mit sich. Ich schaute zu Mönch D, und er lächelte, was mich beruhigte.

Als Mönch A mit dem Singen fertig war, legte er

seine Hände auf meine Schultern. Auch die anderen Mönche sahen mich an. Mönch A hielt dann eine Rede über mich, dass meine Zeit hier jetzt fast vorüber sei und wie stolz mein Vater wäre, wenn er sehen könnte, wie ich sein Leben ehrte. Dann berührte er die Füße der Buddhastatue und hielt einen längeren Vortrag über den Tempel, in dem das Vorbild für diesen Buddha liegt. Früher seien die Menschen in Kambodscha auf einen Berg gestiegen, um diesen Wat zu besuchen. Sie hätten die Füße des großen Buddhas gewaschen, weil es angeblich Glück brachte. Um am richtigen Ort zu ihrer Mitte zu finden.

Dann reichte mir der Cha auf einmal eine Schüssel mit Wasser und forderte mich auf, die riesigen Füße zu waschen. »Komm, tu es«, sagte er, »du hattest doch darum gebeten.« Als ich mich nicht rührte, schob er mich näher an die Statue heran. Er deutete auf den nassen Lappen in der Schüssel, dann auf die Füße. Ich ging in die Hocke und wischte dunkle, nasse Kreise auf den Stein. Ich blickte mich um, die Köpfe der Mönche waren gesenkt. Sie sangen noch ein Gebet. Ich hatte ein Publikum, das mich anfeuerte, aber im Grunde verrichtete ich einfach nur eine weitere Arbeit.

DINGE, DIE ICH NICHT VERMISSEN WERDE
Den Abwasch und die Wäsche von Pou zu
    machen
Wenn Pou mit mir über die Zukunft redet
Wenn Pou mit mir über die Vergangenheit redet
An meinen Dad denken, ihn in der Stadt sehen

Interaktionen mit Mönch A
Nachrichten von irgendwelchen mir unbekannten Idioten zu bekommen, die Gras kaufen
  wollen
Gezwungen zu sein, Dinge selbst zu entscheiden

Als ich sicher war, dass die Mönche schliefen, ging ich wieder nach draußen. Ich wollte high werden. Ich ging zurück zu dem riesigen Buddha und starrte auf seine Füße, während ich meinen Joint rauchte. Ich wartete auf irgendeine bekiffte Vision. Ich hatte die Füße des Buddhas zum Gesang der Mönche gewaschen, und ich wollte jetzt, dass die Füße meine spirituellen Führer werden, mir die Geheimnisse der Welt erschließen, mir etwas über mich und Dad erzählen, mir eine außerkör-perliche Erfahrung ermöglichen. Mich an einen bes-seren Ort führen, irgendwohin. Aber die Füße blieben einfach nur sie selbst, und ich auch. Nur ein großer alter Stein und ich, ein stinknormaler Idiot, der sich zudröhnt.

Dann stand auf einmal Mönch D neben mir. »Du hast mir was vorenthalten«, sagte er und nahm den Joint.

Ich überlegte, ihn zu bitten, mir das Ritual der Fuß-waschung zu erklären, aber dann fiel mir ein, dass Mönch A es ja schon ausführlich erklärt hatte. »Es wird kalt«, sagte ich stattdessen. »Lass uns in mein Zim-mer gehen.« Ich starrte weiter auf die Füße des Bud-dhas, während ich darauf wartete, dass Mönch D den Joint aufrauchte. Ich weiß noch, dass ich dachte, dass die Füße ihre wahre Kraft vielleicht entfalten könnten, wenn ein richtiger Mönch da wäre, der high ist. Es passierte aber weiterhin nichts.

In meinem Zimmer saßen wir auf meiner Schlafmatte, völlig bekifft, die Rücken an die Wand gelehnt. Ich zeigte Mönch D ein Foto von Maly, aus einer Tasche der Jeans, die ich anhatte, als ich herkam. Es war auf normalem Druckerpapier ausgedruckt. Nichts Besonderes. Maly lächelte und saß im Bikini am Strand, so glücklich wie nie zuvor, würde ich zumindest gern glauben. Es war das einzige Mal, dass wir zusammen die Stadt verlassen haben. Mönch D starrte voller Bewunderung auf das Foto, und hielt es sich nah vors Gesicht. »Lass mir auch noch was von meiner Freundin«, sagte ich lachend und zog seine Hände ein Stück vom Gesicht weg, so dass wir sie beide sehen konnten. Ich ließ meine Hand auf seiner liegen. Es fühlte sich gut an, seine Haut zu berühren.

Es war ein ziemlich tolles Foto von Maly. Seine Wirkung auf Mönch D machte mir das nochmal bewusst und stärkte irgendwie mein Selbstwertgefühl. Als ob ich irgendwas erreicht hätte durch die Tatsache, dass Maly meine Freundin war. Ich legte meine Hand auf Mönch Ds Oberschenkel. Seine Hand ruhte auf meinem Knie, während er das Foto immer noch in der anderen Hand hielt. Wir schauten beide Maly an, aber ich glaube, wir sahen auch einander und jeder sich selbst. Ich griff mit meiner freien Hand unter mein Gewand und begann zu onanieren. Er tat es mir gleich. Wir hatten es nicht eilig. Es ging nicht darum, dass man schnell kommt.

»Wir sollten bisschen aufpassen«, sagte ich. »Die

Mas fänden es sicher nicht so lustig, Sperma aus den Gewändern zu schrubben.« Mönch D nickte zustimmend und bewegte seinen Kopf im gleichen Rhythmus wie seine Hand auf und ab. Ich sah mich im Zimmer um. Es gab nur die Schlafmatte, meine Straßenkleidung und schon wieder eine Buddhastatue.

»Wir könnten auf Buddha kommen«, scherzte ich.

»Willst du, dass ich rausgeschmissen werde?«, fragte er.

»Können Mönche überhaupt ihren Job verlieren?«, fragte ich. Mönch D verlangsamte seine Handbewegungen. »Ich will es nicht herausfinden.«

»Ich glaube, am besten hierhin«, sagte ich und zeigte auf das Foto.

»Bist du sicher?«, fragte er.

Ich überlegte, was es zu bedeuten hätte, wenn wir auf ein Foto von Maly kamen. Dann fragte ich mich, ob ich mir nicht zu viele Gedanken um ein Blatt Papier machte. Ich kniete mich hin und nahm ihm das Foto ab. »Kommen wir auf die Rückseite«, sagte ich und drehte es um. Dann kniete auch er sich hin, mir gegenüber, als wären wir Spiegelbilder des anderen. Um besser das Gleichgewicht halten zu können, stützte er sich auf meiner Schulter ab. Ich kam. Er kam. Und ich fühlte mich wie entrückt.

DINGE, AUF DIE ICH MICH FREUE
Noch nicht sicher, aber irgendwas wird schon
    kommen
War ja bislang auch so

Als Pou mich abholen kommt, ist es schon dunkel. Die Wintertage sind kurz, seine Schichten lang. Ich habe den Großteil des Tages mit Mönch D verbracht. Wir haben unsere Aufgaben erledigt, auf dem Feld zu Mittag gegessen und uns verabschiedet. Über den Abend davor haben wir nicht mehr gesprochen. Aber wir haben etwas geteilt, und das fühlte sich gut an, so wie ich mich immer mit Dad fühlte, wenn wir Donuts essen gingen.

»Bis dann«, sagte Mönch D, als es Zeit für mich war zu gehen. Er boxte mich in die Seite. »Wenn du wieder da bist, werde ich auf irgendeiner Hochzeit den Segen sprechen, und du musst mir Essen servieren.«

»Ja, sicher«, sagte ich und boxte ihn auch.

In Pous Auto sehe ich, wie der Wat im Seitenspiegel langsam schrumpft. Er wird wieder zu einem schwarzen Klumpen, einem Schatten. Man kann keine Details des Tempels erkennen, keine Mönche, die dort ihrer Wege gehen. Keine der golden angemalten Lampen. Nicht die abblätternde orange, gelbe und blaue Farbe. Auch die rostigen alten Parkplatzschilder mit den Aufschriften in Khmer versinken in der Dunkelheit. Dass es der Tempel ist, erkennt man nur noch an seiner Kontur. Ich frage mich, ob das vielleicht alles ist, was man über jemanden wissen kann, dessen Kontur. Ich frage mich, was wohl mal meine sein wird.

Wir biegen nach links ab, und der Wat verschwindet aus meinem Blickfeld. »Der Cha ist besessen von Khmer-Covern der Beatles«, sage ich.

Pou lacht. »Na ja, Khmer haben die Lieder einfach

besser gespielt.« Er hält den Blick auf die Straße gerichtet. »Das liegt daran, dass Amerika unsere Klänge gestohlen hat. Sie haben unsere Klänge gestohlen und Bomben auf uns geworfen, und jetzt willst du für sie kämpfen, du Vollidiot.«

Er packt mich an der Schulter und gibt mir einen Stoß. »Nur Spaß«, sagt Pou. »Hör zu, ich weiß, dass der Cha es dir schwer gemacht hat. Er meint es nicht so. Ich habe nachgelesen, und es gibt viele Vorteile, wenn man zur Armee geht. Du kannst aufs College. Du wirst immer einen Job haben. Ich mache mir manchmal Sorgen um dich, dass du wie dein Vater wirst, ein blöder Dummkopf. Aber das ist ein kluger Schritt. Ein logischer.« Dann zählt er weitere Gründe dafür auf, warum meine Entscheidung richtig ist. Die finanziellen Vorteile, in deren Genuss ich kommen werde. Ich nicke und nicke.

Die Straßen draußen werden immer städtischer, je weiter wir uns vom Wat entfernen. Man sieht immer weniger verlassene Scheunen und immer mehr leere Parkplätze. Mehr Busse und weniger Erde. Während Pou spricht, wird mir klar, dass ich Mönch D nie gefragt habe, warum er in den Tempel gegangen ist. Aber eigentlich kenne ich viele seiner Gründe, Unmengen. Ich kann die Erwartungen erahnen, unter denen er in seinem alten Leben litt, sowohl seine eigenen als auch die der anderen an ihn, wie sie sich wahrscheinlich nicht mehr vereinbaren ließen, wie sie, alle zusammengefügt zu einem Menschen, einen frankensteinartigen Riesen ergeben hätten. Mit seinen unmöglichen Proportionen würde er durch die Gegend taumeln, Geräusche herausschreien, die keine Worte ergaben, und versuchen, verstanden zu werden. Und ich verstehe, dass er sich als Mönch von diesen Erwartungen frei machen und sie durch etwas anderes ersetzen kann. Etwas mit klaren Konturen. Wenn ich Mönch D das so erzählen würde, würde er mir wahrscheinlich Rauch ins Gesicht blasen und lachen, mir seine Zigarette reichen und sagen, dass ich mich mal entspannen soll. Man kann nicht alles toterklären, würde er sagen. Muss man ja auch nicht, würde ich sagen. So sieht's nun mal aus, würden wir sagen.

WIR WÄREN JETZT PRINZEN!

I. Genug Hennessy für eine Afterparty

Gott sei gedankt, und auch dem Buddha, den Mönchen und dem CHA, der sich nicht so betrank wie sonst und mit Bravour durch die Gebete und Zeremonien führte, und, nicht zu vergessen, auch den anderen Feiernden, die den Festsaal verwüsteten – die die Cousins und Cousinen ihre Mings und Pous nannten, weil natürlich alle bei dem Fest miteinander verwandt waren, alle über vierzig die Tanten oder Onkels von irgendwem waren – sie seien alle gesegnet, die HOCHZEIT war vorbei. Und die Cousinen der BRAUT waren endlich entbunden von ihren Pflichten; befreit aus ihren kratzenden traditionellen Kleidern, die aus einem Verleih stammten und von denen man daher nicht mit Sicherheit wissen konnte, ob sie jemals gewaschen worden waren; befreit vom Beten bei achtunddreißig Grad Hitze, vom Singen von Worten, die der BRAUT und dem BRÄUTIGAM nichts bedeuteten, während ihnen beschwipste Gäste Palmblütenblätter ins Gesicht warfen; und, was am ermüdendsten war, befreit von den endlosen Fotoshootings, bei denen die BRAUTGESELLSCHAFT mitten auf einem Golfplatz neben einem künstlich angelegten See aufgestellt wurde, ins goldene Licht des Sonnenaufgangs getaucht, und dann noch einmal zwölf Stunden später, im Hinter-

grund jetzt der Sonnenuntergang, mit dem BRÄUTI-
GAM, der die Hände seiner Jungs schüttelt, erst einzeln
und dann alle zusammen, als würden sie Gordischer
Knoten spielen, und dann natürlich ein Schnappschuss
der BRAUT und der Brautjungfern, während sie nach-
geschminkt werden, darauf dann die BRAUT mit ihren
Eltern, dann mit ihren Geschwistern, dann mit ihren
Halbgeschwistern, dann mit ihren Cousins und Cousi-
nen, dann denen zweiten Grades, danach denen dritten
Grades, dann mit den Schwiegereltern, dann mit der
Familie, der Chuck's Donuts gehört, und der anderen
Familie, der die Angkor-Apotheke gehört, und dann alle
Posen nochmal, jetzt aber in dem weißen amerikani-
schen Hochzeitskleid.

Das richtige Trinken konnte also beginnen! Wo es
weitergehen sollte, stand noch nicht fest, war aber
auch nicht so wichtig – Hauptsache nicht mehr im
Dragon Palace Restaurant, das bis zum Rand vollge-
packt gewesen war mit dreihundert kambodschanischen Menschen aus dem California Valley. Keine ein-
gebildeten Pous mehr, die so taten, als stammten sie
von Königen ab, als sei diese Stadt das Hollywood der
Ex-Flüchtlings-Promis, als sei der Bürgersteig der
El Dorado Street ein langer für sie ausgerollter roter
Teppich. Nicht mehr den Gongs und Mas vorspielen,
dass man gar nicht so viel trinkt. Die Jüngeren wussten es besser, als sich vor ihren siebzigjährigen, tief-
gläubigen buddhistischen Großeltern zu besaufen, die
nicht nur einen Genozid, sondern einen AUTOGENO-
ZID überlebt hatten. Besonders, nachdem Marlon, der

fünftliebste Cousin der Braut – der, wie es sich für einen jetzt cleanen ehemaligen Drogenabhängigen gehört, auf dem Weg war, sich komplett abzuschießen –, mit zu viel Verve neben der BERÜHMTEN SÄNGERIN getanzt hatte, die von ihrer REICHEN MING aus Phnom Penh eingeflogen worden war. Aber jetzt waren die Erwachsenen weg! Die BRAUT und der BRÄUTIGAM waren bereits auf dem Weg nach Las Vegas, um dort ihre Flitterwochen mit Glückspiel zu verbringen! Sogar Marlons jüngerer Bruder Bond, der achtliebste Cousin der BRAUT, hatte die Krawatte gelockert.

Die BERÜHMTE SÄNGERIN fragte, ob jemand sie zum leer stehenden Ferienhaus der REICHEN MING fahren könne, das sowohl das Hauptquartier der BRAUTGESELLSCHAFT als auch die Unterkunft der BERÜHMTEN SÄNGERIN war. Da ihre Stimme vom stundenlangen Singen heiser war, brauchte die BERÜHMTE SÄNGERIN ein heißes Zitronenwasser für ihren Hals, wie sie behauptete, und trank Tee, der nur mit Evian-Mineralwasser aufgebrüht werden durfte.

»Hier kommt Ihr Retter!«, schrie Marlon und sprang auf einen Stuhl vor der BERÜHMTEN SÄNGERIN. Mit zwei ungeöffneten Flaschen Hennessy Cognac in der Hand fiel er dann vor ihr auf die Knie, als wolle er mit Alkohol um ihre Hand anhalten. »Ich kann Sie sogar fahren!«

»Du bist betrunken, Junge«, flüsterte die BERÜHMTE SÄNGERIN, die ihre Stimme schonen wollte, jetzt, da sie offiziell nicht mehr im Dienst war.

»Dann fährt uns mein schöner Bruder«, sagte Marlon

fast singend. Er deutete mit einer Flasche nach rechts, obwohl Bond links von ihm stand. »Aber Sie müssen alle mitbringen zur Afterparty.« Er machte eine ausholende Bewegung mit den Flaschen, um zu zeigen, dass er die Zwanzig- und Dreißigjährigen meinte, die verstreut an den leeren Tischen saßen, alles Cousins und Cousinen der BRAUT.

Die BERÜHMTE SÄNGERIN wandte Bond ihr vollkommen symmetrisches Gesicht zu. »Wie viel hast du getrunken?«, fragte sie, und entfachte mit dem schnellen Klimpern ihrer falschen Wimpern einen kleinen Sturm.

»Wir wollen einfach noch ein bisschen Zeit mit Ihnen haben«, lallte Marlon.

»Alles okay, ich kann fahren«, sagte Bond, während er gebannt auf die Zehn-Zentimeter-Absätze der BERÜHMTEN SÄNGERIN starrte.

»Also, was sagen Sie?«, fragte Marlon, stand auf und grinste. Auf irgendeine Weise passten seine unverhohlene Trunkenheit, seine vergnügten, kindlichen Äußerungen gut zu seinen breiten Schultern. »Feiern Sie noch mit uns?«

Röteten sich die Wangen der BERÜHMTEN SÄNGERIN, oder war es nur ein Ausdruck mütterlichen Mitleids? Die Verbindung von Schönheit und Erbärmlichkeit war Marlons Trumpf. Mütter liebten diesen armen Kerl, mit seinem verschenkten Potenzial. »Gut, ich brauche aber mein Zitronenwasser«, sagte die BERÜHMTE SÄNGERIN, und die Cousins und Cousinen brachen in Jubel aus. Alle schnappten sich Hennessy-Flaschen,

Schachteln mit Hummerresten und gebratenem Reis, der in Hummersaft schwamm, und machten sich auf zum Ferienhaus der REICHEN MING.

II. Kurze Rekapitulation des Plans, da Marlon zu betrunken ist, um sich zu erinnern

Bond wusste, dass er Marlon von Anfang an hätte bremsen sollen. Den ganzen Abend schon wollte er Marlon die Heineken-Flaschen aus der Hand reißen. Er wollte die Cognacshots blocken wie ein Basketballspieler die Würfe seines Gegners. Aber er war kein Sportler, im Gegensatz zu Marlon. Er arbeitete als Anwaltsgehilfe in San Francisco, sah sich aber als sich durchbeißenden Maler in Oakland – wobei das »sich durchbeißen« mit jedem Jahr redundanter wurde, trotz seines Kunst-B.A. in Berkeley.

Vom Fahrersitz des neuen Lexus-SUV seines Vaters sah Bond im Rückspiegel, wie Marlon sich betrunken auf der Rückbank fläzte, während die BERÜHMTE SÄNGERIN auf dem Beifahrersitz ihren Lippenstift nachzog. Es muss schwer sein, wenn man so gut aussieht, dachte Bond, und erinnerte sich dann an Marlon in der Entzugsklinik, wie sein Bruder sich dort jeden Morgen das Haar mit Gel zu einer glatten schwarzen Welle formte. Bond hatte das so verstanden, dass sich Marlon auf diese Weise am besten daran erinnern konnte, wer zur Hölle er eigentlich war.

Marlon richtete sich auf, und im Rückspiegel sah

es so aus, als würden seine Gliedmaßen dabei wieder in ihre eigentliche Position einrasten. Er lehnte sich nach vorne und stützte sich auf die Mittelarmlehne. Ein Schwall von Alkohol und Schweiß strömte in die vordere Hälfte des Wagens. »Wer *ist* Visith denn überhaupt?«

»Er ist der Cousin zweiten Grades unserer Eltern«, sagte Bond gespielt ernst und mit tonloser Stimme. »Nur altersmäßig näher an uns. Ihm gehört das Juweliergeschäft in der March Lane. Bist du so betrunken, dass du deinen eigenen Onkel vergessen hast?«

»Nein, schon klar«, antwortete Marlon. »Ich will nur wissen, was so wichtig an ihm sein soll.«

Natürlich hatte er es schon vergessen! Bond umfasste das Lenkrad fester, das dicke Premiumleder fühlte sich irgendwie merkwürdig an in seinen Händen. Er kämpfte gegen den Drang, an seiner Stressakne rumzudrücken. Plötzlich sah er wieder eine Szene von früher am Abend vor sich: ihre Mutter in Tränen aufgelöst, wie sie ihren Teller mit Hummer wegschob, vom Tisch aufstand und sich von ihnen wegsetzte, nachdem sie versucht hatte, den Alkohol aus Marlons Blutkreislauf rauszuschimpfen, worauf Marlon scherzhaft gesagt hatte: »Immerhin bin ich nicht auf *Meth*!« In der Mitte des Tisches standen breite Glaszylinder, gefüllt mit ertrinkenden Orchideen und schwimmenden Kerzen. Wie sehr hatte sich Bond gewünscht, die BRAUT würde die Deckenbeleuchtung ausmachen; es wäre das irrste, fantastischste Gemälde gewesen, all diese winzigen schwebenden Flammen.

Jetzt trug die BERÜHMTE SÄNGERIN Glitzer um die Augen herum auf, indem sie ihren Schädel sanft mit zwei Fingern betupfte. »Visith ist ein guter Khmer-Name«, sagte sie. »Nicht wie ihr zwei, mit euren Namen, die wirklich alles andere als Khmer sind.«

»So ein Quatsch!«, schrie Marlon ihnen ins Ohr. »Wir sind nach Marlon Brando und James fucking Bond benannt! Das ist im Grunde eine so kambodschanische Logik, dass es schon fast weh tut: Gebt euren Kindern Namen aus den ersten Filmen, die ihr in der Emigration gesehen habt, und bämm!« Marlon klatschte in die Hände, was wie ein Donnerschlag klang. »Der amerikanische Traum verwirklicht!« Er warf den Kopf vor und zurück zu dem Kanye-Song, der im Radio lief.

»Marlon Brando ... wie bei STELLA, STELLA!« sang die BERÜHMTE SÄNGERIN, und Marlon stimmte mit ein.

»STELLAAAAAAAAAAAAA!«

Er headbangte mittlerweile so hart, dass die Rückbank zu einem Ein-Mann-Moshpit wurde.

»Wie auch immer«, sagte Bond, »wir müssen rausfinden, welche Summe Visith dem Brautpaar geschenkt hat.« Er bezog sich auf die Mission, die sie vorhin beim Fest vereinbart hatten, als sie im Pissoir nebeneinander pinkelten. Marlon war dort vorübergehend etwas nüchterner geworden, zumindest nüchtern genug, um zu verstehen, wie sehr er die Gefühle ihrer Mutter verletzt haben musste. *Es wird sie beruhigen, wenn sie es weiß,* hatte Bond zu seinem älteren Bruder gesagt, während sie sich die Hände mit der vom Restaurant verdünnten rosa Flüssigseife wuschen. Es war ihre beste Option. »Erinnerst du dich noch? Für Mom?«

»Richtig«, sagte Marlon, und atmete noch mehr Alkohol in den Lexus. »Für Mom.«

Bevor ihre Mutter weinend davonstürmte, waren an diesem Abend die BRAUT, der BRÄUTIGAM und die BRAUTGESELLSCHAFT von Tisch zu Tisch gezogen und hatten die roten Umschläge für Geldgeschenke eingesammelt, die die Brautjungfern dort vorher auf die Stühle gelegt hatten. Die Erwachsenen unterwarfen die Frischvermählten dabei einem schikanösen Ritual, bei dem sie auf die Stühle stiegen, die mit Geldscheinen gefüllten roten Umschläge hoch über den Kopf der Braut hielten und von ihr verlangten, dass sie nach dem Umschlag mit den Zähnen schnappt, während der BRÄUTIGAM angefeuert wurde, feuchte Küsse auf die Lippen von Mings und Mas und eines sturzbetrunkenen Gong zu drücken.

An ihrem Tisch hatte Marlons und Bonds Vater, ein strenger Verfechter der Tradition, der es liebte, andere zu übertrumpfen, die Umschläge der Familie zunächst mit sechstausend Dollar gefüllt. Was ihre Mutter wiederum dazu veranlasst hatte, verzweifelt zu flehen, man möge doch sparsamer mit dem Geld umgehen, falls der Familie etwas Schreckliches zustoßen sollte, wie zum Beispiel – aber das blieb unausgesprochen – der Rückfall von Marlon in die Tablettensucht und ein erneuter Aufenthalt in der Entzugsklinik. Dann sah Marlon, wie Visith aufstand und Richtung Toilette verschwand, genau in dem Moment, als sich das Brautpaar seinem Tisch näherte. »Woah, versucht Visith, sich vorm Geldgeschenk zu drücken?«, fragte Marlon beiläufig und löste damit eine Reihe von empörten Spekulationen ihrer Mutter aus, die jetzt in der Nacht – das wusste Bond – kein Auge würde zutun können. Gab es einen Anlass zu moralischer Entrüstung, wurde ihre chronische Schlaflosigkeit bekanntermaßen noch schlimmer.

»Ich schwör's, bei Buddha höchstpersönlich«, sagte Marlon, während er es sich wieder auf der Rückbank bequem machte, »Visith hat sein scheiß Kuvert einfach in der Tasche verschwinden lassen, damit es weg ist.«

Die BERÜHMTE SÄNGERIN schüttelte den Kopf. »Das ist nicht in Ordnung«, sagte sie. »Er ist in einem Alter, in dem man etwas zurückgibt. Die BRAUT und der BRÄUTIGAM brauchen das Geld für den Start in ein gemeinsames Leben.«

»Ja, und unsere Eltern sind verdammt kleinlich«, fügte Marlon hinzu. »Sie suchen verzweifelt nach einer Ausrede, um auf Visiths eigener blöden Hochzeit nix geben zu müssen, vor allem, wenn er selbst sonst nichts gibt. Unsere Mom kann ihn nicht ausstehen. Sie will da nicht hin, zu seiner Hochzeit nächsten Monat – bei der es im Grunde um eine Green-Card-Ehe geht, mit irgendeiner Braut aus Battambang, deren Eltern Visith einfach mal ein neues Haus kaufen –, aber unser Papa besteht darauf. Sie hasst den Typen, seit das Arschloch ihr falsche Diamanten verkauft hat.«

»Die sie zurückerstattet bekam«, sagte Bond.

»Erst nachdem ich ihn wochenlang nicht in Ruhe

gelassen habe«, sagte Marlon. »Und er erklärte es mit irgendeinem Schwachsinn über Fehler in den Warenlisten.«

»Visith ist also kein anständiger Mann«, sagte die BERÜHMTE SÄNGERIN, während sie ihr Rouge nachschminkte. »Schande über ihn, er trägt auch eine Rolex, als würde er hart arbeiten.«

Marlon gab einen hässlichen Laut von sich.

»Er trägt die Rolexe als Werbung für seinen Juwelierladen«, erklärte Bond, und Marlon stieß ein noch unangenehmeres Geräusch aus. »Trotzdem«, fuhr Bond fort und verdrehte die Augen, »Visith hat ein gut laufendes Geschäft, warum soll er also nichts geben? Es ist ja nicht so, dass *jeder* aus der Familie mehr als hundert Dollar oder so geben muss.« Er bog nach links in die Straße ab, die von den Anwesen der REICHEN MING gesäumt war – die Dame hatte praktisch die gesamte Wohngegend aufgekauft. Er verlangsamte und kniff die Augen zusammen, um die Hausnummern in der Dunkelheit erkennen zu können.

»Tja«, sagte Marlon, »der Wichser gibt auch in Ming Lees Nudelrestaurant kein Trinkgeld.«

»Du bist sturzbetrunken«, sagte Bond. »Wir brauchen so was wie einen echten Beweis. Wenn nicht für Mom, dann für Dad, damit er Mom zustimmt.«

»Könnt ihr nicht einfach die BRAUT fragen?«, sagte die BERÜHMTE SÄNGERIN.

»O Gott, hast du mit der schon mal geredet?« Marlon setzte sich mit einem Ruck wieder aufrecht hin. 196 »Wir können ihm helfen, sich zuzudröhnen«, sagte er und griff in die Jacketttasche seines jüngeren Bruders, worauf Bond den Wagen mit einer Vollbremsung und quietschenden Reifen zum Stehen brachte.

»Scheiße, Mann!«, schrie Bond und stieß seinen Bruder mit dem Ellbogen weg. »Kannst du das einfach *lassen*?«

Marlon lehnte sich zurück und grinste. Er hielt einen Joint hoch. »Ich wusste, dass du einen hast!«, sagte er. »Jetzt können wir ihn zu einem Geständnis bringen – die Leute erzählen einem alles, wenn sie high sind.«

»Ein Kreuzverhör bringt absolut gar nichts«, sagte Bond und nahm seinem Bruder den Joint wieder ab. »Das kann nicht unser Plan sein.«

»Hast du eine bessere Idee?«, fragte Marlon, und Bond verzog das Gesicht.

»Okay. Na gut«, sagte Bond. »Dann ist das der Plan, bis uns ein besserer einfällt.« Fast wäre aus ihm herausgeplatzt: bitte betrink dich nicht noch mehr, aber dann dachte er, na ja, wenigstens nimmt er kein Meth.

»Eine ziemlich dumme Idee«, sagte die BERÜHMTE SÄNGERIN spöttisch. »Was ist denn so falsch daran, die BRAUT zu fragen?«

»Also erstens ist ihre Mutter eine enge Freundin von Visiths älterer Schwester«, sagte Bond und trat aufs Gaspedal. »Und dann kommt dazu, dass beide zu viel reden. Unsere Eltern wollen auf keinen Fall, dass jemand von ihrer Überlegung erfährt, nicht auf seine Hochzeit zu gehen. Sie hassen Klatsch.«

»Nee«, sagte Marlon, »sie hassen Klatsch, wenn es dabei um *sie* geht.«

Es war kurz nach Mitternacht, als sie an ihrem Ziel ankamen und Bond das Auto parkte. Das Haus lag unten am Delta-Deich – eine dieser noblen Villen am Wasser –, und seine leuchtenden Fenster waren das einzige Licht in der Gegend. Die BERÜHMTE SÄNGE-RIN löste ihren Gurt und ließ selbst das elegant aussehen. »Wie soll man ohne Klatsch wissen«, sagte sie, »dass ein Mann trotz seiner Rolex keinen Respekt verdient?«

»Du sagst es, Baby!«, rief Marlon und sprang aus dem Auto. Er taumelte neben der BERÜHMTEN SÄN-GERIN aufs Haus zu, nachdem er beim Aussteigen einfach vergessen hatte, die Tür des Lexus zuzumachen, weil sich sein jüngerer Bruder schon um alles kümmern würde, oder was?

In der Stille, die sich einstellte, als Marlon weg war, atmete Bond tief durch und schloss die Augen. Er sah sich als Teil eines Bildes, gemalt mit geometrischen Pinselstrichen, in dem überteuerten SUV seines Vaters sitzend, den Kopf gerahmt vom Fahrerfenster. Eine Mischung aus tiefblauen Farbtönen, künstlichem Leuchten und natürlichem Mondlicht. Im Hintergrund: das Haus auf einem grasbewachsenen Hügel, ein Leuchtturm mit gelb leuchtenden Fenstern als Lichtsignal, und zwei Figuren, die den Hang hinaufgehen – die eine, die BERÜHMTE SÄNGERIN, eine Silhouette aus langem Haar, eine moderne Apsara, und die andere Figur eine massigere Version seiner selbst, ein davontreibendes Energiebündel.

III. Die Brautjungfern bringen die Party mit Mariah Carey in Fahrt

Er war gut drauf. Nicht sturzbesoffen, nicht »komplett drüber«, und alle – vor allem seine Mutter, und auf jeden Fall sein jüngerer Bruder – konnten sich jetzt mal bitte beruhigen. Marlon stand in der Mitte des Zimmers und schwankte. Er hatte in jeder Hand ein Getränk, in der einen Cognac und in der anderen das neongrüne Gatorade, das er im Kühlschrank gefunden hatte und das niemand in seiner Hand zu sehen schien, weil niemand zu schätzen wusste, dass er sich verdammt nochmal unter Kontrolle hatte.

»Warum läuft keine Musik?«, rief er. »Ich muss tanzen, wenn ich irgendwas von den Elektrolyten haben will!«

Er warf seine Gatorade-Flasche in die Luft und fing sie wieder auf, und dankte dann Buddha, dass er noch daran gedacht hatte, den Deckel zuzuschrauben. Er dankte Buddha immer, als Witz, für alles Gute in seinem Leben, seit er während seines einmonatigen Aufenthaltes in der schäbigen Entzugsklinik seiner Heimatstadt jeden Monolog in der Gruppentherapie mit »Ich danke Gott, dass ich am Leben bin« beginnen musste.

»Muss ich hier wirklich *alles* machen?«, rief Monica, die ÖRTLICHE STEUERBERATERIN, die für alle umsonst ihre Steuererklärungen machte und auch die Trauzeugin und Lieblingscousine der Braut war, was man an der Anzahl von Instagram-Bildern sehen konnte, auf denen sie zusammen in Clubs posieren.

Hinter der Kücheninsel durchforstete Monica die endlose Reihe überfüllter Plastiktüten vom Fest. Es kamen immer weitere Brautjungfern zur Tür herein, mit immer weiterem Kram, den es zu organisieren, katalogisieren, recyceln, zerlegen und umzutauschen galt, denn die Eltern der BRAUT hassten es, abgezockt zu werden, bei aller Liebe für Verschwendung, die sie im Laufe dieser Hochzeit so ausgiebig zur Schau gestellt hatten. Und jetzt musste sie zu allem Überfluss auch noch heißes Zitronenwasser für die BERÜHMTE SÄNGERIN zubereiten, die Monica für eine vierzigjährige hochnäsige Scheißdiva mit falschen Wimpern hielt.

»Woah«, sagte Marlon, immer noch wankend, »ich schätze mal, ich werde mich nicht um einen Platz im BRIDE TRIBE bewerben.« Er deutete auf Monicas Tanktop, auf dem die Worte in lila Glitzer auf die Brust gedruckt waren. Bond legte Marlon die Hand auf die Schulter, um ihn zu halten, da er weiterhin schwankte, und ihn fest auf dem Boden zu verankern. »Mir geht's gut, mir geht's *gut*«, sagte Marlon. »Man nennt das *tanzen*.«

Bond zuckte mit den Schultern und ging zur Kücheninsel, um Monica zu helfen.

»Komm schon!«, rief Marlon Bond hinterher. »Mach nicht ihren Scheiß mit! Muss das denn echt *jetzt* gemacht werden und nicht zum Beispiel: *morgen*? Hier ist jetzt Afterparty! Wann kommen wir denn sonst schon mal alle zusammen? Lasst uns feiern, bevor das Wochenende vorbei ist, und ich wieder allein in dieser Fake-Stadt festhänge, ohne meine *Cambos*. Und wieder nichts anderes zu tun hab als schlechte Tinder-Dates bei Chipotle!«

Jemand zerrte Marlon am Hemdärmel mit, und er ließ sich auf die Couch fallen. »So denkst du also von deinem Onkel!«, sagte Visith zu ihm. »Bin ich nicht gut genug für dich? Bekomme ich dich deshalb nie zu Gesicht?« Visith packte und hielt seinen Neffen so, wie Pous es taten, als Marlon noch klein war und einfach nur mit den weitervererbten Hot-Wheels-Autos spielen wollte und dann plötzlich von irgendeinem der Erwachsenen weggezerrt wurde, um in hitzigen Diskussionen über Moral oder Ehre als Argument herzuhalten, oder wenn es um die Frage ging, ob König Sihanouk schlimmer war als Pol Pot oder ob *The Killing Fields* im Grunde ein schlechter Film war oder warum einige *Cambos* diesen nichtsnutzigen Hip-Hop-Müll hörten und andere Musterschüler wurden und Krankenpflege oder Zahnmedizin oder sogar Rechnungswesen studierten.

Der Typ hat keinen müden Cent gegeben, dachte Marlon und wünschte sich, dass Bond über eine telepathische Verbindung direkt in seinen Kopf sehen könnte. »Wenn du unser Onkel bist«, sagte er, »dann aber auch echt nur *gerade mal so*.«

»Ja, halt die Klappe, Visith!«, rief Monica. »Marlon hat hier ausnahmsweise mal recht. Bitte schlag mich, wenn ich dich jemals *Pou* nennen sollte.«

Sie reichte Bond eine Tüte mit fake-buddhistischen Gastgeschenken, winzige silberne Kelche, die mit Schokoladen gefüllt waren.

»Was soll ich damit machen?«, fragte Bond.

»Ist mir scheißegal, ich will die nicht mehr sehen«, antwortete Monica.

In diesem Moment fielen die restlichen Brautjungfern und Trauzeugen und diverse Cousins und Cousinen – zweiten Grades, dritten Grades, andere Kambodschaner, die nicht mit der BRAUT verwandt waren, deren Familien aber mit der Familie der BRAUT durch Minenfelder vor dem Regime geflohen waren – mit lautem, betrunkenem Gebrüll ins Wohnzimmer und in die Küche ein. Jemand entriss Bond die Tüte mit den Gastgeschenken, und ihn überkam dieses Gefühl, das er oft hatte, wenn er zu Hause zu Besuch war, dass seine Eltern ihn in die Welt gesetzt hatten, um Arbeit an einem Fließband unsinniger Familienangelegenheiten zu verrichten. Wie anders hätte er sich die fortwährend anfallenden Aufgaben erklären können, mit denen jede freie Minute von ihm gefüllt wurde? Wie zum Beispiel die Nachbesprechungen mit Marlons Entzugshelfer, weil ihre Mutter es nicht aushielt und ihr Vater alle Probleme ignorierte, die mit diesen Söhnen zu tun hatten, die niemals die Schrecken, die Albträume und die unermesslichen Leiden verstehen würden, die mit dem AUTOGENOZID einhergingen.

Bond blickte in dem offenen Raum umher. Die BE-RÜHMTE SÄNGERIN war aus ihrem Zimmer zurückgekehrt und sah jetzt noch besser aus als bei der

Hochzeit. Eine Brautjungfer hatte die verzierte Geld-schachtel vom Fest in der Hand, verschwand mit ihr aber direkt im Flur. Vielleicht konnte ihnen Visith auch einfach egal sein, dachte Bond in Anbetracht all der unterschriebenen und versiegelten Umschläge. Dann sah er, wie Visith kumpelhaft tat mit einem wütenden Marlon. Bond hoffte, dass sein Bruder nichts Dummes sagen würde, dass er den nüchternen Visith nicht be-schuldigen würde, die BRAUT brüskiert zu haben, was Visith als Beleidigung empfände, woraufhin Geschich-ten kursieren würden, wie Marlon ihn beleidigt habe und der Ruf seiner Eltern dem Spießrutenlauf durch die kambodschanische Gerüchteküche ausgesetzt wäre. Was jetzt wirklich niemand gebrauchen konnte. Er ließ erneut den Blick durch den Raum schweifen. In der Menge der Cousins und Cousinen war die Tasche mit den Gastgeschenken nirgends auszumachen.

Bond bekam ein Shotglas in die Hand gedrückt, als zwei Brautjungfern durch den Raum fegten und alle mit Hennessy-Shots versorgten, außer Monica, die eine ganze Flasche bekam, um ihre Leiden als Trauzeugin zu lindern. Die Brautjungfern fanden einen Lautspre-cher und stöpselten ein Handy ein. »Wie kann man kambodschanisch und besoffen sein und dabei *nicht* Mariah Carey hören?«, rief eine von ihnen.

»All I Want for Christmas Is You« dröhnte aus den Lautsprechern, und Visith sagte: »Es ist *Juli*, ihr Idi-oten.«

»Na und? Es ist der beste Song von Mariah!«, sagte Marlon, was zwei Brautjungfern ein *Fuck yeah!* entlockte. Er befreite sich aus Visiths Umklammerung und begann in der Mitte des Wohnzimmers zu tanzen, die Ellbogen eng am Oberkörper angewinkelt, mit auf und ab wippenden Schultern. Er winkte seinem jüngeren Bruder zu und rief: »Trink!«

Bond seufzte, verzog das Gesicht und kippte seinen Cognac runter.

Die Afterparty hatte offiziell begonnen, und Marlon fühlte sich erleichtert. Den ganzen Abend über hatte er sich danach gesehnt, mit seinen Schmerzen in diesem warmen Nichts aufzugehen. Hohle Schmerzen des Muskelgedächtnisses hämmerten in seinen Schenkeln, seinen Schultern, überall da, wo er die Hitze am stärksten gespürt hatte. Das Verlangen pulsierte durch seinen gesamten Körper. Aber er würde diese Nacht überstehen. Wenn alle Spaß hätten – wenn sein jüngerer Bruder es schaffte, sich zu entspannen –, dann würde er es schaffen. Er wollte den Schaden, den er seinem Leben zugefügt hatte, vergessen, er wollte tanzen und trinken und so tun, und sei es nur für eine Nacht, als ob alles in Ordnung wäre, als ob er die innere Leere mit diesen von ihm geliebten *Cambos* füllen könnte. Während er zu Mariah Carey tanzte, blickte Marlon direkt ins Neonlicht der Küche. Ein Strom weißen Lichts versengte seine Sicht, schwemmte sein Gehirn aus. Er kippte noch einen Shot runter.

IV. Die betrunkenen Monologe, die Cambos um 1:15 Uhr nachts halten

»Kann jemand mal ein Foto von mir in diesem ›Bride Tribe‹-Top machen, damit ich es auf Instagram posten und die BRAUT taggen kann, damit sie glücklich ist und ich meine normalen Klamotten anziehen kann?«, fragte Monica. »Oder keine Ahnung, mich umbringen kann – was auch immer einfacher ist mit dieser absurden Frisur!«

Nach vier Drinks war Monica sowohl wütender auf die BRAUT als auch ihr gegenüber pflichtbewusster. Die Afterparty hatte sich mittlerweile in die Garage und den Flur verlagert, wo Bond Monica half, ohne für ihn ersichtlichen Grund Taschen in den Schrank zu stopfen.

»Wie bist du überhaupt aus dem Kleid und in das Tanktop gekommen?«, fragte Bond mit ehrlichem Interesse. Monicas straff gewickelte Locken ergaben ein starres Wirrwarr, das auf ihrem Kopf hing, als habe sich ein außerirdischer Egel ihres Kopfes bemächtigt.

»Keine Ahnung«, sagte sie. »Das Kleid saß so eng, dass ich es mir einfach in einem Wutanfall vom Leib gerissen habe.«

Vielleicht wurden die Geldumschläge hier verstaut, dachte Bond, als er in den Schrank blickte. Wenn dem so wäre, könnte er nachsehen, ob dort auch ein rotes Kuvert mit Visiths Unterschrift lag. »Ist die Schachtel mit dem Geld in Sicherheit?«, sagte er, so unwohl er sich bei der Frage fühlte.

»Wieso, willst du sie klauen, oder was?«

»Was? Nein, meine Güte.« Sein Handy brummte, und um weniger nervös zu wirken, zog Bond es aus der Tasche und checkte seine Nachrichten. Er hatte ein Bild geschickt bekommen, auf dem Visith ein Bier ext, mit dem Kommentar von Marlon: »Zu spät! Die Party in der Garage geht steil, und ich bin der GAME MASTER.« Es war eine Antwort auf Bonds SMS von vorhin, in der er geschrieben hatte: »Warte mit dem Plan, ich habe vielleicht eine bessere Idee.«

»Du *solltest* sie aber klauen«, sagte Monica, deren Gesicht in rotes Licht getaucht war. »Ihr Geld klauen und es dann an alle verteilen, als eine Art Entschädigung. Was hat sie bekommen, fünfzig Riesen? Einfach nur fürs Heiraten? Warum belohnen wir sie dafür? Jeder kann heiraten. *Ich* kann morgen heiraten. Alte weiße Männer füllen ein Online-Formular aus, und bekommen eine Braut nach Hause geschickt!«

Sie führte die Flasche zum Mund, roch den Alkohol und machte ein Gesicht, als müsse sie kotzen. »Noch ein Drink, und ich sterbe.«

Monica drückte Bond die Flasche in die Hand. Er sah ein weiteres Gemälde vor sich, ein kitschiges Porträt von Monica – mit schlimmer Frisur, groteskem Make-up, dem »Bride Tribe«-Tanktop, gemalt mit dramatischen Hell-Dunkel-Kontrasten – und verwarf das Bild wieder. »Ich weiß nicht«, sagte er und besann sich auf anständigere Gedanken. »Solche Hochzeiten sind doch nett. Ich meine, wann bezahlt schon mal jemand die BERÜHMTE SÄNGERIN dafür, dass sie für uns auftritt?«

»Hör mir auf mit der!«, rief Monica. »Das ganze Wochenende schon verlangt die von mir, dass ich ihr heiße Zitrone mache. Einmal brauchte es drei Anläufe, bevor sie ›richtig‹ war. Wie kann man bei *so was* wählerisch sein?« Monica zog die Tasche wieder heraus, die sie gerade in den Schrank gestopft hatte, und fing an, sie zu durchwühlen.

»Also, was ist hier denn jetzt zu tun?«, fragte Bond und erinnerte sich dann daran, wie er mit Monica im Chemieleistungskurs Partnerarbeit im Labor gemacht hatte, wie detailversessen sie dabei war und doppelt so viel machte, als für eine gute Note nötig gewesen wäre. Er riss ihr die Tasche aus der Hand. »Lass *mich* das machen.«

»Du würdest es nicht richtig machen«, sagte sie, nahm ihm die Tasche wieder ab, und Bond wollte sich die Haare raufen, oder ihr.

»Es ist das Geld«, fuhr sie fort. »Es macht die Leute völlig kaputt im Kopf. Vor vierzig Jahren haben unsere Eltern Pol Pot überlebt, und *jetzt*, mal im Ernst, was zur Hölle *machen* wir hier überhaupt? Uns über Gastgeschenke aufregen? Hunderte von Dollars für unsere Frisuren aus dem Fenster werfen? Weißt du, was die FRAU VOM TRADITIONSKLEIDUNGSLADEN zu mir gesagt hat? Sie meinte, es sei gut, dass wir die Hochzeitskleidung bei ihr leihen, weil die meisten Kambodschaner hier einfache Leute *vom Lande* seien, und niemand außer *ihr* die teuren Kleider aus Phnom Penh im Angebot habe. Kannst du dir das vorstellen? Offenbar schafft man sich, sobald man Geld hat, künstliche Probleme. Du müsstest mal *hören*, was für ein Zeug mir die Leute erzählen, wenn ich ihre Steuer mache!« Monica hörte auf, die Tasche zu durchwühlen, und sah Bond an. Ihr Gesicht leuchtete auf. »Marlon ist ein perfektes Beispiel!«, sagte sie. »Er hat *verdammt* viel Geld verdient, und dann bekam er Angstzustände oder wurde depressiv oder was auch immer, und dann wurde er drogenabhängig. Es ist das Geld, ich schwör's. Glaubst du etwa, unsere Eltern hatten ›Angstzustände‹ während des Genozids? Nein, sie haben scheiße nochmal versucht zu überleben.«

Bond nahm einen Schluck und presste den Kiefer zusammen. Sicher, Marlon machte ihn wahnsinnig, weil man schon ein egoistisches Arschloch sein musste, um sich vor seiner Mutter komplett abzuschießen, wenn sie ohnehin schon für immer paranoid war wegen seiner Drogenvergangenheit – aber seit wann war Monica eine Expertin für seine Familie? Und wo war Monica, als seine Familie *kein* Geld hatte? Wo war überhaupt irgendwer?

»Du hast wirklich keine Ahnung, wovon du redest«, sagte Bond.

»Was? Bist du jetzt beleidigt?«, stichelte Monica. »Du brauchst dich nicht angegriffen fühlen. Ich bin nicht deine Mutter.«

»Marlon ist wirklich neben der Spur. War er schon immer.«

»Wir sind *alle* neben der Spur!«, rief Monica. »Glaubst du, irgendwer von uns wäre das nicht? Aber wenn man

Geld hat, denkt man nur noch darüber nach, wann und

wie man verarscht wurde. Und wir anderen *leben* halt irgendwie. Ich hab keine Ahnung, was ich mit dem Geld machen würde, das diese Hochzeit gekostet hat. Mit dem Geld, das die Eltern der BRAUT haben, oder scheiß drauf, *deine* Eltern!« Sie schlug sich ein paarmal mit der Hand gegen den Kopf, um ein irgendwo unter der starren Frisur verborgenes Jucken zu lindern. »Wie die BRAUT zum Beispiel darum besorgt war, dass wir die Schachtel für die Geldumschläge aufheben, als Souvenir für sie. Sie hat mir immer wieder Nachrichten geschrieben, um mich daran zu erinnern, dass ich sie auf keinen Fall wegwerfen soll! Und ich will gar nicht erst damit anfangen, wie wir *unbedingt* die Geldumschläge in ihr Auto bringen mussten, bevor sie das Fest verließ. Weil sie ihren Cousins und Cousinen nicht trauen kann, oder was? Es ist ja nicht so, dass sie nicht weiß, wo wir wohnen. Ich wette, sie hat mir die SMS geschrieben, während sie ihre ganze scheiß Kohle gezählt hat.«

Bond presste seinen Kiefer noch fester zusammen. Er war jetzt eine Stunde lang Monica hinterhergelaufen und hatte ihr zugehört, wie sie über die Hochzeit herzog. Er hatte ihre Ausführungen über sich ergehen lassen, wie viel klüger, wie viel verantwortungsbewusster sie war als die BRAUT – als Marlon, als er, als alle anderen – weshalb nochmal genau? Weil sie, wenn sie betrunken war, wahllos sinnlose Aufgaben erledigte? Und jetzt hatte er erfahren, dass die Geldschachtel leer war!

Verdammte Scheiße, dachte Bond. Und scheiß auf

Monica. Er war sich sicher, dass ihr spöttisches Grinsen genau das ausdrückte, was alle über ihn und seinen Bruder dachten. Er stellte sich vor, wie sie alle »die armen Eltern« dachten. Sieh dir ihre beschämenden Kinder an, die den Ruf der Eltern durch ihre Drogensucht und eingebildetes Künstlertum ruinieren. Warum hatten die Eltern so hart für eine solche Zukunft ihrer Kinder gearbeitet?

Wenn die Cousine nur wüsste, wie sehr er sich für seine Familie abmühte. Wie oft er als Kind allein die ganze Wohnung geputzt hatte, kilometerweit gelaufen war, um Lebensmittel zu besorgen, und die Mahlzeiten für die Familie gekocht hatte, weil sein Vater bei der Nachtschicht war oder für die Ingenieurschule paukte, und Marlon wütend auf die Welt mit seinen Freunden durch die Gegend zog, und seine Mutter immer wieder depressive Schübe hatte, die sie so lähmten, dass ihre Söhne – zwölf und sechzehn während der schlimmsten Zeit – sie anflehen mussten, dass sie wenigstens aufsteht, isst, am Leben bleibt. Verdammt nochmal, er versuchte hier gerade, Beweise dafür zu finden, dass sein Onkel bei der Hochzeit seiner Cousine kein Geld gegeben hatte. Das Ganze nur für seine Mutter.

Mit einem Mal war alles unerträglich – der Anblick von Monica, der dröhnende Gesang von Mariah Carey, das *Holla!* und *Krass!*, das man aus der Garage vernahm, wo offenbar ein Tanz-Battle stattfand. Er drängte sich an Monica vorbei in ein Schlafzimmer und schlug ihr auf dem Weg die Tasche aus der Hand.

Dutzende von halb abgebrannten, weichen Kerzen vom Fest fielen auf den Boden. »Ich habe die gerade *gezählt*!«, hörte Bond Monica hinter der Tür rufen.

V. Der Game Master heckt einen neuen Plan aus, um Visith zu entlarven

Die Regeln des Trinkspiels waren den betrunkenen Cousins und Cousinen nicht bekannt, aber das hielt niemanden davon ab, die Gegner mit Trashtalk runterzumachen, als würden sie sechsstellige Gehälter dafür bekommen, ihr eigenes Fleisch und Blut verbal zu vermöbeln. Marlon – der selbst ernannte GAME MASTER – hatte für die Leute in der Garage ein gemischtes Programm zusammengestellt, bestehend aus Bierpong, Würfelspielen, nur ohne echte Würfel, Aerobic, Wahrheit oder Pflicht und Darts, mit Pfeilen aus zerknülltem Papier anstelle echter Darts. Und die Leute waren *voll dabei*, sogar die BERÜHMTE SÄNGERIN. Ehemaliger Süchtiger hin oder her, Marlon war der LUSTIGE COUSIN.

Die letzte Runde hatte begonnen, und Visith, der gegen eine der Brautjungfern um den Sieg kämpfte, wurde aus dem Kreis gebuht, weil er sich weigerte zu breakdancen. »Das ist doch scheiße!«, sagte Visith. »Lass uns wieder Bälle in Becher werfen.«

»Du traust dich nicht, vor uns zu tanzen?«, fragte die BERÜHMTE SÄNGERIN in einem Ton, der eher herablassend war als normaler Trashtalk.

»Warte – wir brauchen ein anderes Lösungsmodell«, sagte Marlon und war stolz darauf, den Begriff Lösungsmodell in einem anderen Zusammenhang als in den Online-Programmierkursen verwendet zu haben, die er im Rahmen des von seinen Eltern bezahlten Tech-Bootcamp belegte, weil er seine Karriere im Finanzwesen zerstört hatte, indem er vor den Augen seines alten Chefs eine durch Adderall verursachte Psychose bekommen hatte. Ihm war eine brillante Idee gekommen, und er wollte die Chance nutzen, bevor er wieder runterkam, bevor er wie so oft nach Mitternacht das Gefühl hatte, die ganze Welt würde ihm auf der Brust herumtrampeln. Er sah sich rasch um und fing an, Material aus den Schränken zusammenzusammeln. Dieser neue Plan würde Visith ein für alle Mal entlarven, dachte Marlon und stürzte sich in zielgerichteten Aktionismus, um dem Schwindel durch den Alkohol entgegenzuwirken.

Die herbeigetragenen Sachen lud Marlon auf dem Tisch in der Mitte der Garage ab und zerriss dann ein Blatt Papier in kleine Schnipsel. Nachdem er einen heimlich mit einer Markierung versehen hatte, verteilte er sie zusammen mit Stiften an die Anwesenden. »Schreibt den Betrag auf, den ihr dem Brautpaar geschenkt habt«, sagte Marlon und erntete skeptische Blicke. Er gab Visith und der Brautjungfer jeweils ein Stück Papier, sein Onkel bekam das markierte. »Keine Sorge, es ist anonym.«

Als alle fertig waren, sammelte Marlon die Schnipsel in einer Blechdose ein. »Hört zu!«, sagte er, als er zwischen den beiden stand, die um den Sieg kämpften. »Das hier ist das letzte Spiel: Wer die höhere Zahl zieht, wird zum besten Cousin oder der besten Cousine erklärt!«

»Das ist öde!«, schrie eine der Brautjungfern, die auf Mariah Carey standen. »Sie sollen tanzen!«

»Leute, lasst euch nicht davon täuschen, wie einfach dieses Spiel klingt!«, sagte Marlon und unterstrich seine Worte mit seiner freien Hand, wobei sich sein Herzschlag zu einem stürmischen Wummern beschleunigte. »Ein wirklich verdienter Sieger sollte nicht durch Tanzen oder Geschick ermittelt werden. Glaubt mir. Wenn man eine der Zahlen hier zieht, ist das eine Schicksalsprobe, eine Entscheidung des Universums, was wir verdienen, wen es als unseren Sieger sieht. Es geht hier um Buddha! Um Karma! Sind wir zur Größe bestimmt? Oder zum Scheitern? Manche Menschen werden als Gewinner geboren, oder etwa nicht? Und andere werden leider als Verlierer geboren. Das ist es, was wir ermitteln!«

»Zieht einfach eine Nummer, damit der Besoffene die Klappe hält«, sagte jemand zu Visith und der verbliebenen Brautjungfer.

Mit rotem Gesicht und in Cognacschweiß gebadet, trat Visith vor und krempelte die Hemdsärmel hoch. »Das gewinne ich«, sagte er. »Ich wurde schließlich als Prinz geboren. Wenn Pol Pot Kambodscha nicht ruiniert hätte, wäre ich der älteste Sohn der reichsten Familie der Provinz gewesen. Ich habe es im Blut!«

Marlon konnte nicht umhin, die Rolex am Handgelenk seines Onkels und die vielen Diamantringe an seinen Fingern zu bemerken, während Visith eine Zahl aus der Dose fischte. Dachte er, dass er eigentlich Besseres verdient hatte, fragte sich Marlon, und der Gedanke löste eine Erschöpfung aus, die sich schon den ganzen Abend angebahnt hatte, das Gefühl, dass nichts je genug sein würde, dass seine ganze Existenz mit irgendeinem chemischen Mangel begonnen hatte. Er wollte noch einen Drink, etwas spüren.

»Siebenhundert!«, rief Visith und hielt seine Zahl hoch.

Dann griff die Brautjungfer in die Dose. Als sie ihren Schnipsel herauszog, sah Marlon, dass es der markierte war, den er Visith gegeben hatte. »Fünfhundert«, sagte sie enttäuscht.

Visith johlte vor Freude. Er reckte die Faust in die Luft. »Feiert den besten Cousin!«, rief er und stieß einen Triumphschrei aus.

»Das ist doch Mist«, sagte die Brautjungfer. »Ich hätte beim Tanzen auf jeden Fall gewonnen.« Sie zeigte anklagend mit dem Finger auf Visith. »Aber du musstest ja rumheulen!«

Die anderen stimmten ihr laut johlend zu.

»Er hat den Sieg nicht verdient«, rief jemand.

»Er soll tanzen!«, rief jemand anders, und die auf Krawall gebürsteten Cousins und Cousinen fingen an zu schreien: »Tanzen! Tanzen! Tanzen!«

»Ihr könnt mich alle mal!«, lallte Visith. »Ihr seid einfach nur schlechte Verlierer.«

Marlon machte einen Schritt von Visith weg und

stellte sich zu den anderen. *Der Scheißkerl muss lügen*, dachte er, nie im Leben hat er so viel Geld geschenkt.

»Ich erkläre euch jetzt mal den Unterschied zwischen Gewinnen und Verlieren«, sagte Visith, vor dem die Leute zurückwichen, als er wild mit den Armen herumzufuchteln anfing und ihm die Spucke aus dem Mund flog. »Es ist die Scham! Verlierer haben Scham und Gewinner *nicht*. Glaubt ihr, ihr könnt mir ein schlechtes Gewissen machen, weil die Spielregeln geändert wurden?« Visith stieß ein aggressives Lachen aus, laut genug, um die Cousins und Cousinen verstummen zu lassen. »Echt, *vergesst* es!«, fuhr er fort. »Genau so gewinnt man! Was glaubt ihr, wie meine Familie reich geworden ist? Wieso sind manche von uns reich geblieben, während andere rumsaßen und es nicht gecheckt haben? Ich erklär euch ignoranten Idioten jetzt mal, wie die Sache läuft!«

Visith wischte sich den Schweiß von der Stirn, bereitete sich darauf vor, die Leute runterzuputzen, klarzustellen, dass er der ÄLTESTE COUSIN war, während Marlon plötzlich begriff, wie dumm sein Plan gewesen war, wie einfach es war, irgendeine Zahl auf das Papier zu kritzeln, wie sie alle vielleicht recht hatten, in ihm den PRIVILEGIERTEN VERSAGER zu sehen, dessen Eltern ihm immer wieder aus der Not halfen.

»Unsere Familie«, begann Visith, »wir haben jede Chance genutzt, die sich ergab. Ur-Ur-Gong kam aus China, betrat ein Stück Land in Battambang und beschloss: ›Der Scheiß gehört jetzt mir.‹ Ihm war es egal, dass dort schon Dorfbewohner lebten. Die coole Sau

fing einfach an, seine Reisfabrik zu bauen, und überzeugte die Dorfbewohner, dass es für sie von Vorteil
ist, wenn sie für *ihn* arbeiten. Warum sich Sorgen
machen um das eigene Stück Land, wenn man auch
nach Stunden bezahlt werden kann und ein festes Gehalt bekommt? Hat er ihnen gesagt, wie viel Geld er im
Gegensatz zu ihnen verdienen wird? Natürlich nicht,
er war ja kein scheiß Verlierer. Er traf seine Geschäfts-
entscheidungen ohne sich zu schämen und nahm sich,
was er verdammt nochmal wollte.« Mit rausgestreck-
ter Brust und geblähten Nasenflügeln schritt Visith
die unsichtbare Grenze zwischen ihm und den Cousins
ab. »*Das* ist der Grund, warum ich erfolgreich bin und
ihr Schwachköpfe nicht: *Ich* weiß noch, wie wir reich
geworden sind. Ich lasse mich durch nichts beirren,
versteht ihr? Ist mir alles einfach scheißegal.«

Visith blieb stehen, als er an Marlon und der BE-
RÜHMTEN SÄNGERIN vorbeikam. Er starrte Marlon
an, kicherte und keuchte wie ein Irrer, mit blutunterlaufenen Augen und brutalem Körpergeruch. »Du
weißt, wovon ich rede«, sagte Visith und strich Marlon
über den Kopf. Und dann, wie zum Beweis, wandte sich
Visith der BERÜHMTEN SÄNGERIN zu, packte sie an
der Taille und drückte ihr einen Kuss auf den Mund.

Die Cousins und Cousinen in der Garage erschra-
ken über die billigen Manöver ihres Onkels, ein paar
der Brautjungfern hielten sogar die Luft an, und Marlon sah ungläubig zu, wie die BERÜHMTE SÄNGERIN
Visith wegstieß und ihn mehrmals schlug – hart genug,
um deutlich zu machen, dass eine Grenze überschrit-

ten worden war, aber leicht genug, um keine echte Szene zu machen. Er dachte, dass jemand diesem Wichser eine reinhauen sollte, und kaum hatte er den Gedanken zu Ende gedacht, landete seine Rechte schon auf der Nase seines Onkels, worauf der einen Schmerzensschrei ausstieß und dann natürlich zurückschlug und dabei seinem Angreifer in die Rippen schlug und eine oder zwei brach, dachte Marlon zumindest, während er stöhnte, sich vor Schmerz krümmte und sich dann auf seinen Onkel stürzte, woraufhin beide zusammen zu Boden gingen, sich mit Schlägen bearbeiteten, Kopf und Gliedmaßen des anderen in Schwitzkästen und Halbnelsons zwangen, bis keiner von beiden mehr richtig atmen konnte, ihr Keuchen und Sabbern die Musik reiner, kindischer Gewalt, und bis Monica in die Garage gestürmt kam und den verdutzten Umstehenden befahl, die idiotischen Männerbabys voneinander zu *trennen*.

Von der anderen Seite des Raumes aus starrte Marlon auf das Blut, das aus den Nasenlöchern dieses Irren lief, der ihn weiter anschrie, während er von zwei Cousins zurückgehalten wurde. Seine Gedanken verschwammen zu einem dichten Nebel, und er spürte, wie der Alkohol aus seinem schmerzenden Körper wich. Er überlegte, ob er abhauen sollte, einfach zur Tür raus und irgendwo anders hin, wie all die anderen Male, als er sich wieder ein neues Sportteam gesucht hatte, wieder irgendeine neue Aktivität neben der Schule begonnen hatte, sich einen neuen leeren Parkplatz gesucht hatte, um dort abzuhängen und mit seinen Freunden

Hustensaft runterzuschütten, nur damit er sich nicht mit seinem Vater, seiner Mutter oder auch nur seinem jüngeren Bruder auseinandersetzen musste. Natürlich musste diese Party blutig enden. Er war inmitten von Chaos geboren worden, wie hätte er es also je verhindern können?

VI. Die berühmte Sängerin bringt allen das traditionelle Arschgrabschspiel des Ehebunds bei

Marlon schaffte es bis ins Wohnzimmer, bevor ihn Schuldgefühle überkamen. Er konnte Bond nicht einfach allein lassen mit ihrer Mission. Und wohin sollte er auch gehen? Er war nicht mehr in der Highschool. Es gab keine Freunde, bei denen er einfach auftauchen konnte. Es gab für ihn keinen Ort außerhalb dieses Hauses, dieser Party, seiner Familie. Alles, was er jetzt hatte, war Bond.

Er stolperte zurück durch den Flur und riss alle Türen auf, um zu sehen, ob sich dahinter sein jüngerer Bruder verbarg. Nachdem er erst in einen Wandschrank und dann in ein Badezimmer gestolpert war, wo sich eine Brautjungfer gerade in die Toilette übergab, fand er Bond in einem Schlafzimmer beim Kiffen. Der Anblick seines Bruders beruhigte Marlon sofort. »Hey, eins deiner Bilder«, sagte er, und setzte sich neben Bond ans Fußende des Bettes.

»Hat Ming bei meiner ersten Ausstellung gekauft«,

sagte Bond und reichte Marlon den Joint. »Was zur Hölle war das in der Garage? Klang wie ein Zoo da draußen.«

»Nichts. Visiths Nase könnte gebrochen sein. Wohl meine Schuld.«

Bond warf Marlon einen wissenden Blick zu.

»Guck mich nicht so an«, sagte Marlon. »Er hat es absolut verdient. Wahrscheinlich.«

»Er hat also kein Geld gegeben?«

»Er *behauptet*, er hätte.«

Bond nahm Marlon den Joint aus der Hand. Er nahm einen Zug und blies seinem Bruder den Rauch ins Gesicht. »Du hast das Zeug nicht verdient und solltest es auch gar nicht rauchen.«

»Ach komm«, sagte Marlon. »Ich bin jetzt komplett nüchtern, nachdem Visith die Scheiße aus mir rausgeprügelt hat. Es kann echt sein, dass eine Rippe gebrochen ist.«

»Okay, so funktioniert Alkohol aber nicht.«

»Mann … du willst doch auch mit deinem älteren Bruder high werden.«

»Okay, hier.« Bond hielt seinem Bruder den Joint an den Mund, und Marlon zog den Rauch tief ein, hustete aber direkt los.

»Für einen ehemaligen Drogenabhängigen verträgst du aber ziemlich wenig«, sagte Bond, und beide mussten lachen. Dann sahen sich die Brüder eingehend Bonds Bild an der Wand an: ihre Mutter inmitten von Rosensträuchern, mit einer wilden Dauerwelle und bunten Mustern, wie man sie in den Achtzigern trug.

»Das habe ich schon immer gemocht.«

»Echt? Und warum hast du dich bei meiner Vernissage so abgeschossen?«

»Die eigentliche Frage ist ja, warum *du* dich nicht abgeschossen hast«, sagte Marlon und grinste. Er gab seinem Bruder den Joint zurück. »Ich finde, für einen hungerleidenden Hipster-Künstler bist du ziemlich spießig geworden.«

Bond seufzte. »Ich war früher schon cool«, sagte er halb im Scherz.

Er erinnerte sich an den Abend seiner ersten Ausstellungseröffnung, als er sofort wusste, dass Marlon rückfällig geworden war, vielleicht mit einer Handvoll Schmerzmitteln, ganz sicher mit einer Prise Adderall, um seinen zwölfstündigen Arbeitstag zu überstehen. Er sah es an Marlons klammen Händen, seinen geweiteten, suchenden Pupillen, der Art, wie ihm sein fettiges Haar immer wieder ins Gesicht fiel. Warum hatte er dann trotzdem zugelassen, dass sein Bruder eine Flasche Wein leerte, bevor er in der Ecke zusammensank und damit eine weitere finstere depressive Episode ihrer Mutter auslöste? Er sah Marlon an. Er staunte wieder darüber, wie perfekt seine Gesichtszüge eine Mischung derer ihrer Eltern waren.

»Meine ganze Scheiße hat wahrscheinlich die Coolness aus dir rausgesaugt.« Marlon starrte vor sich hin, mit todernstem Gesichtsausdruck. »Es tut mir leid. Dass ich so ein wahnsinnig schlechter älterer Bruder bin.«

»Ist schon gut«, sagte Bond schroff und spürte einen

dumpfen Schmerz in der Brust. »Wenn du es nicht wärst, würde Dad sich viel mehr über den Kredit aufregen, den ich fürs Kunststudium zurückzahlen muss.« In seinen bekifften Augen fing das Gemälde an, mit der Wand zu verschmelzen, und die Rosen wucherten über sein gesamtes Blickfeld. Er fragte sich, ob Marlon das Gleiche sehen konnte wie er, bevor ihm klar wurde, wie dumm der Gedanke war, da er einen vertrauten Anflug von Qual im Lächeln seines Bruders ausmachte. Er wusste, dass Marlon hoffte, dass er noch etwas anderes sagen würde. Vielleicht hatte sein Witz über ihren Vater nicht ausgereicht, um den Druck und die Schuldgefühle zu lindern, die Marlon empfand, und sein irres Gedankenkarussell zu stoppen. Aber er brachte es nicht über sich, etwas zu sagen, nicht einmal darüber, was ihn den ganzen Abend beschäftigt hatte – ihr Auftrag, Marlons Alkoholkonsum, ihre Mutter.

Die Tür ging auf, und Bond und Marlon sahen die BERÜHMTE SÄNGERIN eintreten. »Scheiße«, sagte Bond, während die Asche vom Joint auf seine Hose fiel, »das ist Ihr Zimmer?«

Die BERÜHMTE SÄNGERIN hob eine Augenbraue, warf ihm einen strengen Blick zu und deutete auf die Stapel ihres Gepäcks in der Ecke. Dann setzte sie sich hin und nahm den Joint, den Bond ihr hinhielt – ein Friedensangebot.

»In Kambodscha tun wir das auf die Pizza«, sagte sie, während sie den Rauch ausblies, »und nennen es Happy Pizza.«

»Du solltest ein Lied darüber schreiben«, sagte Marlon.

»Ich schreibe ein Lied darüber«, sagte die BERÜHMTE SÄNGERIN zu Marlons Überraschung. Sie nahm noch einen Zug und rauchte das letzte Gras auf. »Du glaubst, das ist ein Witz. Ich meine es aber ernst. Wir Kambodschaner erlauben uns nie, einfach mal das Leben zu genießen. Wir denken immer nur an die Vergangenheit und sorgen uns um die Zukunft.«

»Das ist nicht gut«, sagte Bond.

»Weißt du jetzt, wie viel Geld Visith geschenkt hat, oder musst du die BRAUT fragen, wie ich vorhin meinte?«

»Noch nicht hundert Prozent sicher«, sagte Marlon.

»Ich erwarte wenig von diesem Kindskopf«, sagte die BERÜHMTE SÄNGERIN, stand auf und strich die Falten in ihrem Kleid glatt. »Kommt mit. Ich habe eine Idee, eine ziemlich gute.«

Benebelt folgten Marlon und Bond der BERÜHMTEN SÄNGERIN ins Wohnzimmer, wo immer noch die Stimme von Mariah Carey aus der Box dröhnte. Die Cousins und Cousinen liefen umher, einige zu betrunken, um die Playlist zu ändern, andere bereits so verkatert, dass es ihnen egal war. Visith saß auf der Wohnlandschaft, bis auf das Unterhemd ausgezogen. Umgeben von den anderen Brautjungfern stand Monica an der Kücheninsel und ließ sich wütend über die bodenlose Dummheit der männlichen Partygäste aus. Jemand hatte Cognac-Gatorade-Margaritas gemacht, und überall im Raum standen halb volle Becher mit giftgrüner Flüssigkeit herum – auf allen ebenen Oberflächen, aber auch unebenen wie Sofakissen, auf denen die Becher in gefährlichen Positionen lagerten.

Die BERÜHMTE SÄNGERIN wies Marlon und Bond an, fünf Stühle in einer Reihe aufzustellen, und zwar vor der Wohnlandschaft und für alle im Raum sichtbar. Als das Arrangement fertig war, stellte sie sich auf einen Stuhl und zog mit ihrer professionellen Bühnenpräsenz die Aufmerksamkeit der Anwesenden auf sich. »Ein Vögelchen hat mir gezwitschert«, sagte die BERÜHMTE SÄNGERIN, »dass Visith auch bald heiraten wird, und zwar eine Frau, die in Kambodscha lebt.«

»Ja«, sagte Visith, »das ist richtig.« Er blickte Marlon an, als würde er ihn gleich zu Boden ringen.

»Wenn man eine Frau aus Kambodscha heiraten will, muss man sich allerdings an die Tradition halten«, sagte die BERÜHMTE SÄNGERIN. »Also bringe ich allen jetzt eine Zeremonie bei, die ihr dann bei Visiths Hochzeit durchführen könnt.« Die BERÜHMTE SÄNGERIN zeigte auf Visith. »Hier, nimm meinen Platz ein und dreh dich mit dem Rücken zu deinen Gästen.« Dann deutete sie auf Bond, Marlon und zwei weitere Cousins, sich zu Visith auf die übrigen Stühle zu gesellen. »Ich werde bei dieser Vorführung die Rolle von Visiths Braut übernehmen«, fuhr die BERÜHMTE SÄNGERIN fort. »Bei diesem Spiel werden der Braut die Augen verbunden, und sie muss alle Hintern der Männer anfassen und allein durch das Anfassen erraten, welcher Hintern zu ihrem Mann gehört.«

»Das *kann* nicht wahr sein«, sagte Monica und blickte entsetzt und erfreut drein, was die BERÜHMTE SÄNGERIN mit einem strengen Blick beantwortete, der die Cousins und Cousinen von der absoluten Legitimität der Zeremonie überzeugte.

»Ich werde jetzt mit der Vorführung beginnen.«

Die Anwesenden verfolgten gebannt, wie die BERÜHMTE SÄNGERIN so tat, als würde sie die Oberschenkel und Gesäßmuskeln der stehenden Männer abtasten. Die offenkundige Peinlichkeit der Situation sorgte für Heiterkeit, und als Visith durch die bloße Nähe der BERÜHMTEN SÄNGERIN und ihre beängstigende Schönheit fast vom Stuhl fiel, brachen alle in Gelächter aus. Für einen kurzen Moment waren die Cousins und Cousinen, auch die auf den Stühlen, wieder ein Haufen Kinder, eine neue Generation in einem fremden Land, die noch immer lernt, was es heißt, Kambodschaner zu sein.

Nach der Vorführung kehrten die Cousins und Cousinen zu ihren Gesprächen und ihren halb geleerten Getränken zurück. Die fünf Männer stiegen von ihren Stühlen. Auf dem Weg zurück zur Wohnlandschaft rammte Visith Marlon mit einem kräftigen Schulterstoß, doch bevor jemand reagieren konnte, griff Bond nach Marlons Arm und zog ihn mit sich herunter, so dass die Brüder gemeinsam in die Sessel sanken. »Ich glaube nicht, dass du noch einen Streit anfangen solltest«, sagte Bond. »Nicht nach dem traditionellen Arschgrabsch-Hochzeitsspiel unserer Vorfahren.«

Kurz darauf setzte sich die BERÜHMTE SÄNGERIN

neben sie. Sie reichte Bond heimlich einen ledernen Gegenstand und nickte, mit einer steifen und gleichmäßigen Bewegung, um ihre Frisur nicht zu beschädigen. »Es gehört Visith«, sagte sie und zwinkerte, um zu signalisieren, dass sie es aus seiner Tasche entwendet hatte. Bond setzte sich schnell so hin, dass Visith es nicht sehen konnte, und blickte nach unten auf das gestohlene Portemonnaie in seinen Händen, das sich prall und schwer anfühlte.

»Worauf wartest du?«, fragte Marlon.

»Okay«, sagte Bond, »komm mal runter.« Er öffnete die Brieftasche, in der sich zwischen einem Bündel von Scheinen ein roter Umschlag befand. »Woher wusstest du, dass der hier drin sein würde?«, fragte er die BERÜHMTE SÄNGERIN, die mit den Achseln zuckte und sagte: »Ich habe vermutet, dass es nicht schaden könne, Sachen von ihm zu haben. Einfache Logik.«

»Was bedeutet das?«, fragte Marlon.

»Na ja«, antwortete Bond, »es sieht tatsächlich so aus, als ob Visith seinen Umschlag hier vor den Leuten versteckt hat.«

»Wow«, sagte Marlon. »Ich hatte also tatsächlich recht?«

»Ja, der Wichser hat definitiv nix gegeben«, sagte Bond und warf die Brieftasche unter seinen Stuhl.

»Dad hat damit den Beweis, den er braucht«, sagte Marlon.

»Und Mom wird es glücklich machen«, sagte Bond. »Oder na ja, glücklicher.«

Die Brüder seufzten erleichtert. Beide – ja, auch

Bond, zu Marlons Freude – grinsten sich mit jugendlichem Leichtsinn an. Mehr konnten sie im Moment nicht tun.

VII. Die betrunkenen Gespräche, die Cambos um 3:42 Uhr morgens führen

»Manchmal vergesse ich, dass wir mit denselben Sachen aufgewachsen sind«, sagte Marlon und nahm einen Schluck aus einer fast leeren Flasche Hennessy. Sie saßen draußen auf dem Rasen, ihre Hintern kühl vom Morgentau. »Ich meine, weißt du noch, als wir klein waren und Dad im Kraftwerk gearbeitet hat? Und wir beide dann immer versucht haben, Mom aufzuheitern, indem wir ihr Essen gekocht haben, grausames Zeug, wie diese gegrillten Käsestücke, die wir in der Mikrowelle aufgewärmt haben?«

»Ja, und dann war ich es, der sich um Mom gekümmert hat«, sagte Bond und nahm Marlon die Flasche ab. »In der Highschool warst du immer *beschäftigt*.« Er nahm einen Schluck Cognac und starrte in den dunklen Himmel. »Neulich hatte ich diese Einsicht, dass ich eigentlich angefangen habe, Kunst zu machen, weil es das einfachste Mittel war, mir die Zeit zu vertreiben. Mom lag im Bett, starrte ins Leere und redete über ihre toten Geschwister, und ich lag bei ihr im Zimmer auf dem Boden und habe gemalt.«

Marlon betrachtete das Profil seines Bruders. Er dachte an all die Male, die er in seinem Leben zu wütend gewesen war, wie oft er seine Eltern zu ernst genommen hatte, als eine so große Autorität, dass er ihre Erwartungen erfüllen und zugleich gegen sie verstoßen musste, weil eine einzige Reaktion niemals ausreichen würde. »Das war dumm von mir.«

»Darauf trinke ich«, sagte Bond und führte die Flasche wieder an die Lippen.

»Es ist seltsam«, sagte Marlon. »Jetzt bin ich wieder zu Hause, und alles ist anders als damals in unserer Kindheit. Dad verdient jetzt richtig Geld. Mom ist gesund, und sie kümmert sich wahnsinnig darum, dass ich nicht rückfällig werde. Sie kocht, so richtig jeden Tag. Sie wäscht meine Wäsche, und ich sage ihr immer wieder, dass ich es selber machen kann – Scheiße, Mann, damals habe ich *ihre* Wäsche gewaschen.«

»Was willst du damit sagen?«

»Keine Ahnung, Mann. Findest du das nicht auch irgendwie komisch?«

Bond blickte den Hang hinab, über den Rasen, bis zum Lexus-SUV, der an der Straße parkte. Klar war ihm das alles aufgefallen, er war ja dabei gewesen – wie er und sein Bruder in einer Einzimmerwohnung aufgewachsen waren und seine Eltern dann, als er schon halb erwachsen war, wie aus dem Nichts in ein Haus mit vier Zimmern in einer Gated Community zogen. Aber was gab es dazu zu sagen? Der Stich, den ihm der Gedanke an ihr Leben versetzte, war für ihn schwer zu beschreiben, zumindest in Worten. Vielleicht lag darin der Fluch, Maler zu sein – seine Gedanken und Gefühle ließen sich für ihn präzise nur in Öl ausdrücken, und sie nahmen nur langsam Form an, zunächst latent, nachdem er sich zunächst Bilder im Kopf ausmalte, die dann zu Szenen werden konnten, sobald der Pinsel die Leinwand berührte.

»Oh«, sagte Marlon, »fast hätte ich es vergessen.« Er kramte in seinen Taschen, zog eine Handvoll Gastgeschenke hervor und breitete sie auf dem Rasen aus. »Ich habe paar Süßigkeiten erbeutet.«

Bond schnappte sich eine Schokolade und begutachtete sie. Er lachte.

»Was ist los?«

»Ich habe gerade gemerkt, wie hungrig ich bin.«

»Täusch ich mich oder war die BRAUT verdammt geizig mit dem Essen?«, sagte Marlon. »Was waren das für Portionen?«

»Gib einem Haufen von Kambodschanern richtig Geld«, antwortete Bond, »und sie werden sich immer noch so verhalten, als stünde uns ein Staatsstreich bevor.«

»Und das, mein schöner Bruder«, sagte Marlon, »ist es, was die kambodschanische Welt antreibt.«

Bond wickelte die fade Schokolade aus und steckte sie sich in den Mund. »Ich finde es aber trotzdem seltsam, dass wir da gelandet sind, wo wir jetzt sind.«

»Ja, das ist es wirklich«, sagte Marlon. »Bin froh, dass du das auch so siehst.« Er warf das Einwickelpapier auf die Straße, und Bond stieß Marlon ohne zu überlegen mit dem Ellbogen in die Seite, damit er aufhörte.

Bond holte tief Luft. Eigentlich war er innerlich ruhig, aber seine Hände zitterten. Ihm war schwindlig vom Alkohol, und er spürte schon die sich anbahnenden Kopfschmerzen. Er konzentrierte sich auf seine Schuhe, hielt seine Flasche fest umklammert, und als der Himmel aufhörte, sich zu drehen, brachte er den Satz hervor, den er die ganze Nacht lang schon hatte sagen wollen: »Ich … Ich dachte, es ginge dir besser.«

Und Marlon, der das erwartet hatte, atmete aus. »Ja. Das dachte ich auch.«

Die Brüder sahen sich an und warfen sich den Blick zu, der sie seit jeher verband. *Selbst wenn du der größte Idiot bist, stehe ich hinter dir.*

»Ich meine«, begann Bond, »ich weiß ja, es ist nur Alkohol und Gras, aber Mom …«

»Weißt du, auf wie viele Stellen ich mich beworben habe?«, fragte Marlon.

Bond schüttelte den Kopf. »Ich wusste nicht, dass du das machst.«

»Ja, ich habe aufgehört zu zählen«, sagte Marlon. »Und es ist nicht so, dass ich nicht zu Bewerbungsgesprächen eingeladen werde, aber ich … Ich kann keine Gedanken mehr formulieren. Ich bekomme am Telefon diese Fragen gestellt, wie ›Was erhoffen Sie sich von einem Team‹ oder ›Beschreiben Sie Ihre Stärken und Schwächen‹, und mein Gehirn – mein Gehirn ist total *im Arsch*.«

Ohne ein Wort zu sagen, legte Bond seinem Bruder die Hand auf die Schulter.

»Es ist auch nicht besonders hilfreich, dass wir autogenozidiert wurden«, sagte Marlon und ließ sich wieder ins Gras fallen.

»Ist es wirklich nicht«, sagte Bond, »absolut nicht.«
Dann brach er erneut in Gelächter aus, was wiederum
Marlon zum Lachen brachte, und nach einem weiteren
Moment jugendlichen Leichtsinns, dieses notwendi-
gen Unfugs, nachdem sie sich endlich beruhigt hatten,
saugten sie die Stille in sich auf, tauchten in sie ein.

»Wann sehen wir uns denn das nächste Mal?«

»Ich weiß nicht«, antwortete Bond und sah, wie Marlon seine Enttäuschung kaum verbergen konnte. »Aber
wenn ich komme, können wir vielleicht zur Abwechs-
lung mal etwas unternehmen. Bowlen gehen oder so.«

»Klingt super. Im Ernst, schöne Idee.«

»Oder? Dann lass es uns machen.«

Bevor sie ins Haus zurückkehrten, aßen die Brüder die restlichen Gastgeschenke, wobei sie systema-
tisch Schokolade um Schokolade aus den kleinen Net-
zen auspackten, bis keine einzige mehr übrig war. Und
sie malten sich all die schönen Sachen aus, die sie zusammen unternehmen könnten. Sie stellten sich eine
Zukunft vor, die frei war von den Fehlern der Vergangenheit, von der Geschichte, die sie geerbt hatten, eine
Welt, in der sie – ohne viel zu fragen und ohne Zögern –
die einfachen Dinge taten, die sie erdachten, bespra-
chen und erträumten.

PERSÖNLICHKEITS-ENTWICKLUNG

Ich war am Memorial Day bei einem Barbecue in The Mission und trank eigentlich kaum was, benutzte aber das kalte Bier in der Hand als Vorwand für meine Streitlust, als ich mich zum Beispiel lautstark über das Mathegenie aus meinem Studentenwohnheim im ersten Semester aufregte, ein weißer Typ, der es damals – und wahrscheinlich auch heute noch – ausschließlich auf asiatische Frauen abgesehen hatte. »Man *muss* das aber aussprechen!«, rief ich, während die Hälfte einer schwulen Kickballmannschaft vom Bierpong-Tisch finster zu mir rüberblickte. Der einzige Unterschied zwischen der Zeit am College und dem Berufsleben danach war bislang, dass sich die Leute jetzt eigens für Trinkspiele angefertigte Tische leisten konnten.

Wir hatten vor drei Jahren unser Studium in Stanford abgeschlossen. Die meisten von uns waren in der Bay Area geblieben, wobei ich der Einzige war, der nicht in der Tech-Branche arbeitete, und damit war ich auch der Einzige ohne Tech-Geld. Darüber hinaus herrschte in meinem Leben ein schrecklicher Mangel an Tech-bezahlten Lunches, Tech-Wäscheservice, Tech-Pendlerbussen mit Wi-Fi, Tech-Urlaubsgeld, von Tech finanzierten personalisierten Yoga-Sessions, von Tech bezahlten Mitgliedschaften im Fitnessstudio Equinox, Tech-Kranken- und Zahnversicherung und unbegrenzten Tech-bezahlten Auszeiten, und natürlich an Tech-Firmen-T-Shirts und Kapuzenpullis, die eigentlich niemandem so richtig standen, es sei denn, der CEO hatte sich für eine Firmenpartnerschaft mit Lululemon oder Patagonia entschieden. Nicht dass ich mich ausgeschlossen gefühlt hätte – was angesichts meines Kontostandes durchaus berechtigt gewesen wäre. Der Job, den ich hatte, bestand darin, reichen Kindern mit gefälschten Adderall-Rezepten an einer privaten Highschool im Marin County beizubringen, wie man sich »sozial bewusst« verhält. Frank Chin Endowed Teaching Fellow for Diversity – so lautete der offizielle Titel meiner auf zwei Jahre befristeten Stelle, das erste Jahr war gerade vorüber. Der Kurs, den ich dort im Fachbereich Service Learning gab, hieß »Persönlichkeitsentwicklung«. Meines Wissens existierte diese Art von Indoktrination ausschließlich an den elitärsten Privatschulen, solchen, deren Namen mit einem großgeschriebenen *The* anfingen und mit einem großgeschriebenen *School* endeten, als besäßen nur die Reichen eine echte Fähigkeit zur »Entwicklung«.

Meistens versuchte ich zu verdrängen, dass mein Gehalt geringer war als die Schulgebühren für ein Jahr, die viele meiner Schüler aus ihren Treuhandfonds bezahlten. Die Sommerferien hatten gerade begonnen, und ich arbeitete in diesen Wochen nicht mal als Tutor, obwohl ich das zusätzliche Geld eigentlich dringend brauchte, und wahrscheinlich auch die soziale Interaktion. Aber das Konzept von Schulgebühren an Highschools widerte mich an.

»Warum zur Hölle erzählst du uns so was?«, fragte die Freundin meiner Zwillingsschwester, die mich zu der Party eingeladen hatte und – unter anderem – Taiwanerin war und bei Google arbeitete. »Gib uns das nächste Mal eine Trigger-Warnung, Anthony – Mann, ey.«

»Was ist los, wünscht ihr euch die Partys von nicht geouteten Verbindungstypen zurück, oder was«, fuhr ich sie an, um keinen Zweifel an meiner Absicht zu lassen, unser Gespräch zu killen.

Die Freundin meiner Schwester sah mich finster an. »Warum bist du überhaupt *gekommen?*«, fragte sie voller Verachtung. »Du siehst aus, als hättest du seit Tagen nicht geschlafen.«

Ohne ihr eine Antwort zu geben, schüttete ich mein restliches Bier runter. Meine Laune war miserabel.

Ich hatte schon den ganzen Nachmittag darauf verschwendet, meinen Kurs über Persönlichkeitsentwicklung für das kommende Schuljahr zu überarbeiten. Mein Plan war, die aalglatten Lektionen über Mikroaggressionen und die peinlichen Videos zu streichen, in denen Jugendliche das Konzept von einvernehmlichem Sex in Rollenspielen vorführen, und ebenso die PowerPoint-Präsentationen, die »große« politische Themen auf handliche Vokabeln herunterbrachen – alles das, was vom Fachbereich Social Learning, der geradezu lächerlich *weiß* war, als »grundlegend, aber unanstößig« angesehen wurde. Nachdem ein Lacrosse-Spieler 233 in meinem letzten Kurs die Verwendung des N-Worts mit dem abfälligen Tonfall von Linken gleichgesetzt hatte, wenn sie »konservativer Wähler« sagen, hatte ich beschlossen, dass Achtklässler mehr darüber lernen würden, wie man sich als anständiger Mensch verhält, wenn sie *Moby-Dick* läsen. Ich nahm die neue pädagogische Ausrichtung, die ich als Frank Chin Endowed Teaching Fellow for Diversity vornahm, sehr ernst – so ernst, dass ich den vorgegebenen Lehrplan eigenmächtig änderte, ohne meine weiße Chefin zu informieren. Nur konnte ich mich nicht dazu durchringen, tatsächlich auch die Arbeit zu machen. Ich hatte noch nicht einmal angefangen, *Moby-Dick* wieder zu lesen.

Fünf Biere später saß ich auf der Couch neben einer Gruppe von betrunkenen Softwareentwicklern, die ganz besonders grell ihre behauptete Heterosexualität zur Schau stellten und gerade in ein Super-Smash-Bros.-Turnier vertieft waren. Ich schrieb meiner Schwester eine Nachricht: Eine Party in der Schwulenhauptstadt und Hetero-Incels spielen Videospiele. Ich wartete auf eine Antwort, bis mir einfiel, dass es in New York City drei Stunden später war, und schrieb ihr die nächste Nachricht: Ich kann's immer noch nicht fassen, dass du aus SF weggezogen bist, du Arsch.

Dann betrank ich mich tatsächlich und schrie auf einen ehemaligen Kommilitonen ein, mit dem ich Philosophie studiert hatte. Er war ein Typ mit gebleichten Haaren und mittelmäßigen Stick-and-Poke-Tattoos und hatte sich, nachdem er schon im College vor allem für Tech-Firmen gearbeitet hatte, als Technischer

Redakteur an Palantir verkauft, weil seine Eltern seine Miete nicht mehr bezahlen wollten. Niemand wolle wissen, versicherte ich ihm und seiner Unternehmensberater-Freundin immer wieder aggressiv, was er über Hannah Arendt zu sagen habe. Ich diskutierte eigentlich wahnsinnig gern über Arendt – über die ich eine lange Hausarbeit geschrieben hatte –, war aber zu betrunken, um mich in dem Moment daran zu erinnern. Als mein ehemaliger Kommilitone den ersten Satz von *Vita activa oder Vom tätigen Leben* zu zitieren begann, murmelte ich was in der Art, dass ich jetzt dringend Ketamin bräuchte, um mir irgendwie Distanz zu seiner bloßen Existenz zu verschaffen, ging zur Couch zurück, scrollte durch Grindr und blockierte die Profile aller Kickballspieler, die auf der Party waren. Es war ein politisches Statement, nicht eine Frage sexueller Vorlieben, und das Bedauern fuhr mir wie ein Blitz in den Schwanz, als ich aufblickte und sah, dass der Typ, den ich gerade blockiert hatte, ebenfalls an seinem Handy saß und mich direkt anstarrte, die Enttäuschung tief ins Gesicht geschrieben. Er war in echt sogar noch schärfer als auf den Fotos, breitschultrig und gebräunt vom vielen Kickball, aber ich kam darüber hinweg. Ich hatte Lust auf Bottoming. Ich hatte aber zugleich *keine* Lust darauf, mich wie ein Heuchler zu verhalten und mein Rektum heimlich doch von einem weißen Eroberer kolonialisieren zu lassen.

Es erforderte eine gute Intuition und einiges Geschick, um sich durch die Unmengen von Profilen Weißer und nochmal Weißer vorzuarbeiten – der weißen Muskeldaddys und der glitzernd weißen Twinks, der weißen Otter und der weißen Gaymer, der weißen Fitnessfreaks, die versuchen, Steroide an teigige weiße Tech-Bros zu verkaufen. Aber ich hatte mich nicht zu beschweren: Ich zahlte lieber sechs Dollar für einen Latte als für die Premium-Mitgliedschaft, die schwulen Rassisten die Segregation ihres Sexlebens erleichterte. Ich schrieb zehn Typen of Color nacheinander mit einer Kombination aus »hey«, einem Emoji und ein paar Nacktbildern, damit sie sehen konnten, dass ich aus mehr als nur einem ganz bestimmten Blickwinkel ganz okay aussehe. Ein asiatischer Typ antwortete sofort: Hey, ich bin auch Khmer! Irre, dass wir uns hier auf der App begegnen. Du weißt, dass nur 0,0009 Prozent der Amerikaner schwule Khmer sind. Dann hoffe ich mal, wir sind nicht verwandt, ich finde dich nämlich krass süß.

Das Bier stieß mir auf, brannte sauer in der Kehle und verursachte einen schmerzhaften Rülpser. Ich hatte vergessen, »Ich bin Kambodschaner« in mein Profil zu schreiben, damit die Typen mich nicht immer fragen, was ich »bin«. Vergessen, weil sie mein Profil ohnehin nie lasen und mir ständig ethnische Ratespiele aufzwangen, als wären unsere Grindr-Chats ein Quizabend in einer früher mal hippen Bar. Menschen egal welcher Ethnie, sogar andere asiatische Männer, dachten offenbar, dass meine exakte ethnische Herkunft einen besonderen Einfluss darauf hatte, wie ich mit einem Penis umging.

Ich las die Nachricht nochmal, voller Fremdscham,

und ging dann seine Bilder auf Instagram durch, um sicher zu sein, dass niemand aus meiner Familie darauf zu sehen war. Er nannte sich Ben Lam. Seine Frisur sah teuer aus, seine Wangen- und Kieferknochen wie gemeißelt. Er war gepflegt, vorzeigbar, und trug auf jedem einzelnen Bild enganliegende Kleidung – sogar auf seinen Schlafzimmer-Selfies. Wie viele Kambodschaner in der Bay Area stammte er aus meiner Heimatstadt im Valley – *nicht* dem Silicon Valley, nur um Missverständnissen vorzubeugen, sondern aus dem unerträglich heißen und trockenen Valley zwei Stunden weiter östlich. Wir schienen keine gemeinsamen nahen Verwandten zu haben. Das war gut. Dafür, dass er schon fünfundvierzig war – zwei Jahrzehnte älter als ich – sah er jung aus, auf diese ganz spezifische Weise, wie ältere schwule Männer jung aussehen, wenn sie zweimal am Tag ins Fitnessstudio gehen, sieben Tage die Woche, mit monomanischem Ehrgeiz.

In der Hoffnung, dass ich nicht größer war als er, er also mindestens 1,78, schrieb ich zurück: Können wir uns bei dir treffen?

Dreißig Minuten später saß ich im 14er Bus, die Mission Street runter nach SoMa, starrte aus dem Fenster und versuchte, ein laut streitendes schwules Paar zu ignorieren. Einer der beiden hatte die Regeln ihrer offenen Beziehung gebrochen, indem er mit dem Ex des anderen geschlafen hatte. Es nervte, dass es in meinem Budget absolut keinen Spielraum für Uberfahrten zu Dates gab. Während die vorbeiziehenden Gebäude von trendigen Restaurants in Obdachlosenlager und dann in gläserne Firmenlobbys übergingen, versuchte ich mich zu erinnern, wann genau am Abend ich beschlossen hatte, noch Sex zu haben. Es ging mir vor allem darum, nicht frustriert zu Hause abzuhängen, wo ich nur wach rumliegen und nichts tun würde, weil mein Internet zu langsam war, um irgendwas zu streamen, seit der Filipino, der in das Zimmer meiner Schwester eingezogen war, mit seinem Online-Gaming das Wi-Fi der Wohnung lahmlegte. Ich fand es abstoßend, dass er eine San Franciscoer Miete zahlte, nur um Tag und Nacht vor Videospielen zu sitzen, jedes verdammte Wochenende, ohne je das Haus zu verlassen.

Ben wohnte in einem luxuriösen Apartmentkomplex, mit allem Drum und Dran, mit Portier, sogar mit einem Salzwasserpool, wie auf der Werbetafel vor der Tür zu lesen war, und er öffnete die Tür in nichts als einem knappen weißen Slip. Ich war mir nicht sicher, ob er sexy wirken wollte, und begrüßte ihn mit einer einarmigen Umarmung. Wir waren genau gleich groß, mit dem Unterschied allerdings, dass nur ich einigermaßen normal ausgeprägte Muskeln hatte.

»Schön, dass du gekommen bist«, sagte er. »Wie heißt du? Stand nirgends in deinem Profil.«

»Kann ich ein Glas Wasser haben?«, fragte ich etwas benommen, ohne auf seine Frage einzugehen.

»Klar.« Er deutete in Richtung eines Zimmers. »Warte einfach da auf mich. Du kannst dich aufs Bett setzen.«

Nachdem ich getrunken hatte, küssten wir uns, bis ich Ben nach unten drückte, mich auf ihn setzte und fragte, ob er mich ficken wolle. »Gerne, klar«, sagte er,

und so überzogen wir seinen Schwanz – nach anfängli-
chen Problemen mit der Verpackung des Kondoms, auf
das er bestand – mit Latex und einer Schicht Gleitmittel. Während ich ihm beim Eindringen half, stieß ich ein
leises, unwillkürliches Stöhnen aus, worauf er leicht
erschrocken blickte, als habe er gerade ein Lob erhalten, nachdem er befürchtet hatte, seine Sache nicht gut
zu machen. Durch seine offenkundige Unerfahrenheit
fühlte ich mich plötzlich auch unerfahren, aber unsere
Energie war gut, sogar intim, und wir kamen in einen
natürlichen, tastenden Rhythmus.

Ich kann nicht sagen, ob dieser Ausdruck überhaupt
wieder aus seinem Gesicht wich, da er mich schließlich
doggystyle fickte. Er wollte es eigentlich in der Missionarsstellung machen, schien aber die Unterschiede
zwischen der heterosexuellen Missionarsstellung und
der – in Ermangelung eines besseren Begriffs – Missionarsstellung für schnellen schwulen Sex nicht zu kennen. Als er herausgezogen und das Kondom abgestreift
hatte, fragte er mich, wohin er auf mir kommen solle.
Ich sagte, wo immer er wolle, nur dass ich nicht in der
Stimmung zum Schlucken sei. Kurz darauf landete eine
Ladung lauwarmen Spermas auf meinem Rücken, und
er sackte auf mir zusammen. Für einen Moment lagen
unsere Körper da wie ein gegrilltes Käsesandwich, das
von etwas zu wenig Käse zusammengehalten wurde.

Er rollte sich von mir herunter und streichelte meinen Rücken. Ich war für diese neue Dynamik eigentlich gar nicht bereit und empfand es als seltsam, dass
wir nicht mehr Sex hatten. Jetzt einfach ein Gespräch

zu beginnen und durch den Austausch biografischer Details zu interagieren anstatt durch Speichel, Sperma und Berührungen, schien mir befremdlich. Er war ein Kambodschaner aus dem miesen der beiden Valleys. So wie ich. Was sonst brauchte ich zu wissen?

»Was machst du morgen?«, fragte er, sein rechtes Bein und ein Arm quer über meinem Körper liegend. »Ich laufe mit ein paar Freunden über die Golden Gate Bridge.«

»Wenn ein Erdbeben die Brücke in der Bucht versenken würde«, antwortete ich, »hätte ich absolut kein Problem damit.«

Er sah mich verwirrt an, und seinem Schweigen war zu entnehmen, dass er keine Ahnung hatte, wie er reagieren sollte, also lachte ich, um ihm klarzumachen, dass es weitgehend scherzhaft gemeint war. Es war ein gekünsteltes Lachen, das ich mir auch oft im Umgang mit Studierenden abrang. Auch er lachte daraufhin, erleichtert.

»Was hat die Golden Gate Bridge dir denn getan?«, fragte er schließlich.

Etwas überrascht davon, dass er wirklich wissen wollte, was ich damit meinte, lachte ich wieder, diesmal aber aufrichtig. Meist wollten die Leute nichts über meine Geringschätzung für die größte Touristenattraktion der Bay Area hören.

»Während des Schuljahrs liegt sie auf meinem Arbeitsweg. Der Ausblick verbraucht sich ziemlich schnell.«

»Okay, leuchtet ein.«

»Lass uns das wieder machen«, hörte ich mich sagen. »Ich heiße übrigens Anthony.«

Er lächelte und küsste mich und verließ das Bett, um pinkeln zu gehen. Ich versicherte mich währenddessen, dass die Laken nicht mit Sperma oder Scheiße befleckt waren. Ich wollte, dass sich alles sauber anfühlt.

Die nächsten drei Tage schlief ich in Bens Wohnung. Die Unterwerfung unter seinen Körper, die nicht nachlassende Neuheit seines Luxusapartments und die ersten Junitage, all das versetzte mich in eine irgendwie produktive Stimmung. Jeden Morgen ging ich in mein Stammcafé und las *Moby-Dick*, unterstrich Passagen, die sich für den Unterricht eignen würden, bis in den späten Nachmittag oder bis Ben mir schrieb, ich solle nach Hause kommen, eins von beidem.

Es war ein schönes Gefühl, in Bens frisch gewaschener Kleidung *Moby-Dick* wieder zu lesen. Es war der erste Roman in meinem Leben gewesen, der sich nicht für Auflösungen interessierte. In meinen Augen würdigte er die Erfahrung von Verwirrung, von etwas so Dämlichem und Unermesslichem wie dem Drang, einen weißen Wal, einen Ozean zu erforschen. Oder zumindest gab er mir rückblickend ein gutes Gefühl, Philosophie als Hauptfach gewählt zu haben, nachdem ich erst durch alle Prüfungen in Chemie und dann in Wirtschaftswissenschaften gefallen war.

Mein neuer Lehrplan sollte, so malte ich es mir aus, Teenager dazu befähigen, die Absurdität der Gesellschaft zu durchschauen. Ich wollte, dass meine Schüler das Schicksalshafte und die Vergeblichkeit von Ahabs Jagd nach Moby Dick verstehen, die tiefe Ruhe von Ismaels ziellosem Umherirren, den Unterschied zwischen dem Verfolgen eines »Ziels«, wie Ahab, und der »Sinnsuche« Ismaels. Ich wollte, dass meine Schüler lernen, wie man sich am besten verliert.

An dem Morgen, als ich mit der Muni wieder zurück zu meiner Wohnung in Inner Sunset fuhr, war mein Stammcafé für eine Networking-Veranstaltung geschlossen, die freiberufliche Programmierer zusammenbringen sollte. Ich fand es zum Kotzen, dass die Veranstaltung in einem Café stattfand, in dem auf den Toiletten überall Aufkleber mit dem Slogan QUEERS HATE TECHIES klebten. Die unsinnigen Aufkleber hatten mich bis jetzt immer zum Lachen gebracht, weil alle »politisch radikalen« Schwulen, die ich kannte, für Apple als UX-Designer arbeiteten, aber jetzt, beim Anblick dieser Veranstaltung, wurde ich wütend auf den Cafébesitzer, weil er die Aufkleber kleben ließ, ohne daraus irgendwelche politischen Konsequenzen zu ziehen, oder wenigstens – verdammt nochmal – ästhetische. Das Café wollte es offenbar ohne eigene Haltung allen Subkulturen San Franciscos recht machen, und ich schrieb meiner Schwester, dass der Laden für mich gestorben war. Dann schickte ich ihr als Zugabe noch ein Foto von Ben und schrieb dazu: Der erste kambodschanische Typ, der mich gefickt hat.

Als ich bei meiner Wohnung ankam, hatte mich meine Schwester bereits gründlich über Ben ausgefragt – über die Details aus seinem Leben, die sich für sie nicht aus der statistischen Analyse seiner Linked-In-, Facebook- und Instagram-Accounts erschließen ließen. Ich erzählte ihr, was ich wusste, nämlich dass Ben erst kürzlich einen Online-MBA gemacht hatte und ein Spätzünder war, der mit Ende dreißig beschlossen hatte, offen schwul zu leben. Er war nach San Francisco gezogen, um sich mit Risikokapitalgebern zu vernetzen, nachdem er sich lange um seine Mutter gekümmert hatte, bis sie an einem diabetesbedingten Schlaganfall starb, weshalb er sich auch so lange nicht geoutet hatte. Heute lebte er vom Geld der Lebensversicherung, von Aufträgen als freiberuflicher Datenbankprogrammierer und von der Vermietung des Hauses seiner Mutter über Airbnb.

Meine Schwester schrieb mir: Klingt wie ein Typ, an den Mom mich zwangsverheiraten würde.

Ich schrieb zurück: Ja, er macht einen ein bisschen wütend, aber seine Wohnung hat funktionierendes Wifi.

Sie antwortete: lol, du benutzt immer noch Sex für kostenloses Zeug. Schön zu hören, dass du noch derselbe bist.

Meine Schwester kommentierte gar nicht, dass Ben Kambodschaner war oder dass er fast doppelt so alt war wie ich, wobei sie es ja auch gewohnt war, dass ich Affären mit älteren Männern hatte – während des Colleges hatte ich eine heftige Daddy-Phase, als ich Leute meines Alters noch abstoßender fand als jetzt. Trotzdem war ich kurz sauer auf sie, dass sie nicht auf die Seltsamkeit einging, die idiotische Traurigkeit, dass ich zehn Jahre zu spät einen kambodschanischen

Typen zum Ficken gefunden hatte, lange nachdem ich aufgehört hatte, den perfekten Freund herbeizufantasieren, der mich einfach »verstehen« würde.

Ich schrieb ihr: Ich hasse alle, schmeiß deinen Job hin und zieh wieder her.

Sie antwortete: Mach nicht so ein Drama, du bist der Frank Chin Endowed Teaching Fellow für Diversity. Außerdem: Vergiss es, ich liebe meinen neuen Job.

Ich war jetzt wieder in meiner Wohnung und lag im Bett, umgeben von Stapeln verstaubter Bücher aus dem Studium. All diese klassischen Erzählungen und bahnbrechenden Theorien, die wegzuwerfen oder auch nur zu ordnen ich zu faul war. Das nächste große Erdbeben – ach was, schon eine hart zugeschlagene Tür – hätte mich unter einem Haufen aufgezeichneter Gedanken begraben, die kein Schwein mehr interessierten. Ich starrte an die Decke, während meine Schwester mir von ihrer exzentrischen neuen Chefin schrieb, die alle in ihrem Marketingteam zu einer Saftkur überredet hatte, von der unfassbaren Kongenialität ihrer Mitarbeiter, dem schockierend hohen Anteil von Frauen of Color unter den Angestellten und dass die Firma jeden zweiten Donnerstag eine ganze Bar für eine Happy Hour mietete, obwohl es in der Büroküche Craft Beer vom Fass gab. Der Job, ihr Traumjob, war die zeitweilige Entwurzelung also auf jeden Fall wert gewesen.

Ich wartete darauf, dass sie mich jetzt wieder fragen würde, wann ich mich für die Graduiertenschule bewerbe und ob ich mich schon für den Aufnahmetest angemeldet habe, wie sie es jede Woche seit unserem

Abschluss in Stanford tat, aber sie erzählte nur von ihrer Arbeit. Klingt, als ginge es dir ziemlich gut, schrieb ich ihr, bevor ich einschlief und am Morgen aufwachte, dem Anfang eines weiteren sinnlos vergeudeten Tages.

Einige Tage später fing Ben an, mir Abendessen zu kochen, nachdem er erfahren hatte, dass ich mich hauptsächlich von Bagels aus dem Coffeeshop ernährte. »Das ist das Mindeste, was ich tun kann«, sagte er zu mir im Bett. Als ich ihm sagte, dass ich nicht gefüttert werden müsse, hielt er mich fest, kraulte meinen Nacken und ließ mich spüren, wie hart er war, obwohl wir gerade erst Sex gehabt hatten. Woher er die ganze Energie nahm – im Bett, bei der Arbeit, im Leben –, blieb mir ein Rätsel. War er vielleicht wegen mir so aufgedreht, dachte ich, skeptisch und halb davon abgestoßen, auch wenn sich gerade ein warmes Gefühl in meiner Brust breitmachte. Ich schmiegte mich noch näher an ihn, und er umarmte mich, so fest er konnte. Ich wollte seinen warmen Atem auf meinem gesamten Körper spüren.

Mit nichts als Unterhosen bekleidet gingen wir in die Küche. Wenn wir nackt herumliefen, kam mir der moderne Stil der Wohnung mit ihren platinfarbenen Oberflächen und der minimalistischen Einrichtung klinisch vor, als wären wir Testpersonen in einer hochfinanzierten medizinischen Studie.

»Ist das Leben nicht schön?«, sagte Ben und hackte ein paar Chilischoten klein. »Guck dir doch nur mal die *Aussicht* an!« Mit dem Messer in der Hand deutete er auf das Fenster, das sich über eine ganze Wand erstreckte und den Blick auf die Bay Bridge freigab, die

Wasserfläche, die sie überspannte, und all die Möglichkeiten, von denen die eisernen Nähte dieser breiten Brücke kündeten.

»Ja, ich glaube, aus meiner Wohnung sieht man vor allem das Gebäude hier.«

Ben lachte. Er war darauf bedacht, in allem, was ich sagte, etwas unterschwellig Positives auszumachen. »Wie kann es sein, dass du keinen Freund hast?«

»Jungs kommen mit mir nicht klar«, sagte ich flapsig. Er lächelte, und irgendwas in mir fühlte sich in dem Moment zart an, zu zart, mein Inneres schutzlos an der offenen Luft. Ich spürte das perverse Verlangen, die Grenzen seines Optimismus zu testen.

Wir aßen ein traditionelles kambodschanisches Gericht, das Ben so abgewandelt hatte, dass es gesund war. Er hatte Honig in die Kokosmilch gegeben statt Zucker, das überflüssige Fett vom Schweinebauch abgeschnitten und den weißen Reis durch zerkleinerten Blumenkohl ersetzt. Es schmeckte gut. Die entscheidenden Zutaten hatte er beibehalten – die Gewürze, den fermentierten Fisch, das Zitronengras. Nur sah es irgendwie entstellt aus, wie ein Wesen einer ausgestorbenen Art, zum Leben erweckt in einer Petrischale.

»Ich will alles über dich wissen«, sagte Ben.

»Ich kann dir meine LinkedIn-Seite zeigen, wenn du willst«, sagte ich, während sich in meinem Mund Aromen aus meiner Kindheit ausbreiteten.

»Magst du das Prahok?«, fragte er. »Eines meiner Ziele ist die Disruption der Khmer-Lebensmittelbranche durch die Einführung von Bioprodukten.« Ich bekam Kopfschmerzen davon, einem Mann mit vier Prozent Körperfett dabei zuzuhören, wie er in Begriffen aus der Tech-Welt über Gesundheit redete und ohne jede Ironie Wörter wie »Disruption« verwendete. »Ich würde gern eine Reihe von Online-Videos kuratieren, in denen Rezepte für eine ausgewogene Ernährung für Khmer vorgestellt werden«, fuhr er fort. »Meine Mutter ist an Diabetes gestorben. Und die meisten Khmer haben keine Ahnung, dass weißer Reis ungesund ist – im Grunde nichts anderes als Zucker!«

»Für das hier würde ich zwanzig Dollar bezahlen«, sagte ich und nahm noch einen Bissen, um es zu unterstreichen. Es schien ihm Spaß zu machen, seine Arbeit zu vermarkten. »Das ist also die App, an der du arbeitest? Gesundes Khmer-Essen?«

»Nein, nein, nein«, sagte er, als wolle er ein vorschnelles Kompliment zurückweisen. »Das ist eher das Zehn-Jahres-Ziel, und nicht das, sagen wir, Fünf-Jahres-Ziel.« Er sagte *Ziel* mit der gleichen Betonung wie meine Schwester, mit der unerschütterlichen Überzeugung, dass Wachstumsdenken unstrittig eine Tugend ist. Meine Schwester konnte endlos über ihre Zukunftspläne reden – einen MBA in Wharton, dann *Forbes 30 Under 30*, drei Kinder, bevor sie vierzig ist –, bis sich ihre Planung irgendwann auch auf mein mäanderndes Leben erstreckte. Als die Hälfte meiner College-Zeit vorbei war und ich mich unfähig erwiesen hatte, meinem Studium eine Richtung zu geben, legte sie eine Excel-Tabelle an, in der sie unsere Berufsziele eintrug. Sie würde CFO und CEO ihrer eigenen Marketingfirma werden; ich Philosophieprofessor an einer Ivy-League-Uni. Unser ganzes Leben schon waren wir die Genies gewesen, Vorbilder, die Zwillinge, die zu Großem bestimmt waren. Wir waren die einzigen Jugendlichen in unserer Gegend, im Grunde die einzigen Kambodschaner überhaupt, die es nach Stanford geschafft hatten, und meine Schwester war fest entschlossen, dieses Potenzial voll auszuschöpfen. Sie sorgte dafür, dass wir beide in der Stratosphäre des sichtbaren Erfolgs blieben, mit Praktika und Stellen in Forschungsprojekten versorgt waren – alles, um zu verhindern, dass wir in unser altes Leben zurückmussten, in die Armut, unter der fast dreißig Prozent der kambodschanischen Amerikanerinnen und Amerikaner litten, eine Statistik, die sie gern in Vorstellungsgesprächen anführte und betonte, dass die Zahl doppelt so hoch lag wie der statistische Mittelwert. Welche Ziele sie aktuell für mich vorsah, wusste ich nicht, da ich schon länger nicht mehr in unsere Tabelle geschaut hatte, jedenfalls nicht mehr, seit sie nach New York gezogen war, und schon der Gedanke daran erschöpfte mich.

»Also, willst du meinen Pitch hören?«, fragte Ben. Er hatte fertig gegessen und hielt sich mit den Händen den Bauch, als wolle er ertasten, wie viele Kalorien er beim nächsten Training verbrennen musste.

»Sicher«, sagte ich. »Aber wenn du verlangst, dass ich erstmal eine Geheimhaltungsvereinbarung unterschreibe, schwöre ich, ohne Scheiß, dass ich aufstehe und gehe. Und zwar so wie ich hier sitze, in Unterhose.«

248 »Haha. Keine Sorge, ich vertraue dir«, sagte er, was

mich zusammenzucken ließ, ohne dass er es bemerkte.

»Okay, du weißt, was Cruising ist, oder?«

Ich zog die Augenbrauen zusammen.

»Ich verstehe das als ein *Ja*«, sagte er mit einer wie einstudiert wirkenden Stimme. »Eines Tages, als ich *so rumguckte*, kam mir eine Idee: Warum können wir das Konzept des Cruisens – also die Suche nach intimen Beziehungen, die in der Öffentlichkeit keinen Ort haben – nicht auch auf *andere* Aspekte unserer Gesellschaft anwenden? Und insbesondere auf das Leben derjenigen, die ein Leben abseits des Mainstreams führen.« Er machte eine dramatische Pause und breitete in einer geübten Geste die Arme aus. »Wie oft sehnt man sich im Leben nach einem Raum, in dem man sich sofort wohlfühlen kann. Stimmt's? Stell dir vor, du würdest die Profile von Menschen durchsuchen, die ähnliche Identifikationsfaktoren wie du haben. Menschen, die nur eine Nachricht entfernt davon sind, zu einem neuen Knotenpunkt kultureller Verbundenheit zu werden. Stell dir vor, du nutzt die Technologie von Grindr, Scruff, Growlr, um eine neue Gemeinschaft aufzubauen, eine neue Zukunft. Meine App soll einzelne Leute mit Safe Spaces verbinden, durch einen optimierten Algorithmus und ein Netzwerk von sorgfältig geprüften Mitgliedern. Stell dir die App als eine digitale Schnittstelle vor, die es People of Color, Menschen mit Behinderungen und Menschen, die sich als LGBTQ identifizieren, ermöglicht, Safe Spaces zu finden – die nicht für Sex gedacht sind, sondern für ihr *gesamtes* Leben.«

Er war fertig und starrte mich an. Ich hatte mir,

während er sprach, alle Mühe gegeben, ihm zu vermitteln, dass ich ihn und seine Idee ernst nahm. Und
ich hielt Bens App auch nicht für unrealisierbar. Seit
mein Zimmerkollege aus dem ersten Semester eine
Million von Risikokapitalinvestoren für eine scheiß
Gassi-Geh-App erhalten hatte, hielt ich mich mit Ur-
teilen über die Erfolgsaussichten von Start-up-Ideen
zurück. Nur klang er bei seinem Pitch – und ich gab
mir Mühe, wirklich große Mühe, mich nicht allzu sehr
daran aufzuhängen – wie ein ahnungsloses Kind, als
hätte er in der Schule etwas Neues gelernt und jetzt
das dringende Bedürfnis, darüber zu sprechen. Aktu-
elle Schlagworte gingen ihm so glatt über die Lippen
wie einem Roboter, der versucht, menschlich zu wirken – *LGBTQ*, *People of Color*, *Safe Space*.

»Und, was denkst du?«, fragte er. »Ziemlich gut,
oder? Andere Khmer finden, wo immer man *ist* und
wann immer man will?«

Ich zwang mich zu einem Lächeln. »Klingt nach einer
coolen Idee.«

Irgendetwas veränderte sich in unserer Chemie, an
meiner Sicht auf ihn, nachdem Ben mir seine App erklärt hatte. Wenn er aufwendig für mich kochte, hatte
ich ein schlechtes Gewissen, da es für mich keinen
Unterschied gemacht hätte, wenn wir Tiefkühlpizzen
statt seiner durchdachten kulinarischen Kreationen
gegessen hätten. Er schien irgendwie die Vorstellung
zu haben, dass ich immer kambodschanisch essen will,
als würde es meine Seele mit lebensnotwendiger Nah-

rung versorgen. »Fühlt sich doch gut an, das zu essen, was wir eigentlich essen sollten, oder?«, fragte er dann immer, und ich nickte und fragte mich, wie lange ich mich noch mit ihm ablenken würde.

Und dann wurde unser Sex – wie kann ich es sagen? – bewusster. Wenn er in mich eindrang, sah er mir direkt in die Augen, mit einem Ausdruck unerschütterlicher Zuneigung, ohne seinen Blick abzuwenden, und fragte immer, ob er mir weh tue, selbst wenn er mich nur mit zwei Fingern penetrierte. Natürlich hätte ich es lieber etwas gröber gehabt. Und doch war ich manchmal ganz verwirrt darüber, wie wohl ich mich in seiner Gegenwart fühlte, wie leicht mir Schauer über den Rücken liefen, wenn er mich fickte.

Ein paar Wochen vergingen, und ich stellte fest, dass meine einzigen sozialen Interaktionen mit Ben stattfanden. Er verbrachte seine Tage mit Telefonaten mit unzähligen Start-up-Mitarbeitern, las Artikel über die Steigerung der Diversity im Silicon Valley durch mehr braune Gesichter, als ob dieses Braun die Tech-Industrie in irgendeiner Weise weniger absurd, grotesk und unseriös machen könnte. Etwa sechs Stunden am Tag tippte er wie wild in die Tasten seines Laptops, den Blick starr auf den Bildschirm gerichtet – der Vormittag war für seine freiberuflichen Jobs reserviert, am Nachmittag arbeitete er an seiner »Safe Space«-App. Ich konnte beim besten Willen nicht verstehen, warum er beim Programmieren immer so ins Schwitzen geriet.

An den Wochenenden traf sich Ben mit einem anderen schwulen südostasiatischen Mann, der sich vor allem für Fitness und Technologie interessierte. Vinny half bei der Entwicklung von Bens App. Er war Vietnamese. Bei unserer ersten Begegnung fragte ich ihn, ob seine Eltern gehofft hätten, dass die Alliteration seines Namens und seiner ethnischen Herkunft ihm die Assimilation erleichtern würde. Er musste so heftig lachen, dass ich bereute, überhaupt etwas gesagt zu haben. Ben kam jedoch zu dem Schluss, dass wir – wir drei – von nun an gut miteinander auskommen würden. »Es wird Spaß machen!«, sagte er. Mehrmals sah ich Ben und Vinny beim Programmieren zu, während ich meinen Unterricht über Ahabs unerbittliche Verfolgungsjagd und Ismaels endlose Grübeleien plante. Wenn ich darauf wartete, dass Ben mit der Arbeit aufhören und seine Hand meinen Oberschenkel hinaufgleiten lassen würde, fragte ich mich, ob das Einzige, was mich von Vinny unterschied und Bens Hände *meine* Oberschenkel hinaufgleiten ließ, meine kambodschanische Herkunft war. Wie leicht wäre ich durch einen anderen schwulen kambodschanischen Mann ersetzbar? Wer wusste das schon? Ich hörte Ben und Vinny zu, wie sie über Speicherfragen, Algorithmen und Rekursion diskutierten, beobachtete, wie sie sich gegenseitig die Schultern massierten, und wollte die Antwort auf meine Frage gar nicht wissen.

Was ich allerdings wusste, war, dass Bens »Safe Space«-App mich verstörte. Sie ärgerte mich richtig, wie sie sich als etwas objektiv Gutes ausgab, als Lösung all unserer Probleme, die ich natürlich zu begrüßen hatte. Mich erinnerte sie an den vorgeschriebenen Lehrplan für den Kurs über Persönlichkeitsentwicklung. Sie erinnerte mich an das Land in Lee in *Moby-Dick,* diese vermeintlichen Safe Spaces, in denen wir dann für immer gefangen sein würden, oder sogar an den weißen Wal selbst, dieses gescheiterte Versprechen, mit etwas abschließen zu können. Ben wollte, dass die Technologie den Menschen ein Gefühl der Erfüllung gibt, sie sicher an die Küste und an Land bringt, und ich wollte unbegrenzt sein, die Freiheit haben, mich zu verpissen und zu verlieren.

Trotzdem beeindruckte mich Bens echte Begeisterung. Ihm schien es egal zu sein, ob er damit Geld verdiente, er wollte nur, dass seine Vision vollständig umgesetzt wurde. Und er war dabei so konzentriert, dass ich mich in seiner Nähe besonders produktiv fühlte. Oder war meine wachsende Motivation, *Moby-Dick* zu unterrichten, nur ein Effekt davon, wie bescheuert ich Bens App fand? Ich leistete vergleichsweise sinnvolle Arbeit, indem ich mit meinem Unterricht das Leben junger Menschen beeinflusste, oder? Wer konnte das schon beurteilen? Auf jeden Fall ermöglichte mir Ben, auf sowohl zärtliche wie auch hässliche Weise, mich ausnahmsweise mal wohl in meiner Haut zu fühlen. War es das, was Ismael zu Ahab hinzog? Dass er klar erkannte, wie aussichtslos Ahabs Mission war, dass es keine Welt gab, in der er Moby Dick tatsächlich töten konnte? Sah er Ahab dabei zu, wie er dem Wal in sein unbesiegbares Gesicht schrie, damit ihm sein eigenes Leben sinnvoll erschien?

Ende Juni, einen Monat nach unserem ersten Treffen, schrieb mir meine Schwester eine Nachricht: Klingt nach einer verdammt ernsten Beziehung.

Ich antwortete: Falls sie das ist, weiß ich nicht, wie es so weit kommen konnte.

Sie antwortete: Tut mir leid, dass ich nicht skypen konnte, hier war irre viel los.

Ist schon gut, schrieb ich zurück. Suche ich mir halt eine andere kambodschanische Zwillingsschwester, die in Stanford studiert hat.

Sie schrieb: lol. Sag Ben, dass ich ihn kennenlernen will.

Ich fragte Ben nicht, wie ernst für ihn unsere Beziehung war, da ich kein Interesse daran hatte, unsere Dynamik durch irgendwelche Erwartungen zu stören, aber auch er wollte meine Schwester kennenlernen. Als er erfuhr, dass meine Zwillingsschwester auch in Stanford studiert hatte, dachte ich, ihm würden gleich die Adern platzen vor lauter Aufregung. »Mein Gott, Mann, das ist einfach so wahnsinnig *toll*«, sagte er, als er sich von den Neuigkeiten erholt hatte, während er über meinen Hintern wie über einen wertvollen Gegenstand strich. »Deine Familie leistet Pionierarbeit für Khmer, ist dir das klar? Jetzt wissen die jüngeren *Cambos*, dass es möglich ist, es auf eine Uni wie Stanford zu schaffen.« Ich hatte keine Lust, ihm zu erklären, dass Stanford es mir ermöglicht hatte, meiner Heimatstadt, meiner Wohngegend, meinem kambodschanischen Leben zu *entkommen*. Es hatte keinen Sinn.

»Vielleicht solltest du *echt* meine Schwester kennenlernen«, sagte ich.

Geschmeichelt schob er seine Finger zwischen meine. Dann kletterte er auf mich, drückte mein Gesicht tiefer in die Matratze und flüsterte etwas wie, dass er in meiner Nähe einfach nicht anders könne. Während er seinen Schwanz an meinem unteren Rücken rieb, schob er seine Hände unter meinen Bauch, griff meine Innenschenkel und zog meine Beine auseinander, ausnahmsweise ohne Rücksicht oder Entschuldigungen. Ich gab mich seinem Körper hin, und einen kurzen Moment lang dachte ich: Warum nicht? Vielleicht könnte ich ewig so weitermachen. Ich fühlte mich sicher, wenn ich unter ihm lag. Ben gab mir das Gefühl von Sicherheit.

»Kann ich mal deine Meinung zu ein paar Ideen hören?«, fragte er am nächsten Morgen, bevor er einen zehnminütigen Monolog über die Vor- und Nachteile der Farbe Cyan für die Optimierung der Nutzerbindung hielt. »Einerseits«, begann er mit großen Augen und vollkommen ernst, »ist es eine beruhigende und einzigartige Farbe, da es nicht einfach ein gewöhnliches Blau oder Grün ist und damit auch für Safe Spaces steht, oder? Es soll ja ein Ort für besondere und einzigartige, beruhigende Gemeinschaften sein. Oder glaubst du, dass man mit einer einzigartigen Farbe das Gefühl der Sicherheit opfert, das eine bekannte Farbe vermittelt, mit der alle vertraut sind? Ist doch schon so, dass vertraute Farben einem ein Gefühl der *Sicherheit* geben, oder? Und um nichts anderes geht es mir ja, als dass sich Leute sicher fühlen können.«

»Ich würde Cyan nicht unbedingt als einzigartig be-zeichnen«, sagte ich knapp und blickte in mein Buch.

»Oh«, sagte er. »Ja … stimmt vielleicht. Welche Farbe könnten wir stattdessen nehmen?«

»Ehrlich gesagt glaube ich, dass die Farbe egal ist«, sagte ich, ohne darauf Rücksicht zu nehmen, dass er verletzt klang. »Aber frag auf jeden Fall auch deinen Partner«, fügte ich etwas gehässig hinzu, was er jedoch einen guten Vorschlag fand. Die nächste Stunde beriet er sich mit Vinny am Telefon. Und ich tat so, als würde ich *Moby-Dick* lesen.

Am Vierten Juli gingen Ben und ich zu einem Picknick im Dolores Park, wieder eine Stanford-Veranstaltung, diesmal hatte aber ein schwules Softballteam einge-laden. Ben wollte unbedingt hin. Er nannte es eine »Gelegenheit zum Networking«.

Der Dolores Park war voller Menschen, an einem für San Francisco ungewöhnlich warmen Tag. Die ganze Stadt schien auf dem Rasen zu sitzen, biertrin-kend und kiffend – erbärmliches Hipster-Pack, elitäre Marina-Snobs, geistlose Schwulencliquen und so fort. »Und, könnte der Dolores Park von dir aus auch gerne im Meer versinken?«, fragte Ben und stupste mich in die Rippen, »oder hasst du nur die Brücke?« Wir lie-fen durch eine dichte Rauchwolke, die eine Gruppe Jugendlicher in teuer aussehenden Batikshirts umgab. Er nahm meine Hand und zerrte mich hinein in den Glutkern der Gentrifizierung der Bay Area.

»Mir würde schon genügen, wenn er nicht so voll

wäre«, sagte ich. »Wir holen uns hier locker Ringel-
flechte, wenn wir uns ständig an verschwitzten nackten Oberkörpern reiben.«

Ben lachte und mischte sich, als wir angekommen
waren, direkt unter meine Bekannten aus Stanford.
Sie spielten Trinkspiele, warfen sich einen Football
zu und tauschten den neuesten Klatsch aus Risikoka-
pitalfirmen aus. Er versuchte, mich in die Gespräche
einzubeziehen, aber ich sagte nur, dass ich zu müde
sei und dass mich das ganze Gerede über die Zukunft
langweile. Ich sah ihm an, dass er enttäuscht war, und
erwartete eigentlich, dass er jetzt sauer werden und
mir vorwerfen würde, dass ich abfällig über seine
Leidenschaft spräche. Dass er es nicht tat, empfand
ich als einen wesentlichen Mangel in unserer Beziehung.

Eine Gruppe von Jungs kam mit einem Bierpong-
Tisch an, und kurz darauf tauchte Vinny aus dem Nichts
auf und zwang mir eine Umarmung auf. »Hi alle, was
geht«, sagte er in die Runde, mit einer so gutartigen
Freundlichkeit, dass es mich ärgerte.

»Du hast Vinny eingeladen?«, flüsterte ich Ben zu,
fast zischend.

»Warum denn nicht?«, antwortete er. »Er hilft mir
beim Networken.«

Das sind meine Freunde, wollte ich sagen, aber es
kam mir falsch vor. Ich verließ stattdessen die Gruppe,
unter dem Vorwand, ich müsse den Kopf frei bekommen. Zum ersten Mal seit einem Monat hatte ich das
Gefühl, dass Ben und ich ungebunden waren, und ich

spazierte durch den Park, nippte an einem Becher mit purem Wodka, bis mir der Gedanke an lockere Gespräche kein Unbehagen mehr bereitete. Ich dachte an meine Schwester, wie sie immer genau wusste, was sie wollte, bis hin zu der beunruhigenden Fähigkeit, im Restaurant nach einem Blick auf die Speisekarte direkt etwas zu bestellen, und wie ich immer von ihrem Lebenshunger angesteckt wurde. Ich dachte darüber nach, was ich jetzt wollte – ob ich essen oder den Park verlassen wollte, ob ich mich im Herbst an der Uni bewerben wollte, ob ich Ben in der Menge finden wollte.

Nichts davon sprach mich an, und ich verspürte den vagen Wunsch, durch die Ritzen dessen zu schlüpfen, was alle anderen taten. Dann stieß ich, in einem Moment der Unachtsamkeit, hart mit jemandem zusammen und fiel auf den Rasen. Eine kräftige Hand half mir auf, und ich erkannte in dem Mann, der sich jetzt dafür entschuldigte, mich umgerannt zu haben, den Typen von der letzten Party – der mitbekommen hatte, wie er von mir auf Grindr blockiert wurde.

»Scheiße, tut mir leid.« Er strich mir das Gras von den Schultern, und ich spürte, wie sich meine Muskeln bei seiner Berührung zusammenzogen. »Ich bin so ein Trottel, dich hier mit Wasser zu überschütten, das ist absolut nicht okay.«

Ich zuckte mit den Schultern. »Das ist Wodka.«

»Warte, du bist Annies Zwillingsbruder«, sagte er. »Anthony, oder?«

»Das bin ich«, antwortete ich.

»Jake«, sagte er lächelnd und schüttelte meine Hand.

»Scheiße, ich *vermisse* Annie echt extrem. Sie war immer der Hammer.«

»Ja, sie ist ein verdammter Arsch, dass sie abgehauen ist«, sagte ich, und er lachte.

»Ich schätze, irgendwelche angenehmen Seiten wird es für euch auch haben«, sagte er. »Dass man euch jetzt mehr als einzelne Menschen wahrnimmt und nicht nur als Zwillinge oder so.«

»Kann man schon so sehen«, antwortete ich.

»Es tut mir wirklich leid, du bist klitschnass.« Er tätschelte meine Seite, um zu prüfen, wie nass ich war. Ich war nervös, aufgekratzt, und hatte ein schlechtes Gewissen, weil ich ihn so attraktiv fand. Ich konnte seiner Lässigkeit nicht widerstehen, der Art, wie er allein die Tatsache, dass er entspannt war, zu etwas Bemerkenswertem machte, als ob sich die Antworten einfach während des Sprechens in seinem Mund formten, schlicht und vollkommen. Er wirkte wie einer der Menschen, die nichts beweisen wollen, die gar nichts anderes *sein* wollen als einfach sie selbst. Ich hielt in der Menge Ausschau nach Ben.

»Und was willst du damit jetzt machen?«, fragte ich. »Mit meinem Hemd.«

»Ich wohne gleich um die Ecke. Wir könnten … die Klamotten einfach in die Waschmaschine stecken.«

»Lass uns gehen«, sagte ich und ließ mich von seiner unbekümmerten Energie anstecken.

Wo bist du hin, schrieb mir Ben, als Jake mich gerade ausgezogen und meinen Schwanz in den Mund genommen hatte. Eine Weile später, nachdem ich zu früh gekommen war, glitt sein Schwanz immer weiter rein und raus aus meinem Arschloch. Ich war nicht mehr so erregt, und meine untere Körperhälfte fühlte sich von der ständigen Reibung taub an. Der Sex war darum nicht schlecht, es war fast schön zu wissen, dass ich so schnell kommen konnte.

Als wir fertig waren, ging Jake nach meiner Wäsche sehen. Ich schrieb Ben eine Nachricht: Ich bin nach Hause gegangen, weil mir schlecht war.

Er schrieb: Einer deiner Freunde stellt für mich den Kontakt zu einem Risikokapitalgeber her!

Ich schrieb: Super.

Ich sah mehrere Nachrichten von meiner Schwester und ließ sie ungeöffnet.

Ohne dass ich es wirklich wollte, machten wir die verbleibenden Wochen des Sommers weiter wie bisher. Und ohne dass ich es wirklich wollte, schlief ich weiter mit Jake, heimlich und ohne eine Absprache mit Ben. Ende Juli unternahmen Ben und ich sogar eine Tageswanderung in den Muir Woods. Ich hatte ihm erzählt, dass ich lange, einsame Spaziergänge machte, dass ich frische Luft brauchte, um über Passagen aus *Moby-Dick* nachzudenken, während ich in Wirklichkeit bei Jake war. Irgendwann fing Ben also an zu glauben, dass ich eine neue Leidenschaft für Spaziergänge in schönen Landschaften entwickelt hätte, und meinte, dass ich *unbedingt* die herrlichen Redwoods sehen müsse. Ich hatte eigentlich nichts dagegen, die Bäume anzugucken zu gehen, nur ging alles so schnell, sein Plan, der Aufbruch, die Fahrt dorthin. Ich hatte kaum Zeit, mich irgendwie darauf einzustellen. Aus dem Nichts kaufte er uns Wanderschuhe, damit wir keine Blasen bekamen. Er packte genug gesundes kambodschanisches Essen für ein ganzes Dorf ein.

Die erste Stunde der Wanderung verbrachten wir fast schweigend. Mit seiner digitalen Spiegelreflexkamera machte Ben hochauflösende Fotos von allen möglichen Details der Natur. Ich keuchte vor Anstrengung und war fasziniert von seinem nicht nachlassenden Interesse an Rinden. Einmal flogen ein paar Schmetterlinge aus einem Busch auf, und Ben stand der Mund offen vor Bewunderung, während er mit der Spiegelreflexkamera vorm Gesicht wie wild Fotos schoss. Es war aber auch tatsächlich ein ziemlich cooler Anblick.

Als die Schmetterlinge davongeflattert waren, sah er sich auf dem Mini-HD-Bildschirm der Kamera seine Aufnahmen an, indem er blitzschnell auf den kleinen Knöpfen herumdrückte, mit zusammengekniffenen Augen. An einem Foto blieb sein Blick hängen. Er drehte die Kamera hin und her und betrachtete das Bild aus verschiedenen Winkeln. Dann sah er auf und fragte mich, ganz unverblümt: »Willst du Kinder?«

»Nein«, antwortete ich etwas verwirrt, »wirklich gar nicht.«

»Echt? Wie kannst du dir da so sicher sein?«

»Warum sind die Leute immer so skeptisch, was das angeht?«, antwortete ich. »Scheiße, Mann, ich *arbeite* mit Kindern. Ich bin die ganze Zeit mit ihnen zusammen.«

»Ja, aber es ist was anderes, wenn es deine eigenen sind, oder?« Er nahm einen Schluck von der warmen Gemüsebrühe aus seiner Edelstahl-Thermosflasche. Die Brühe sei perfekt, hatte er erklärt, für den Nachschub an Elektrolyten. »Findest du nicht, dass wir für mehr Khmer auf der Welt sorgen sollten?«, fragte er, und als er mir die Thermoskanne reichte, hatte ich den leisen Verdacht, dass Ben ernsthaft glaubte, dass er meine Einstellung zur Welt verändern könne. Vielleicht ging er davon aus, dass meine Wünsche eindeutig genug waren, deutlich und greifbar genug, um sie mit dem richtigen Maß an Beharrlichkeit in eine andere Richtung lenken zu können. Vielleicht waren sie das ja? »Für mich ist das ein Antrieb«, fügte er hinzu. »Und außerdem liebe ich Kinder.«

»Wie edel von dir«, sagte ich und gab ihm die Gemüsebrühe zurück, ohne davon getrunken zu haben. Er steckte die Thermoskanne wieder in seine Tasche, wobei ich hoffte, dass er die Ablehnung nicht persönlich nahm. Ich wollte bei der Hitze einfach nichts so Heißes schlucken. »Solltest du dann nicht längst dabei sein, Kinder zu machen?«, fragte ich, die Hände in den Taschen. »Du bist schließlich schon ein alter Mann, ein richtiger Daddy.«

»Wahrscheinlich«, sagte er und zog mich an sich heran. Ich konnte nicht aufhören zu lachen, als er an meinem Ohr knabberte. Von mir aus hätte er das stundenlang machen können, aber seine um den Hals gehängte Kamera klemmte zwischen uns, und ich wollte nicht, dass sie kaputtgeht. Den Rest der Wanderung dachte ich über die Unterschiede zwischen Ben und Jake im Bett nach, wie sich Bens Berührung warm und endlos anfühlte, so ganz anders als der wilde Rausch, den ich unweigerlich an dem Abend noch mit Jake erleben sollte.

Eine Woche später arbeiteten wir zusammen in meinem Stammcafé. Ben war dabei, unter Hochdruck seine »Safe Space«-App fertigzustellen, nachdem er sich durch erfolgreiches Networking einen Pitch bei einer großen Risikokapitalfirma gesichert hatte. Er kam jetzt, kurz vor dem Ende seiner Mission, auf einen philosophischen Trip, wie viele meiner Kommilitonen in Stanford in der Woche vor ihrem Abschluss.

»Ich habe mich so lange im Leben eigentlich keiner Sache wirklich verschrieben«, sagte er plötzlich zu mir über seinen Laptop hinweg, während sich in den Gläsern seiner Lesebrille der Bildschirm spiegelte. Er hatte die letzten zwei Stunden damit verbracht, zu programmieren und sich dabei immer wieder mit Vinny über ein Bluetooth-Headset zu beraten, ohne auch nur ein einziges Mal aufzuschauen.

»Weil du dich so lange nicht geoutet hast?«, fragte ich im Scherz und klappte *Moby-Dick* zu. Ich hatte das Kapitel »Ein Händedruck« für den Unterricht vorbereitet und Zusammenfassungen der Szenen geschrieben, in denen Ismael in eine Wanne mit Spermöl greift und darin versehentlich, aber mit großer Begeisterung, statt der Klumpen die Hände der anderen Besatzungsmitglieder knetet. Ich überlegte, wie ich verhindern könnte, dass meine Schüler in vulgäres Gelächter ausbrechen, 263 aber es schien mir eine vergebliche Hoffnung, dass sie die tragische Schönheit dieses kurzen, flüchtigen Moments würdigen könnten, das überraschende Gefühl der Verbundenheit durch diese milchig-trübe Flüssigkeit, ohne dass jemand einen Sperma-Witz macht.

Ben überging meine Bemerkung und beugte sich vor, sein ganzes Gesicht war jetzt in blaues Licht getaucht. »Anthony, ich bin *so* nah dran, meine Ziele zu erreichen, ist das nicht verrückt? Natürlich wird mir dabei einiges übers Leben klar. Zum Beispiel ... wir haben nicht das Privileg, Zeit zu verschwenden – nicht mehr – nicht nach allem, was wir überlebt haben. Mann, ich wünschte wirklich, ich hätte jemanden in meinem Leben gehabt, der mir gesagt hätte, wie wichtig es für mich – für *uns* – ist, hart zu arbeiten.«

»Und deshalb machst du eine Safe-Space-App?«

»Deshalb bin ich mit dir zusammen.« Er ergriff über den Laptop hinweg meine Hände. »Es bedeutet etwas, dass wir zusammen sind. Weißt du? Ich hoffe, dir ist das bewusst.«

Aus einem Impuls heraus zog ich meine Hände zurück. Er sah verletzt aus, sagte aber nichts, und bevor ich innehalten und nachdenken konnte, bevor ich auch nur ansatzweise verstehen konnte, warum ich ihn anschreien wollte – dafür, dass er schwach war, dass er *mir* das Gefühl gab, schwach zu sein –, stand ich vom Tisch auf und ging zur Toilette, mit einem flauen Gefühl im Magen. Ich setzte mich auf einen Klodeckel und überlegte, ob ich meine Schwester anrufen sollte, hatte aber keine Lust, ihr meine Gefühle zu erklären, und wollte auch nichts über ihr Leben hören, also starrte ich auf die Flyer, die überall in den Kabinen klebten. An der Stelle der QUEERS HATE TECHIES-Aufkleber hing jetzt Werbung für eine von Google gesponserte Veranstaltung mit Drag-Performern. Ich fragte mich, ob es möglich war, etwas so Großem wie Google zu widerstehen, und sei es nur, um sich Festlegungen zu entziehen.

Am Abend sprach ich dann doch noch mit meiner Schwester – über Ben, über Jake, über alles. Sie hörte mir am Telefon aufmerksam zu und machte ab und zu verständige Zwischenbemerkungen. Sie erhob nicht den moralischen Zeigefinger. Sie fand es nicht schlimm, dass ich nicht wusste, ob ich bei Ben bleiben wollte, oder immer wieder Witze darüber machte, dass ich während unseres Gesprächs vor einem Friseursalon für reinrassige Hunde stand, neben dem Apartmentkomplex von Bens Wohnung. »Die Stadt ist dem Untergang geweiht«, sagte ich immer wieder. »Wir ersticken sie mit stinkreichen Welpen.«

»Sag ihm einfach die Wahrheit«, sagte sie, »aber wenn dir danach ist, kaufe ich dir ein Ticket nach New York.«

Am Wochenende, nachdem Ben seine »Safe Space«-App gepitcht hatte, fühlte ich mich wieder normaler. Wir aßen ein spätes Frühstück in seiner Wohnung – brauner Reis und Quinoa-Congee, eingelegtes und sautiertes Senfgemüse mit Putenhackfleisch, hart gekochte Teeeier, allerdings ohne das Eigelb, um den Cholesterinspiegel niedrig zu halten. »Übrigens, ich habe

Vinny zum Essen eingeladen«, sagte Ben und starrte dabei in seine Schüssel. Seit Tagen war er nervös wegen der ausstehenden Entscheidung über seinen Pitch. »Ich habe ihm versprochen, dass ich für ihn zu Hause koche«, fuhr er fort. »Um zu feiern, dass wir die App fertig bekommen haben.«

»Alles klar«, sagte ich, obwohl es Unbehagen in mir auslöste. Plötzlich wollte ich Ben verletzen, ihn provozieren, damit er endlich so wütend auf mich würde, wie ich es fraglos verdient hatte. Mir fiel wieder der Rat meiner Schwester ein. »Ich ficke seit dem Vierten Juli mit einem Typen«, sagte ich, während mir der breiige Reis aus dem Mund tropfte. Ich verfolgte kein klares Ziel mit diesem Geständnis.

Ben ließ seinen Löffel sinken. Mit zusammengezogenen Augenbrauen starrte er mich an, als wolle er verstehen, ob ich einen Scherz machte.

»Ich dachte, ich sollte es dir sagen«, fügte ich hinzu und entschied mich spontan, die Tatsache zu verschweigen, dass Jake weiß war. An seinem Gesichtsausdruck sah ich, dass Ben verstand, dass ich es ernst gemeint hatte. Er verschränkte die Arme und lehnte sich in seinem Stuhl zurück. »Ich schätze«, sagte er, »wir haben noch nie richtig über, na ja, *uns* gesprochen.«

Ich wartete darauf, dass er weitersprach, auch wenn ich mich schlecht fühlte, weil ich nichts sagte, weil ich ihn einfach mit dem Geständnis allein ließ. Nach einer kurzen Pause aß ich weiter, obwohl ich das Essen nicht mehr schmecken konnte. Ich bereute auf einmal die letzten Wochen, all die Momente der Intimität, die Ben und ich zusammen erlebt hatten – einer Intimität, die über den bloßen Sex hinausging. Im Nachhinein fühlte sich das am grausamsten gegenüber Ben an: ihn glauben zu lassen, dass alles in Ordnung sei, dass ich bereit sei, über die Probleme hinwegzusehen, die wir vielleicht hatten.

»Wir können eine offene Beziehung haben, wenn du willst«, sagte er schließlich und faltete auf dem Tisch die Hände, als ob er mir ein Aktienpaket anbieten würde. »Ich meine nur ... also wenn du dich mit anderen Männern treffen willst, kann ich mich schon darauf einstellen. Aber ich glaube, wir sollten ... ein bisschen härter daran arbeiten. Am Zusammenbleiben.«

Seine Reaktion verärgerte mich. »Hör auf damit.«

»Womit?«

»So zu tun, als *müssten* wir zusammen sein, als wäre es unsere scheiß Pflicht.«

»Was redest du denn da?« Er machte ein Gesicht, als hätte er gerade seine Meinung über etwas geändert. »Was willst du überhaupt von mir, Anthony?«

Ich schaute ihn wütend und beleidigt an, bis mir klar wurde, wie berechtigt die Frage war.

»Ich glaube, wir wollen einfach unterschiedliche Dinge«, sagte ich und schämte mich, dass ich nichts Konkretes nennen konnte. »Ich glaube, *ich* möchte in einer Welt leben, in der uns nicht jede unserer Handlungen irgendwohin führen *muss*. Und du ... du willst etwas bewirken im Leben, immer.«

»Was ist mit dem Buch, das du unterrichtest?«, fragte

er, wobei der Ton in seiner Stimme von Trotz in Verzweiflung umschlug. »Ich meine, wir haben doch beide Ziele. Beiden von uns liegen Dinge wirklich am Herzen.« Er warf frustriert die Arme in die Luft. »Warum reden wir überhaupt darüber? Was hat es damit zu tun, dass du Sex hast mit einem ...«

»Ich kann nicht mit einem Kambodschaner zusammen sein, nur um mit einem Kambodschaner zusammen zu sein.«

Langsam machte sich die Enttäuschung in Bens Gesicht breit bei den Worten, die aus mir heraussprudelten, in einem einzigen Schwall von Lauten. Er schaute auf seinen Bauch runter und schüttelte den Kopf. Zum ersten Mal seit Wochen fiel mir auf, wie viel älter als ich er war – die Müdigkeit verstärkte seine Augenringe, die Furchen seiner Lachfalten hoben seinen Mund hervor. Ich hatte genau das Gespräch begonnen, das ich vermeiden wollte.

»Es tut mir leid«, fuhr ich fort. »Es geht nicht speziell um dich oder um Kambodschaner ... es ist eher was Moralisches.«

Er seufzte, wendete den Blick von mir ab und verzog das Gesicht, während er zum Fenster sah. »So läuft das bei uns nicht, oder? Keiner von uns kann es sich leisten, *moralisch* zu sein.«

»Vielleicht ist moralisch nicht das richtige Wort dafür.«

»Ich glaube nicht, dass dir klar ist, wie viel wir uns gegenseitig schulden«, sagte er, wobei seine Stimme kaum mehr als ein Flüstern war, als wäre sein Akku gleich leer. Er stand auf und räumte unsere halb leeren Teller ab. »Bist du fertig?«

Ich nickte und reichte ihm meine Schüssel. »Mir ist schon klar – ich meine, ich *kenne* unsere Geschichte«, sagte ich, aber er war schon auf dem Weg zur Spüle, und diese letzte Ausrede verhallte in seinem Rücken.

An diesem Nachmittag blieben wir im Bett, nicht so recht wissend, was wir tun sollten, wohin gehen, ob wir weiter über unsere Beziehung reden oder es einfach auf sich beruhen lassen sollten. Nach ein paar Stunden fingen wir an, uns zu küssen, die Hände in der Hose des anderen, aber weiter gingen wir nicht. Wir schienen nicht in der Lage, unsere gegenwärtige Disharmonie zu überwinden.

Wir lagen noch im Bett, als am frühen Abend Bens Telefon klingelte. Er verließ das Zimmer, und ich konnte hören, wie er in abgehackten Sätzen antwortete. Zehn Minuten später kehrte er mit blassem Gesicht zurück, aufgedreht, aber auch erschrocken.

»Ich habe … Ich habe gerade fünfhunderttausend Risikokapital zugesagt bekommen.«

»Wahnsinn«, sagte ich ungläubig. »Das ist doch super, oder?«

»Es ist mehr, als ich mir je erhofft hatte.«

»Wir sollten das irgendwie … *feiern*.«

Er stotterte etwas Unverständliches, während sein Gehirn von Informationen überflutet wurde. »Ja klar, lass uns das machen!«, brachte er schließlich heraus, bevor er kurz die Augen schloss und wieder in seine Körpermitte zurückfand. »Mist«, sagte er plötzlich.

»Vinny kommt bald.« Er schaute auf sein Handy, dann zu mir, dann wieder auf sein Handy, immer hin und her. »Ich sag ihm ab.«

»Nein, lass.« Ich lächelte. »Das ist eine große Sache. Auch für Vinny! Lass uns Spaß haben.«

Vinny kam eine Stunde später, und wir erzählten ihm die Neuigkeiten, woraufhin er so laut brüllte, dass ich fest davon ausging, dass sich Bens Nachbarn bei der Security über den Lärm beschweren würden. In der Aufregung führte eins zum anderen, und so landeten wir zu dritt im Bett, aufgeputscht vom Weißwein und den Gesprächen über die Zukunft.

»Ihr zwei werdet Safe Spaces revolutionieren«, sagte ich und meinte es auch so, berauscht vom Alkohol, und beide lachten. Dann küsste ich Ben und streichelte dabei Vinnys Oberschenkel. Und dann küsste ich zu meiner eigenen Überraschung Vinny. Als ich meine Lippen von seinen löste, schaute ich zu Ben hinüber, der gleichzeitig verwirrt und gebannt schien. »Es ist okay«, versicherte ich ihm, biss ihm sanft ins Ohr und zog Vinny näher zu uns heran.

Bald verschlang jeder von uns irgendeinen Teil eines anderen. Mein Herz schlug so schnell, dass ich mir sicher war, dass es das einzige Geräusch im Raum war. Wir wechselten die Positionen, jeder nahm jede Rolle ein, bis wir wie austauschbar wurden, bloße Teile eines optimierten Systems des Fickens. Ich erlebte so intensive Momente der Lust, dass ich teils kaum Luft bekam, und das Einzige, was mich davor bewahrte, ohnmächtig zu werden und nach Luft zu schnappen, war der Blick zu Ben, dem ich alle paar Sekunden in die Augen sah, selbst als wir beide mit Vinnys perfektem, durchtrainiertem Körper verschlungen waren.

Während unseres Dreiers hielt ich es auf einmal für möglich, in einer Dynamik zu leben, in der jede erlebte Befriedigung, jeder gewährte Wunsch, jeder gelutschte Schwanz, jeder befriedigte Bottom und jeder bediente Top einen dazu anregen kann, mehr zurückzugeben, als man ursprünglich hatte. Ich sah in aller Klarheit Bens Ideal einer Welt vor mir, einer Lebensweise, die Gemeinschaften förderte, Safe Spaces schützte und dafür sorgen würde, dass politischer Fortschritt weiterhin möglich war. Ich fühlte mich euphorisch, high, das Blut schoss mir in den Kopf. Ich fühlte mich zum Platzen voll von Hoffnung.

Dann begannen wir uns zu entwirren; unsere Münder waren müde vom Lutschen, unsere Ärsche wund. Unsere Schwänze taten weh, unsere Handgelenke konnten nicht mehr. Wir kamen. Wir kamen ans Ende. Wir lösten uns aus unserer Verschränkung, sanken aufs Bett und wurden wieder drei verschiedene Männer in ihren jeweiligen Körpern, jeder erschöpft von Lust und Befriedigung.

»Das war heftig«, sagte Ben zur Zimmerdecke.

»Krass, ja«, antwortete Vinny und setzte sich mit einem Ruck zwischen uns auf, je eine Hand auf meinem und auf Bens Oberschenkel. »Ben, lass uns Anthony als Mitarbeiter für das Start-up einstellen.«

Ben lachte. »Etwas konkreter bitte.«

»Ein Safe-Space-Tech-Unternehmen, das von einem rein südostasiatischen Team geleitet wird? Mal im Ernst, wie großartig wär *das* denn? Es kämen Artikel über uns in der *Forbes, Business Insider* und vielleicht sogar in der *GQ*. Stellt euch das doch mal vor ... der Titel könnte lauten: ›Flüchtlinge erobern das Silicon Valley: Der amerikanische Traum‹.«

»Und was wäre meine Aufgabe?«, fragte ich.

»Ich weiß nicht, Mann«, antwortete Vinny. »Du kannst die Anleitungen und Texte für die Oberfläche schreiben, oder ach was, die Personalabteilung leiten.«

»Ich muss aber *alle* qualifizierten Kandidaten in Betracht ziehen«, sagte Ben und spielte an meinen Ohren.

Vinny sprang auf und schlug sich auf den Bauch. »Über Gehälter können wir beim Essen reden. Es gibt eine neue Sushi-Bar auf der Valencia.«

»Klingt gut«, sagte Ben.

Er setzte sich auf und versuchte, mich zum Aufstehen zu animieren. Ich schüttelte den Kopf.

»Anthony«, sagte er leise. »Komm mit.«

»Mach dir keine Sorgen um mich, ich werde hier sein.« Ich setzte mich auf und lehnte meinen Kopf an Bens Schulter. »Ich muss nur ... nachdenken«, flüsterte ich ihm in den Nacken.

Erschöpft und enttäuscht – ich konnte es spüren – legte er seinen Arm um mich. Er küsste mich auf die Stirn und ließ seine Lippen noch auf meiner Haut ruhen, und so verharrten wir schweigend, während Vinny im Bad war. Bens Atem blieb gleichmäßig, tief und kräftig. Ich schloss meine Augen und lauschte seinem Rhythmus. Ich spürte, wie er in seiner Brust und bis in meine widerhallte.

Als die beiden geduscht und sich zu The Mission aufgemacht hatten, wankte ich, nackt und voller Sperma, ins Wohnzimmer. Vollkommen allein, aber ruhig und zufrieden, schaute ich aus dem Fenster und betrachtete die Lichter der Bay Bridge, bis auch der letzte Rest meiner früheren Eindrücke verschwunden war oder sich vielleicht in die Tiefen meines Bewusstseins zurückgezogen oder dort aufgelöst hatte. Der Streit zwischen mir und Ben erschien mir jetzt so weit weg, als läge er in einer fernen Vergangenheit, bevor wir uns überhaupt begegnet waren.

Dann zog ich mich an, nahm mein Exemplar von *Moby-Dick*, meine Schlüssel und mein Portemonnaie und ging zur Station Embarcadero. Eine Bahn zu erwischen, gestaltete sich überraschend reibungslos, obwohl mein Handy ausgegangen war. Ich hatte vergessen, wie einfach es war, nach Hause zu fahren.

Die Sommerferien neigten sich dem Ende zu, und es war absurd kalt, wie in San Francisco jedes Jahr im August. In ein paar Wochen würde ich mein zweites Jahr als Lehrer beginnen. Ich würde wieder jeden Tag zur Arbeit gehen. Während ich die hügeligen Straßen mit den viktorianischen Häusern an mir vorbeiziehen sah, dachte ich über meine erste Unterrichtsstunde des neuen Schuljahrs nach. Obwohl ich weiterhin plante, *Moby-Dick* zu behandeln, würde ich zunächst dieselbe Frage stellen, mit der ich letztes Mal begonnen hatte: *Was ist der Sinn dieses Kurses?* Ich erinnerte mich an die Antworten meiner Schülerinnen und Schüler damals, ihre tastenden Versuche, Stellung zu beziehen, Überzeugungen zu formulieren, in der Annahme, dass sich alle Erkenntnis auf dumme Plattitüden reduzieren lässt. *Wir lernen, was es heißt, ein Bürger oder eine Bürgerin zu sein*, probierten sie aus. *Jeder hat die Verpflichtung zu sozialem Engagement. Alles ist politisch.*

Die Bahn erreichte meine Station, ich stieg aus und ging los. Dichter Nebel war vom Meer her durch die Straßenzüge hochgekrochen, angesaugt von der Hitze des Valleys meiner Kindheit und Bens früherem Leben. Ich konnte nicht weit sehen, kannte den Weg aber gut, und ich fühlte mich an Ismael erinnert, wie er im Masttopp der *Pequod* »arbeitete«, an Ismael, wie er mit schläfrigen Gedanken döste, die sich dann im klaren Himmel auflösten, das vollkommene Gegenteil meines gegenwärtigen Zustandes. Als ich so durch den Nebel watete, staunte ich über die Unwahrscheinlichkeit meiner Existenz. Hier war ich also! Als Bewohner eines Viertels, in dem ein untergegangenes San Francisco nachhallte, schwul, Kambodschaner, kaum sechsundzwanzig, die Nachwirkungen von Krieg, Genozid und Kolonialismus tief im Körper. Und doch war es meine Aufgabe, zehn Jahre jüngeren Jugendlichen, von denen mich ein ganzer Ozean trennte, beizubringen, was es heißt, ein Mensch zu sein. Wie absurd, musste ich mir eingestehen. Wie wahnsinnig komisch. Ich war, ganz im Ernst, begeistert.

274

SOMALY SEREY, SEREY SOMALY

Unmittelbar nachdem ich aus dem Leib meiner Mutter geflutscht war, ergriff Somaly mit einer derartigen Bosheit von meinem Körper Besitz, dass es kein Wunder ist, dass ich immer noch davon träume, sie zu sein, für immer. Zumindest haben es mir die Mas und Gongs so erzählt. Dass ich ein kränkliches Baby war, so dünn, dass meine Knochen durch die kaum vorhandenen Fettschichten hervorstachen. Dann, als Kleinkind, schaufelte ich mir pfundweise Essen rein, ohne je zuzunehmen. Jedes Mal wenn ich drei Teller Reis oder mehr aß, beschwor ich Somaly herbei, indem ich Geheimnisse hinausplärrte, die nur die Toten kannten.

Das Ritual erforderte weißen Reis. Jeder zusätzliche Tropfen wovon auch immer hätte die Reinheit der Körner zerstört und Somaly von der Rückkehr in diese Welt abgeschreckt. Reis war schließlich heilig, die einzige Nahrung, die sie nach der brutalen Ermordung ihres Vaters, dem Reisfabrikkönig von Battambang, überhaupt noch vertragen hatte. Die Kommandanten des Konzentrationslagers hatten ihrem Vater nur wenige Tage vor dem Sturz von Pol Pot die Leber direkt aus dem Körper geschnitten und gegessen, in der Hoffnung, dass es ihnen Glück bringe. Sie glaubten, dass sie den Geschmack seines verlorenen Vermögens trage, dass sie, wenn sie ihren Reis mit seiner Galle tränkten und die Körner rotbraun färbten – die Farbe von Blut, das sich mit Erde mischt –, die Invasion Vietnams überleben könnten. Das war die Erklärung der Mas und Gongs für Somalys Abneigung gegen farbigen Reis. Dabei war Somaly davon überzeugt, dass ihr Vater ohnehin verdammt war – wie nur ich weiß, die ich ihren Geist all die Jahre in mir getragen habe.

Vielleicht bin ich deshalb die einzige Pflegerin auf der Alzheimer- und Demenzstation, die die beaufsichtige Freizeit unserer Patienten nicht als »Hüten der sterbenden Kühe« oder »Nachmittag der wandelnden Toten« oder »Freizeit der rostigen Kotmaschinen« bezeichnet. Denn im Gegensatz zu Schwester Anna oder Schwester Kelly oder sogar Schwester Jenny, meiner Freundin, weiß ich etwas über Orientierungslosigkeit. Ich weiß, wie es ist, mit einer Vergangenheit zu leben, die sich jeder Logik entzieht.

Aus Zimmer 39 ergießt sich, als ich sie ins Bad trage, ein Schwall von Scheiße. Sie schreit über ihren Mann herum, der schon seit mehr als zehn Jahren tot ist, dass sie ihm seine Gichtmedikamente ins Rührei mischen muss. »Willst du etwa, dass Mike die Füße anschwellen?« Zimmer 39 weint in meinen Armen, die Scheiße sickert durch ihr Nachthemd und auf meinen Kittel. Ich versuche, es ihr nicht übelzunehmen. Seine Gicht muss ziemlich heftig gewesen sein, wenn er nicht einmal warten konnte, bis seine Frau auf dem Klo war.

»Jemand sollte Zimmer 39 den Stecker ziehen«, sagt Jenny zu mir in der Personalumkleide.

»Das ist finster«, sage ich, nur mit BH und Unterwäsche bekleidet. Unsere dreißigminütige Pause ist fast vorbei, und ich bin immer noch dabei, meinen Kittel zu waschen und mit einem Tide-to-Go-Pen die braunen Flecken zu behandeln. Vier dieser Stifte habe ich diesen Monat schon verbraucht, das hier ist der fünfte. »Dann sind wir unseren Job los, und ich würde gern nicht bei McDonald's arbeiten.«

»Was auch der einzige Grund ist, warum ich meine Patienten jetzt nicht im Schlaf ersticke«, sagt Jenny und grinst. Wir sind beide jung, kommen gerade aus der Krankenpflegeschule und gehören zu den Idiotinnen, die sich bereit erklären, auf der Alzheimer- und Demenzstation zu arbeiten, wo die schlimmsten Patienten des Seniorenheims Saint Joseph's untergebracht sind, diejenigen, deren Gehirn nur noch Gemüse ist. Jenny redet ständig davon, das Loch hier zu verlassen, in der Welt der Krankenpflege aufzusteigen und bei Kaiser Permanente zu arbeiten, offenbar der Traumjob einer Krankenpflegerin. Kaiser liegt im schönen Teil der Stadt, wo die Bäume am Straßenrand von der Stadtverwaltung gepflegt und zur Weihnachtszeit geschmückt werden, wo man an anderen Orten als in Drive-ins etwas zu essen bekommen kann.

»Puh, riecht das fies«, sagt Jenny. »Ist sie auf Exelon? Ich bin mir ganz sicher, dadurch riecht die Scheiße von denen noch schlimmer. Als ob sie scheißen würden, nachdem sie ihre eigene Scheiße gegessen haben.«

»Schon in Ordnung«, sage ich. »Auch nichts anderes als einem Baby die Windel zu wechseln.«

»Babykacke ist rein, Serey«, sagt sie mit einer nasalen Stimme, da sie sich die Nase zuhält. »Einfach pürierte Karotten und Muttermilch. Was *wir* wegputzen, strotzt vor Medikamenten. So was wie Mutantenscheiße. Chemisch verändert.«

»Die X-Men der Scheiße«, antworte ich.

»Die X-Men der Scheiße ist mir zu freundlich«, sagt Jenny darauf, weiter näselnd. »Unsere Patienten sind einfach Säcke voller Gammelfleisch.«

Ich reibe und schrubbe jetzt noch fester. »Das ist vielleicht etwas hart.«

»Dann geh *du* mal in Zimmer 29 und sag mir, dass da nichts verrottet. Ich würde jederzeit Zimmer 29 gegen Zimmer 30 tauschen.«

»*Du* hast mir gesagt, dass ich Zimmer 30 bis 35 nehmen soll«, blaffe ich sie an und erinnere mich an Jennys Vortrag, dass Sonderschichten für mich *die* Chance seien, die Heimleitung zu beeindrucken.

Jenny seufzt und verschränkt die Arme. »Serey, es ist einfach so unfair. Keiner meiner Patienten hat ein Zimmer mit Fenster.«

»Mist«, sage ich und werfe meinen Kittel in die Spüle. »Die Flecken gehen nicht raus.«

»Nimm meine Ersatzsachen«, sagt Jenny. »Ärger dich nicht.«

»Danke.« Ich schließe die Augen und lehne mich gegen den Spind. Ich bin jetzt schon erschöpft, und meine Schicht geht noch vier Stunden.

Ich komme nicht einmal dazu, kurz die Füße hoch-zulegen, weil als Nächstes die Laken von Zimmer 34 gewechselt werden müssen. Sie muss gebadet werden und die vom Arzt verschriebenen Medikamente ver-abreicht bekommen. Was die Chemie ihres Hirns, so meine Vermutung, nur noch trüber macht. Zimmer 34 bedeutet mir mehr als die anderen, da es Ma Eng ist, die Cousine zweiten Grades meiner verstorbenen Groß-mutter. Allerdings hat sie eine etwas verdrehte Vorstel-lung von unserer Beziehung zueinander, und das nicht nur wegen ihrer Demenz. Wobei die es natürlich nicht besser macht.

Die Mas und Gongs aus unserer Gegend sehen mich als Somalys Reinkarnation. Als ich geboren wurde, er-blickte Ma Eng in meinem Babygesicht ihre tote Nichte Somaly, und während meine Haut noch feucht war vom Fruchtwasser, stimmten ihr meine Pous und Mings zu, woraufhin auch die Mönche zustimmten, so beharrlich war Ma Engs Vision. Die ganze Nachbarschaft veran-staltete eine Feier zu Ehren von Somalys Geist, ihrem friedlichen Übergang zurück ins Leben. Und eigentlich sollte es damit auch enden, mit dem Segen der Mönche. Ihre Reinkarnation wurde als gutes Omen für meine Zukunft verstanden. Aber natürlich sollte ich nie als sie *leben*, und so war es ein vertrauter Schock, als Ma Eng vor einem Jahr hier ins Heim kam und mich auf einmal Somaly nannte.

Ich klopfe an die Tür von Zimmer 34 und warte kurz – wozu wir von der Direktion als eine Geste der Höflichkeit angehalten sind, auch wenn unsere Patienten nicht klar genug im Kopf sind, das Klopfen zu verstehen –, bevor ich eintrete und Ma Eng im Bett sehe, schlafend und im Schlaf auf Khmer vor sich hin singend. Sie schreckt auf, als ich sie wecke, und sieht mich dann mit ihren tief eingefallenen Augen an. Ihre Pupillen sind geweitet und schnellen umher, auf der Suche nach etwas Bekanntem.

Du bist fett geworden, Somaly, sagt sie auf Khmer zu mir. Ich schaue an meinem Körper hinunter und stelle fest, dass Jennys Kittel mir um mehrere Größen zu groß ist. Dann kneift Ma Eng mir ins Ohr und reißt es dabei fast ab. Für eine Frau mit Osteoporose hat sie erstaunlich viel Kraft. *Du stiehlst doch kein Essen von den Kommunisten, oder? Du bringst uns noch um!*

Ming, ich muss dich baden, sage ich unter Schmerzen, in holprigem Khmer, und achte darauf, sie *Ming* zu nennen. Immer wenn ich erkläre, dass ich nicht ihre Nichte Somaly bin, dass ich einfach nur ich selbst bin, Serey, dass sie meine Ma ist und ich ihre Großnichte bin, die sie seit dreiundzwanzig Jahren kennt, also mein ganzes gegenwärtiges Leben lang, wird Ma Eng wütend und gibt mir eine Ohrfeige. Sie herrscht mich an, dass ich aufhören solle, kindisch zu sein, selbst wenn ich zugebe, dass ich nur eine Reinkarnation bin. Ich mache bei diesen Wahnvorstellungen schon eine ganze Weile mit. *Und ich stehle kein Essen*, füge ich hinzu, während ich ihre Finger von meinem Ohr zu lösen versuche.

Ja, wenn sie mich hinrichten, sagt sie, *werde ich wenigstens sauber sein. Die Kommunisten haben dei-*

nen Vater erschossen, als sein Gesicht noch ganz ver-
dreckt war. Wie demütigend das für ihn gewesen sein
muss.

Niemand wird dich hinrichten, sage ich.

Nachdem ich ihr aus dem Bett geholfen habe, gehen
wir rüber in ihr Badezimmer. Mit gebeugtem Rücken
stütze ich sie, indem ich ihre Taille mit beiden Armen
umfasse. Sie ist schwer und leicht zugleich, fett und
abgemagert, diese Mischung älterer Körper aus wel-
kem Fleisch, geschwächten Organen und brüchigen
Knochen, die zu stützen ich schon immer als schwie-
rig empfunden habe. Stell dir vor, du würdest einen
Heißluftballon tragen, aus dem die Luft weicht, so
beschreibe ich es immer.

Letzten Monat hat Ma Eng Schwester Anna mit voller Wucht eine Ohrfeige gegeben und dann noch weiter auf sie eingeschlagen, so dass Schwester Anna sich
irgendwann auf dem Boden liegend zusammenrollte,
um sich zu schützen. Sie war vorher schon sauer auf
Ma Eng gewesen, weil sie eine so schwierige Patien-
tin ist, und wurde nur noch wütender, als ich ihr die
Khmer-Wörter übersetzte, mit denen sie während der
Prügelattacke fortwährend angeschrien wurde. *Klein
und breit*, hatte Ma Eng immer wiederholt, *klein und
breit*. Schwester Anna behauptete danach immer wieder, dass sie von Zimmer 34 *angegriffen* worden sei.
Die Heimleitung wollte nicht, dass die Gewerkschaft
eingeschaltet wird, und wies Schwester Anna einen
anderen, von Ma Eng weit entfernt gelegenen Flur zu.
Sie reduzierten auch ihr Arbeitspensum und baten

dann mich, die Räume zu übernehmen, für die nach Schwester Annas Entlastung niemand mehr zuständig war, einschließlich der durchgehenden Zuständigkeit für Zimmer 34 – mit Morgen-, Nachmittags- *und* Abendschichten. Bisher war ich nur vormittags für Ma Eng zuständig gewesen, aber die Leitung wollte es nicht mehr riskieren, in Zimmer 34 eine nicht Khmer sprechende Schwester einzusetzen. Ich hätte diese zusätzlichen Aufgaben, sagte man mir, bis sie eine weitere kambodschanische Pflegerin in Teilzeit einstellen würden. Ich fragte sie, ob sie von mir Empfehlungen für kambodschanische Pflegerinnen bräuchten, da ich welche kannte. Sie sagten, sie würden sich wieder an mich wenden, wenn neue Mittel zur Verfügung stünden.

Ma Engs Fett rutscht über ihre Knochen, während ich sie in der Dusche ausziehe. Ich frage sie schließlich, wer in ihrem Leben klein und breit ist. *Die Hure, die unsere Familie umgebracht hat*, sagt sie, und während ich Ma Engs schlaffe Brüste wasche, wird mir etwas klar.

Ich erinnere mich, wie ich mal in einem Wohnzimmer saß, inmitten von Eltern und Großeltern. Ich trug ein Oversize-T-Shirt, Pyjamahosen mit Affen drauf und eine goldene Kette mit einem Jade-Anhänger. Die Großeltern hatten mir einen Teller nach dem anderen mit weißem Reis hingestellt. *Erzähl uns etwas über Somaly*, riefen sie, betrunken vom Heineken, während sich mein Magen mit Reis füllte und ich immer träger und kraftloser wurde. Als ich schließlich einschlief, begann sich mein Mund zu bewegen und zischte Worte, die gar nicht meine waren. Eine Ma hörte *Schlampe*. Jemand anderes hörte *Hure*. Ein Gong packte mich und setzte mich auf sein Knie.

Es ergibt alles Sinn, sagte er und tätschelte meinen Kopf. *Das hast du gut gemacht, Oun.* Er wandte sich an die anderen. Er sagte, er wisse jetzt, warum Somalys Geist in meinem Körper so unruhig sei; sie wolle sich an der Geliebten ihres Vaters rächen. Bevor die Roten Khmer die Macht übernommen hätten, so erklärte er, habe sich Somalys Mutter, Ma Sor, geweigert, die Hure ihres Mannes auf die Flucht mit der Familie mitzunehmen. Aber Gong Sor, dieser unverbesserliche alte Hund, brachte es einfach nicht über sich, seine Geliebte zurückzulassen. Also floh niemand und alle mussten leiden! Eine echte Tragödie.

Das ist Unsinn, sagte Ma Eng und behauptete, dass der Geist ihrer Nichte Somaly einfach nur mit ihrer Tochter Maly vereint werden wolle. Sie ging zu dem Gong und hob mich von seinem Knie. *Lasst das Kind jetzt schlafen*, sagte Ma Eng, und übergab mich an meine Mutter, ohne zu ahnen, welche Albträume ich in dieser Nacht haben würde.

Jetzt müssen Ma Engs Genitalien gewaschen werden. Den Vorschriften für den Umgang mit Patienten entsprechend kündige ich ihr an, wohin sich meine Hand als Nächstes bewegt. Ich weiß, dass Jenny die Genitalien ihrer Patienten nie gründlich wäscht, fast, als würde sie sich gegen Schwester Annas Reinlichkeit auflehnen. »Es ist ja nicht so, dass sie Sex hätten«, sagt sie im Scherz. Ich bin auch nicht unbedingt die beste Pflegerin, aber bei Ma Eng gebe ich mir große Mühe. In Zimmer 34 verausgabe ich mich, arbeite mit großer Sorgfalt, auch wenn meine Glieder sich dort anfühlen, als würde die Schwerkraft sie hier besonders stark hinabziehen.

Während ich mit dem Waschlappen über ihren Bauch fahre, schaudert mich die Vorstellung, dass Ma Eng denken könnte, ich würde sie angreifen. Aber das würde sie nicht, auf keinen Fall, oder? – denn ich bin ja Somaly. Meine Hand erreicht ihr Ziel. Ma Eng blickt mir direkt in die Augen. *Wenn dich ein Kommunist dort berührt*, sagt sie ernst, *wehre dich nicht. Wenn du dich gegen ihn wehrst, stirbst du*. Danach, als ich sie mit dem Duschkopf abbrause, wünschte ich, ich könnte sagen, dass Ma Eng mir das nicht schon mal gesagt hätte, ein ums andere Mal.

Als ich nach Hause komme, liegt Mom schlafend auf der Couch, aus dem Fernsehen tönt das Geklingel und Geplärre von *Family Feud*. Auf dem Küchentisch steht gebratener, schon fest gewordener Tofu in einer Plastikschüssel, wahrscheinlich für mich als Abendessen, aber ich nehme mir nur kalten Reis, damit Mom Tofu für das Mittagessen am nächsten Tag hat und wir ein wenig bei den Lebensmitteln sparen können, damit Dad nicht weitere Schichten auf dem Friedhof einlegen muss. Mom glaubt, ich spare für ein eigenes Haus, in dem ich die zehn Enkelkinder großziehen werde, die sie von mir erwartet. Sie weiß nicht, dass ich keine Kinder will, dass ich den Großteil meines Gehalts beiseitelege. In unserer Familie gibt es auf beiden Seiten Fälle von Demenz, meine Mutter leidet am Karpaltunnel-syndrom durch ihren Job im Amazon-Paketzentrum, und mein Vater hat Diabetes. Ich weigere mich, einfach dabei zuzusehen, wie ihr Geist und ihre Körper zu einem Nichts verkommen. Mom würde es hassen, wenn sie von meiner Absicht wüsste, sie eines Tages in ein Pflegeheim zu stecken, vor allem, nachdem sie meine Geschichten von der Arbeit kennt, wie die Pflegerinnen die Patienten fixieren, ihnen Pillen in den Mund stopfen und dann ihre Hälse wie die von Schlachtenten massieren. Aber dafür spare ich das Geld. Sie werden in eine schöne Wohnung kommen, Mom und Dad. Alle Zimmer werden Fenster haben, und das Personal wird sich liebevoll um die Patienten kümmern. Sie werden meine Eltern mit Sorgfalt baden.

Ich sitze am Küchentisch und starre auf meinen Teller mit Reis. Seit ich mich ganztags um Ma Eng kümmere, habe ich Albträume von Somaly, Albträume, die ich seit meiner Kindheit nicht mehr hatte. Ich wache jetzt fast jeden Morgen nach Luft ringend auf. Ich weiß, dass diese Albträume nicht real sind, dass es nur Träume sind, dass sie nicht auf Tatsachen oder dem tatsächlichen Leben von irgendjemandem beruhen. Dennoch habe ich das Gefühl, von der Vergangenheit erstickt zu werden, von Somalys Erinnerungen, von der Flut ihrer unbearbeiteten Gefühle, die sich mit jeder unruhigen Nacht tiefer in meinen Körper fressen.

Die Träume sind grauenhaft – wie Somaly in den Reisfeldern arbeitet, schwanger und hungrig, ihr ungeborenes Kind jetzt schon ohne die Nahrung, die es braucht; wie Somalys Fruchtblase platzt, tief in der Nacht, und Ma Eng ihr den Mund zuhält, damit die Roten Khmer ihre Schreie nicht hören, und wie Somaly dann ihrem Neugeborenen den Mund zuhält, damit niemand sein Weinen hört, und ihm ins Ohr gurrt: *Sorry, sorry, sorry.* In manchen Träumen bin *ich* Somaly und mit ihrer Tochter Maly schwanger, meiner Cousine und Ma Engs anderer Großnichte – was natürlich keinen Sinn ergibt, da Maly erst Ende der Achtziger geboren wurde. Aber die Träume fühlen sich real an, wenn ich verzweifelt versuche, den hungrigen Fötus zu schützen, der gegen meine Bauchwand tritt, dieses mit mir zusammen verlassene Baby, diese dem Untergang geweihte Tochter, deren Gewicht sich zugleich zu schwer und zu leicht anfühlt, um in irgendeiner Weise gesund zu sein, oder sicher, oder ganz. Ich leide unter den Folgen von Somalys grenzenlosem Hass auf ihren Mann – der tatsächlich ohne seine Frau aus dem Land geflohen war, als sie schwanger war mit einem Kind, das Maly älteres Geschwister gewesen wäre, hätte Somaly keine Fehlgeburt gehabt. Diese Wut schießt mir durch die Adern und nährt den Willen, mein höllisches und heimgesuchtes Unterbewusstsein zu überleben, und dann, wenn ich wach bin und arbeite, flammt sie immer wieder in mir auf und sorgt für Migräneanfälle, die mich verbittert machen. Ich gebe Ma Eng nicht die Schuld für die Wiederkehr dieser Träume, aber lange halte ich sie nicht mehr aus.

In anderen Träumen schaue ich Somaly an, als wäre

ich ihr Spiegelbild. In seltenen Fällen, vielleicht wenn ich zu viel Reis gegessen habe zum Beispiel, unterhalte ich mich mit Somaly in ihrer alten Wohnung am Greensboro Way, beim Abendessen, das, genau, aus haufenweise weißem Reis besteht. Bei diesen Gelegenheiten sagt mir Somaly meist meine Zukunft voraus, als würde sie aus einem Glückskeks vorlesen. Ein Traum ist mir aber ganz besonders im Gedächtnis geblieben.

Der Traum geht so: Somaly und ich sitzen am Esstisch. Sie trägt ein weißes, mit Juwelen besetztes Sampot, mit einer perfekt dazu passenden Halskette. Sie sieht fast aus wie eine Apsara auf einem Gemälde – offensiv elegant, als würde sie jeden Moment die Hände nach hinten abwinkeln und anfangen, sich hin- und herzuwiegen. Ich beobachte, wie sie den Reis Korn um Korn zum Mund führt, jedes Körnchen fest zwischen Zeigefinger und Daumen geklemmt. Nach einer Weile hält sie inne und mustert mich, ohne den Blick zu fokussieren, als wäre ich eine weite leere Fläche. *Meine Tochter*, sagt sie schließlich, *wird die goldene Kette erben, die meinen Hals umschlingt.* Ich sage nicht, dass es dieselbe Kette ist, die ich als Kind trug, die mir zur Feier unserer Verbindung geschenkt wurde.

Sie befindet sich seit Generationen im Besitz meiner Familie, erklärt sie. *Malys Großvater weigerte sich, den Kommunisten sein Vermögen zu überlassen. Und darum kam er ums Leben. Weil jeder wusste, dass der König der Reisfabrik Dinge vergrub. Mein Vater wollte zu viel. Er wollte seine Frau und seine Geliebte und*

seinen Reichtum. Er starb, weil er mehr wollte, mehr,
mehr, mehr. Diese Kette soll Maly einmal daran erin-
nern.

Ich wache in dem Moment auf, als Somaly die Kette
abnimmt und sie mir reicht. Und nie, wenn ich das
träume, finde ich heraus, was Somaly als Nächstes
sagt.

Aus dem Nebenzimmer höre ich den Vorspann von
Deal or No Deal. Ich gieße Sojasauce über den Reis, in
der Hoffnung, dass ich dann nicht von Somaly träumen werde. Mir ist bewusst, dass es nicht funktionie-
ren wird, aber der Versuch schadet ja nicht.

Morgens erinnert sich Ma Eng manchmal daran,
dass Somaly tot ist. Mein Anblick treibt ihr Tränen in
die Augen. Sie fängt an zu beten, dass ich sie und ihre
Großneffen und Großnichten, zu denen ich gehöre, segnen möge. Dann fragt sie, was ich – oder vielmehr der
Geist von Somaly – von der Welt der Lebenden *will*,
warum ich vor ihr stünde. In diesen Momenten sehe
ich meine Ähnlichkeit mit Somaly, mit dieser Frau auf
den wenigen von ihr erhaltenen Fotos. In meinem Spiegelbild im Schrankspiegel sieht man deutlich meine
Wangenknochen, mein dunkles Haar, teils wellig, teils
glatt, und den Ausdruck der Leere in meinem Gesicht.
Immer wenn Ma Eng mich als Tote sieht, als Geist, bitte
ich sie, ihre Medikamente ohne Diskussion einfach ein-
zunehmen. Am Nachmittag dann ist Ma Eng wieder in
die Halluzinationen von Krieg und Genozid zurückge-
fallen. Hinter dem Vorhang lauern Kommunisten. Die
Pflanzen auf dem Fensterbrett wachsen sich zu »Reis-

feldern« aus. Ma Eng gießt diese Pflanzen mit einem Eifer, als würde sie sonst zu Tode geprügelt werden.

An diesem Morgen weiß ich nicht, was mir lieber wäre – dass Ma Eng mich für die lebende oder die tote Somaly hält. Eine von Kommunisten versklavte Frau oder ein Geist, der ihre Ming heimsucht. Als ich bei der Arbeit ankomme, spielt das aber keine Rolle mehr. Direkt, nachdem ich an die Tür von Zimmer 34 geklopft habe, antwortet eine Männerstimme: »Komm rein, verdammt nochmal. Komm einfach *rein*!«

Ich reiße die Tür auf und sehe Ma Engs Großneffen Ves, der sich abmüht, sie an den Handgelenken vom Boden hochzuziehen. »Schnell, hilf mir!«, ruft er.

»*Hör auf*«, sage ich, »du reißt ihr den Arm aus dem Gelenk!« Ich knie mich hin, umfasse Ma Engs Taille und hebe sie aufs Bett, wo sie sich sofort in der Fötusstellung zusammenrollt. Sie sieht nicht gut aus. Ihre Augenlider flattern. Ihr Mund ist verzerrt und öffnet sich immer weiter, während er nur Stille von sich gibt.

»Ich habe nur kurz meine Nachrichten gecheckt, und da fiel sie auf den Boden«, sagt Ves, der mit über dem Kopf zusammengeschlagenen Händen im Zimmer hin und her läuft. Ich gehe nicht auf ihn ein und hebe Ma Engs Nachthemd an, um den Schaden zu begutachten. Ich drücke ihr sachte mit dem Finger ins Fleisch, und ihr ganzer Körper verkrampft sich. Ihre Gesichtsfalten werden zu Wellen des Schmerzes, zum Echo ihrer stummen Schreie. Ich spüre einen Anflug von Erleichterung – unkontrollierbar, egoistisch und verdorben – 289 und ich muss mich am Bettgestell anlehnen, mein Gesicht ganz nah an Ma Engs. Der Gedanke, dass Ma Eng stirbt, rast mir durch den Kopf.

»Was sollen wir tun?«, fragt Ves.

»Wir müssen den Notarzt rufen«, sage ich und flüstere dann: *Ming, es tut mir leid.* Ich bemerke, wie ich über Ma Engs mönchisch rasierten Schädel streiche, der ihr das Aussehen eines riesigen, uralten Babys verleiht.

Ma Eng verbringt die folgende Woche im Krankenhaus. Familienmitglieder kommen zu Besuch, um Zimmer 34 ihren verspäteten Respekt zu bezeugen und ihr Mitleid zu bekunden: andere Mas und Gongs, die ebenfalls ihre eigene Familie kaum wiedererkennen; fremd gewordene Mings und Pous, die versuchen, ihr Karma wieder ins Gleichgewicht zu bringen; genervte Teenager, denen ihre zombiehafte Ma vollkommen egal ist. Sie bringen neue Decken und Kissen mit und abgepackte Desserts, die Ma Eng nicht verträgt. Auf dem Tisch neben dem Fenster stellen sie gerahmte Fotos von ihrem verstorbenen Mann und ihren Kindern auf, die es nie nach Amerika geschafft haben. Sie machen Räucherstäbchen an, um die Räume von bösen Geistern zu befreien. Das alles findet statt, weil die Krankenhausärzte uns mitgeteilt haben, dass Ma Eng zu alt und gebrechlich für eine weitere Operation ist. Sie hat bereits eine künstliche Hüfte, und neue Prothesen würden nicht viel ändern. Ma Eng kehrt ins Saint Joseph's zurück, um dort ihre letzten Tage zu verbringen.

Die ganze Woche über habe ich unerträgliche Albträume als Somaly. Jede Nacht fliehe ich durch den minenübersäten Wald. Wir sind als Gruppe unterwegs, als Familie, die Hälfte von uns ist aber schon tot. Ich halte den Säugling Maly fest im Arm. Sie leidet unter meinem Griff und weint und schreit, aber nur so kann ich sie festhalten, während ich so schnell ich kann renne, um eine Grenze zu erreichen, irgendeine Grenze, über die wir uns in Sicherheit bringen können, aber dann treffen wir an der Grenze zu Thailand auf thailändische Soldaten, die ihre Gewehre auf uns richten und in einer Sprache schreien, die nicht unsere ist, die Ma Eng aber offenbar versteht, weil sie jetzt auch schreit, dass wir anhalten sollen und umkehren, aufgeben, da es keine Hoffnung gibt, und doch habe ich Hoffnung, also renne ich weiter, Somaly rennt weiter, Maly an unsere Brust gepresst, bis uns eine abgefeuerte Kugel trifft. Dann bin ich also tot, und wache auf und gehe zur Arbeit.

Ich denke die ganze Woche ans Sterben von Ma Eng. Ich denke an die Witzeleien mit Kolleginnen und daran, einfach nur ich selbst zu sein, sonst nichts. Ich denke daran, endlich einmal zu einer vernünftigen Uhrzeit von der Arbeit nach Hause zu kommen und Dad zu sehen, bevor er zur Spätschicht aufbricht. Ich frage mich, wie es sich wohl anfühlen wird, frei zu sein von Somaly, die Herrschaft über mein Leben zu haben, durch die Welt zu gehen, ohne dass mir Erinnerungen, die nicht mal meine eigenen sind, die Hälfte meiner Energie rauben. Ich träume als sterbende Somaly, Somaly, der man ihr Kind entreißt.

Die ganze Woche mache ich mich auf das Unvermeidliche gefasst – eine Begegnung mit Maly, die Ma Eng am Sterbebett besuchen wird. Maly, das Neugeborene in meinen Albträumen. Maly, die mich schon als Kind nicht mochte, und auch jetzt nicht, da sie weit über dreißig ist. Sie hat nie verstanden, dass ich keinerlei Interesse daran habe, als Verkörperung ihrer Mutter zu leben, dass ich alles darum geben würde, nicht mehr als Somaly träumen zu müssen.

Zwei Tage vor Ma Engs Rückkehr habe ich wieder den Traum von Somaly mit ihrer Halskette, nur dass ich dieses Mal schreiend aufwache. Die Teile des Traums, an die ich mich nicht mehr erinnere, müssen schrecklich sein. Es sind noch einige Stunden, bis ich meinen Tag beginnen muss, also mache ich mir Frühstück, wofür ich normalerweise keine Zeit habe. Während ich mir gerade Haferflocken zubereite, betritt Mom die Küche und erschrickt, als sie mich sieht.

»Mach das nicht nochmal!«, ruft sie und lässt sich auf einen Stuhl am Tisch fallen.

»Willst du auch was?« Ich deute auf den Topf, dann auf die Kaffeemaschine.

»Ich bin zu müde zum Essen, davon würde mir nur schlecht.« Sie stützt das Kinn auf die Hand, als würde ihr Kopf ohne die zusätzliche Unterstützung von den Schultern rollen. Ich schenke ihr eine Tasse Kaffee ein und reiche sie ihr. »Jede Nacht«, sagt sie und kann dabei kaum die Augen offen halten, »weckt dein Ba mich auf, wenn er nach Hause kommt. Er ist so rücksichtslos, dass er die Tür nicht ohne Gepolter aufmachen

kann. Jede Nacht um vier – bumm, *bumm, bumm.*«

»Ma, du solltest was essen«, sage ich und setze mich mit meiner Schale an den Tisch. Ich nehme einen Löffel Haferflocken und strecke ihn ihr ins Gesicht. Sie lacht, schiebt meine Hand weg, und auf einmal frage ich: »Haben wir Schmuck von früher?«

Sie bedeutet mir, dass ich kurz warten soll, verlässt den Raum und kommt mit einer kleinen Holzschatulle wieder. Sie leert sie auf dem Tisch aus – Edelsteine, Ohrringe, kleine Buddhafiguren und dazwischen viel Staub – und dann sehe ich sie plötzlich: Somalys Halskette. Ich hebe sie hoch und spüre ihr Gewicht in meiner linken Hand. Mit der rechten ziehe ich die Kette über die Haut meiner Handfläche. Sie ist dünner als in meinen Träumen, weniger substanziell. Langsam lege ich sie mir um den Hals, zögerlich und mit Unbehagen.

»Die hat Ma Eng dir geschenkt, als die alten Spinner dich alle für einen wandelnden Geist hielten.« Moms Tonfall ist die verbale Entsprechung eines Augenrollens. »Steht dir aber trotzdem gut«, fügt sie hinzu und nippt an ihrem Kaffee.

Den Tag über bei der Arbeit frage ich mich, ob Maly denkt, dass ihr die Kette eher zustünde als mir. Dass es ein weiteres Ding ist, das man ihr, nach dem Suizid ihrer Mutter, entrissen hat. Hat sie deshalb diesen Hass auf mich entwickelt? Hat sie deshalb meine Existenz ab dem Moment verleugnet, als ich nicht mehr krabbelte, sondern groß genug war, um auf eigenen Füßen zu stehen? Vielleicht, fange ich an zu glauben, hören meine Albträume ja auf, wenn ich die Kette ihrer rechtmäßigen Erbin zurückgebe, und ich kann endlich zur Ruhe kommen.

Am Morgen, als Ma Eng ins Saint Joseph's zurückkehrt, umarmt sie mich sehr lange, während ich versuche, ihr Nachthemd zu wechseln. An ihrer linken Hüfte hat sie einen blauen Fleck, der sich bis über den unteren Rücken erstreckt und dort verblasst. Das Grün und Lila zersetzen ihr Fleisch, und während wir uns umarmen, lasse ich meine Hände über ihren Körper gleiten. Ich kann fast die abstrahlende Hitze ihrer Schmerzen spüren. Wir schwanken zusammen vor und zurück, da Ma Eng sich anders nicht aufrecht halten kann.

Ich hatte die Chance zur Flucht, flüstert sie mir ins Ohr, *aber ich konnte dich nicht bei den Kommunisten zurücklassen.*

Ich hab dich lieb, antworte ich, und frage mich, ob sie sie erkennt – Somalys Halskette, die außen auf meinem Kittel baumelt.

Als ich Ma Eng schließlich angezogen habe und ins Bett lege, höre ich draußen auf dem Flur Schreie. Ma Eng schlägt mir auf den Kopf. *Sorg dafür, dass das Mädchen Ruhe gibt, bevor jemand Böses sie bemerkt.* Ich trete aus Zimmer 34 auf den Flur und sehe ein paar Türen weiter Maly, ein Baby auf der Hüfte haltend, ein anderes Kind klammert sich an ihr Bein. Sie schreit Jenny an, die gleichgültig dreinblickt.

»Bei der Altenpflege gibt es einen gewissen Spielraum für Risiken und Fehler«, sagt Jenny unumwunden – ein Zitat von der Pinnwand in unserer Personalgarderobe. »Mehr gibt es dazu nicht zu sagen. Wir sind Ihnen zutiefst dankbar, dass Sie sich für unsere Einrichtung entschieden haben.«

»Ihr macht eure Arbeit hier beschissen!«, schreit Maly. »Sie ist am *Sterben*!« Das Baby auf ihrer Hüfte fängt an zu weinen. »Das habt ihr zu verantworten«, zischt Maly und geht mit ihrem Kind weg, um es zu beruhigen, den Flur hinunter in meine Richtung.

Angst ergreift mich, ich spüre sie am ganzen Körper und gehe schnell zurück ins Zimmer 34. Was ich jetzt am allerwenigsten gebrauchen kann, ist der Frust, die belanglose Qual der Gegenwart eines Menschen, der nur sein eigenes Leid sieht. Ma Eng ist schon eingeschlafen, und mir wird klar, wie dumm es ist, sich in diesem Zimmer zu verstecken, aber es ist zu spät. Maly kommt mit ihrem Baby herein. Ich habe sie seit Jahren nicht gesehen, habe aber gehört, dass sie in eine Nachbarstadt gezogen ist, nach der Scheidung von ihrem ersten Mann und einer erneuten Heirat.

Sie sieht genau aus wie früher, trotz der zarten Falten um Mund und Augen. Ihre Wangenknochen stechen so hervor, dass man fast fürchtet, ihr Baby könnte sich an ihnen schneiden. Sie starrt mich an, als hockten Dämonen in meinem Gesicht. Ich versuche, ihr in die Augen zu blicken, kann aber nur auf ihre Stirn starren, die ganz glänzend, breit und faltenlos ist, trotz der wütend zusammengezogenen Augenbrauen.

Ma Eng rollt sich auf ihre gebrochene Hüfte, worauf der Schmerz sie aus dem Schlaf reißt. Sie stöhnt laut auf, und Maly eilt zu ihr ans Bett. *Ma, geht es dir gut?*, fragt sie auf Khmer und schaut mich dann finster an. »Wie konntest du das zulassen?«

Ich will ihr erklären, dass ich Ma Eng gerade im Bett fixieren wollte, als ich das Geschrei im Flur hörte, aber für Worte ist jetzt keine Zeit. Ich drehe Ma Eng schnell auf den Rücken, lege Kissen an ihre Seiten und schließe den Gurt um ihre Hüfte. Ihr Stöhnen wird lauter, also entscheide ich mich, ihr eine Schmerzmittelinfusion zu legen. Ich bereite die Spritze vor, während Maly mir über die Schulter schaut und jede meiner Handlungen überwacht.

»Was *machst* du mit ihr?«, sagt Maly. »Sie war unter deiner Aufsicht, als sie sich die Hüfte brach, oder?«

»Bong«, setze ich an und mache eine Pause, um zu betonen, dass ich sie aus Respekt *Bong* genannt habe, »lass mich meine Arbeit machen.« Ohne eine Antwort abzuwarten, wische ich Ma Engs Arm mit einem Desinfektionstuch für die Spritze ab. In dem Moment, als ich die Nadel in die Haut steche, kommt Malys anderes Kind ins Zimmer.

»Ih!«, ruft sie, »was ist denn mit Ma los?«

»Geh raus und warte auf Mama«, sagt Maly, ihren Frust mit Zärtlichkeit überspielend.

Maly und ich warten schweigend an den gegenüberliegenden Seiten des Bettes, während Ma Engs Stöhnen sich zu einem leisen Wimmern abschwächt. Die Stimmung im Zimmer ist unangenehm. Als Ma Eng eingeschlafen ist, sagt Maly mit bitterem Tonfall: »Kannst du mich bitte mit meiner Großtante allein lassen?«, und für einen kurzen Moment möchte ich schreien: *Ich bin es, die sich um sie kümmert.*

Vor Zimmer 34 sehe ich Jenny und Malys Kind in dem kleinen Wartebereich gegenüber der Tür. Sie malen bunte Blumen auf irgendwelche medizinischen Broschüren.

»Ich kenne dich«, sagt Malys Kind, während es von unten zu mir hochsieht, mit einer unsicher sich zum Satzende hin hebenden Stimme, eine Frage. »Alle nennen mich Sammy. Nenn mich nicht Sam.«

»Ach so? Na ja, also ich bin deine Ming«, sage ich, knie mich vor ihr hin und bereue direkt, dass ich unsere Verwandtschaft erwähnt habe. »Deine Zeichnungen sind sehr schön.«

»Ich weiß, ich bin schon *fünf*«, sagt sie barsch, und Jenny muss lachen.

»Vielleicht solltest du mal nach deiner Mom sehen«, sage ich.

Sammy denkt nach und sammelt dann ihre Bilder ein. Ohne sich zu verabschieden, verschwindet sie in Zimmer 34.

Jenny und ich gehen ins Stationszimmer, um einen Kaffee zu trinken, da Jenny heute fürs »Hüten der sterbenden Kühe« zuständig ist und ich keine weitere Begegnung mit Maly riskieren will. Die Bodenfliesen reflektieren das Sonnenlicht mit einem irritierend hellen Leuchten. Fast könnte man denken, dass der Blick aus dem Fenster *nicht* auf ein überwuchertes Stück Land fiele, wo Gerüchten zufolge eine Gang aus der Gegend jahrelang ihre Mordopfer vergrub. Zimmer 39 bis 43 sehen alle *Jeopardy!* im Fernsehen und rufen ständig falsche Antworten. Zimmer 32, ein Chinese mit einer riesigen Bifokalbrille, geht im Schnellschritt durch den Raum, hin und her, da er weiterhin für einen Marathon trainiert, den er vor Jahrzehnten gelaufen ist.

»Ich *versteh's* ja«, sagt Jenny mit einer Tasse schwarzen Kaffee in den Händen. »Ihre Verwandte stirbt. Aber sie muss sich ja deshalb nicht wie ein Arschloch verhalten.« Während sie spricht, schaut sie an mir vorbei zu Zimmer 37 und Zimmer 38, die Dame spielen. Zimmer 37 bekommt einen Wutanfall, wenn er verliert, aber auch wenn er gewinnt, daher muss Jenny ihn im Auge behalten. »Bist du es nicht leid, dass die Leute uns die Schuld für ihre schlechten Entscheidungen geben?«, fährt sie fort. »Nicht *wir* haben ihre Verwandten ins Heim abgeschoben.«

»Ich mache mir nur Sorgen um meine Großtante«, sage ich, während mir Somalys Wut gegen den Schädel zu hämmern beginnt.

Jenny dreht sich um und sieht mich an. »Scheiße, das hatte ich vergessen.«

»Ist schon gut. Sie ist alt.« Ich schaue Raum 32 zu, seinem endlosen Training. »Und Maly«, füge ich hinzu, »hat gute Gründe.«

»Serey, mal im Ernst.« Jenny legt mir eine Hand auf die Schulter und verschüttet Kaffee über meinen Kittel. »Es ist *nicht* in Ordnung, hier schreiend reinzustürmen.«

»Ja, wahrscheinlich nicht«, sage ich und fühle mich unendlich erschöpft, sonst nichts.

In der folgenden Woche kommen einige Besucher für Zimmer 34, am häufigsten ist aber Maly bei Ma Eng. Vom Flur aus höre ich, wie Maly ihr Geschichten aus ihrer Kindheit erzählt. Wie wütend Ma Eng damals auf sie war, wenn sie sich nachts davonschlich. Wie Ma Eng ihre Freunde aus der Highschool hasste, sich ständig über sie beklagte, ihnen aber trotzdem immer aufwendige Mahlzeiten kochte, die sie mit nach Hause nehmen sollten. Wie dankbar sie Ma Eng dafür ist, dass sie sie großgezogen hat, als niemand sonst für sie da war.

In dieser Woche träume ich jede Nacht, dass ich in Somalys Körper sterbe. Wegen der Albträume habe ich nichts mehr vom Schlaf. Mein Körper schmerzt, meine Schichten fühlen sich endlos und ermüdend an, meine Migräne hämmert im Kopf. Die Albträume müssen aufhören, und ich weiß nicht, was ich tun kann, außer Somalys Halskette ihrer Tochter zu geben. Somaly will das, sage ich mir, fast delirant. Soll Maly die Last ihrer Mutter tragen.

Jeden Tag beginne ich meine Schicht mit dem Vorsatz, Maly die Halskette zu geben. Jeden Tag scheitere ich. Wenn sie mit mir redet, kann ich ihr kaum in die Augen sehen. Ich gönne Maly nicht die Genugtuung, ich will nicht, dass sie denkt, ich würde mich für meine Existenz entschuldigen, dass ich mich ihrer Sicht beuge, ihrer Überzeugung, dass ich unrechtmäßig ein Andenken an ihre Mutter bewahrt habe, dass ich eine Erbschleicherin bin. Ich merke, dass ich die Halskette aus Trotz behalten will. Und ich weiß auch, dass ich mich eigentlich gar nicht so stur verhalten möchte, so stur wie Maly selbst, aber manchmal kann ich nicht anders. Manchmal wünsche ich mir, dass ich ihre Version unserer Geschichte genauso ablehnen könnte wie sie meine, dass das genug wäre.

An manchen Nachmittagen bringt Malys zweiter Mann Sammy und ihr Baby zu Ma Eng. Wenn Ves gerade da ist, geht er mit ihnen gegenüber Eis kaufen. »Ich weiß nicht, warum Maly *so* darauf besteht, dass ihre Kinder Ma Engs Tod miterleben«, sagt er eines Tages zu mir. »Ich finde es deprimierend.«

»Sie will wohl, dass sie Ma Eng noch kennenlernen können«, sage ich knapp, so erschöpft, dass Ves' plötzliches Gesprächsinteresse mir ganz normal erscheint. Ich bin damit beschäftigt, Medikamentenbecher für die Patienten hier im Flügel auf ein Tablett zu sortieren. Ich kneife die Augen zusammen und versuche, mich zu konzentrieren. Um meiner geistigen Gesundheit willen muss ich diesen Aspekt meines Lebens unter Kontrolle haben. Ich hätte die Energie nicht dafür, wenn bei der Arbeit Chaos ausbrechen würde, wie damals, als Schwester Kelly Zimmer 32 die für Zimmer 38 bestimmten Pillen gab. Das gesamte Personal musste Zimmer 32 über den Parkplatz jagen – sein Marathontraining zeigte Wirkung.

»Okay, aber dafür ist es ein bisschen zu spät«, sagt Ves und leckt an seinem Softeis. »Jetzt werden sie Ma Eng halt als hinfällig und sterbend in Erinnerung behalten.« Er schließt die Augen, dehnt den Nacken und holt tief Luft. Dann betritt er wieder das Zimmer von

Ma Eng, wo Maly und ihre Familie über Ma Eng gebeugt stehen, als wollten sie aus ihrem Atemrhythmus den genauen Zeitpunkt ihres bevorstehenden Todes berechnen.

Nach einem kleinen medizinischen Notfall, als ein Ming einen Big Mac in Zimmer 34 geschmuggelt und Ma Eng zu essen gegeben hat, die aber nicht mehr in der Lage ist, feste Nahrung zu verdauen, auch wenn Big Macs ihr amerikanisches Lieblingsgericht sind, ist sie kaum noch bei Bewusstsein, nicht einmal auf die wahnhafte Art, außer wenn ich sie bade. Der Big Mac hatte höchstwahrscheinlich nichts mit der Verschlechterung ihres Zustands zu tun, aber Maly schrie den Ming trotzdem volle zwanzig Minuten an. Von Seiten des Arbeitgebers bin ich nicht verpflichtet, Zimmer 34 weiter zu waschen. Sie ist im Computersystem offiziell bereits als »tot« eingetragen, da Schwester Anna unsere Datenbank ständig auf den allerneuesten Stand bringt. Ich fühle mich trotzdem verpflichtet, Ma Eng auch weiterhin zu baden. Es ist die einzige Zeit, die ich mit ihr verbringen kann, ohne dass Maly mir ständig über die Schulter schaut.

Heute ist Ma Eng ruhig, schwach, und sitzt zusammengesunken auf dem Duschstuhl. *Ich sterbe*, sagt sie, während ich ihre Haare mit Shampoo einseife. Ich weiß darauf nichts zu antworten, also schweige ich. *Ich werde in dieser Hölle sterben*, sagt sie weiter. Ich schaue nach, ob sie weint oder man ihr irgendein Bedauern ansieht, aber ihr steinernes Gesicht scheint wie in die Zeit gemeißelt, und ich komme mir dumm vor dafür, dass ich annahm, Ma Eng empfinde etwas anderes als grenzenlose Entrücktheit.

Ich spüle die Seife aus Ma Engs Haaren, die weiße Seifenlauge rinnt über ihren zerschundenen Rücken. *Du wirst das überleben*, sage ich. *Du wirst nach Amerika gehen und noch fünfzig Jahre leben, und erst dann wirst du sterben, umgeben von denen, die dich lieben.*

Ich will, dass du mich tötest, sagt Ma Eng. *Meine Kinder sind tot. So brauche ich nicht zu leben.*

Ich bin mir nicht sicher, ob sie in der Vergangenheit oder in der Gegenwart spricht. Unter meinem Kittel fühlt sich Somalys Halskette kalt auf der Haut an.

Gibt es irgendetwas, was du willst, bevor du stirbst?, frage ich.

Ich möchte etwas von dem Reis deines Vaters essen. Ich möchte etwas Reines schmecken.

Dann bekommst du jetzt Reis.

Ich tupfe Ma Eng mit einem Handtuch trocken und ziehe ihr ein frisches Nachthemd an, sorgfältig darauf bedacht, ihr keine weiteren Schmerzen zu bereiten. Wahrscheinlich ist das der Grund dafür, dass sie mit dem Tod einverstanden ist, das Ende ihrer Schmerzen. Sie legt ihren Arm um meine Schultern, und wir gehen langsam zurück ins Zimmer, wo Maly und ihre Tochter Sammy auf uns warten.

Jetzt ist der Zeitpunkt, denke ich. Gib Maly die Halskette ihrer Mutter, bevor Ma Eng sich umbringt, bevor sie absichtlich zu atmen aufhört, wie letzten Monat Zimmer 35. Tu es, bevor Maly den Tod einer weiteren Mutter miterleben muss.

Von der anderen Seite des Krankenhausbettes aus hilft Maly mir, Ma Eng hinzulegen. Ihr schwarzer Pullover hebt die Strenge ihrer Gesichtszüge hervor. Hinter ihrer Mutter sitzt Sammy am Tisch mit ein paar Blatt Papier und malt. Die Fotos von Ma Engs totem Mann und ihren Kindern nimmt sie nicht wahr.

Ich habe einen Kloß im Hals vor Schuldgefühlen. Schuldgefühle, weil ich auf Malys Unmut mit meinem eigenen reagiert habe. Schuld, weil ich mich genau dem widersetzt habe, was uns beiden hätte helfen können, einen Abschluss zu finden. Ich starre Maly an, über unsere sterbende Großtante hinweg, die zwischen uns ausgestreckt daliegt. Ich spüre, wie der Druck der Tränen hinter den Augen zunimmt, aber bin immer noch zu stur und stolz, um mich vor Maly zu öffnen.

»Was schaust du so?«, sagt Maly zu mir und tritt einen Schritt vom Bett zurück. Sie legt ihre Hand auf Sammys gleichgültigen Kopf.

Ich will ihr von der Halskette erzählen, aber meine Kehle ist immer noch wie zugeschnürt von meinen Schuldgefühlen, und ich bringe nur »Möchtest du Reis?« hervor.

Maly reagiert mit einem skeptischen Blick. Sie verschränkt die Arme, als wolle sie sich vor meiner Dummheit schützen.

»Ma Eng will welchen«, füge ich hinzu. »Weißen Reis.«

In genau diesem Moment ertönt ein lautes Klingeln aus ihrer Handtasche. »Da muss ich rangehen«, sagt sie nach einem Blick auf ihr Handy und rauscht an mir vorbei. Sie schlägt die Tür hinter sich zu, worauf ein kleiner Windstoß durchs Zimmer fährt. Mich überkommt ein dumpfes Frösteln, während sich unsere letzte Chance auf Versöhnung in Luft auflöst.

Sammy löst ihre Mutter an Ma Engs Seite ab und hält einen Stapel Zeichnungen in der Hand. »Ma, die habe ich für dich gemalt«, sagt sie, aber Ma Eng antwortet nicht. »Maaaaaaaa«, fährt Sammy fort und zerrt am Bettlaken.

»Nicht ziehen«, sage ich ruhig, obwohl ich sie am liebsten anschreien würde. Am liebsten würde ich ihre Zeichnungen in Fetzen reißen und sie aus dem Zimmer schicken. *Siehst du nicht, dass Ma leidet?* Statt sie anzuschreien, sage ich: »Ma Eng muss schlafen.«

Sie ignoriert mich und zerrt weiter am Bettlaken, was dazu führt, dass Ma Engs Kopf gegen Sammys knallt. Erschrocken macht sie ein paar Schritte zurück, aber Ma Eng liegt weiter wie erstarrt da, die Augen immer noch geschlossen, als wäre sie gerade gestorben. Ihr Mund ist weit aufgerissen, ein schwarzes Loch, das seine ganze Umgebung ins Jenseits saugt. Ich prüfe ihren Puls, und obwohl sich die Ärzte nie um optimistische Prognosen bemüht haben, obwohl meine Tätigkeit als Krankenschwester und die Heimleitung Tag für Tag daran arbeiten, meine Seele zu desensibilisieren, obwohl ich gerade noch dachte, sie würde sterben, bin ich erschrocken, als ich in Ma Engs Handgelenk nichts spüre, nur Abwesenheit.

»Sie ist tot«, flüstere ich vor mich hin, und endlich brechen die Tränen hervor und fließen aus mir heraus.

Ich fühle mich unendlich traurig, als wäre ein Teil von mir weggebrochen. Ich bekomme kaum Luft, so sehr weine ich, aber Sammy bekommt es nicht mit. »Ma«, höre ich sie sagen, »diese Zeichnung ist ein Drache in ihrem Garten.«

Ich erwarte fast, dass Ma Eng schreit: *Geh zurück an die Arbeit, bevor die Kommunisten kommen. Tu so, als wären die Reisfelder dein gottverdammter Garten.* Aber natürlich passiert das nicht. Sammy und ihre dummen Zeichnungen rufen in Ma Engs Leiche keinerlei Reaktion hervor. Dann zeigt sie Ma Eng einen lila Drachen, der einen Regenbogen frisst.

Ich schließe meine Augen, empfinde die Dunkelheit als tröstlich in ihrer Leere, und als ich sie wieder öffne, sehe ich Somalys Geist vor mir. Ich bin nicht überrascht, sie zu sehen; ich habe so lange schon mit ihr gelebt. Sie steht hinter Sammy, gekleidet wie immer in meinen Träumen, in einem weißen Kleid, blütenweiß, und wir sehen uns in die Augen, ewig, so fühlt es sich an. Schließlich legt sie ihre Hand auf Sammys Schulter.

Ich starre Somaly an und bemerke, wie ich die Kette umfasse, und weiß, was ich jetzt tun muss. Ich löse den Verschluss im Nacken, gehe auf Sammys Seite des Bettes und knie mich vor sie hin. »Gönnen wir Ma etwas Ruhe«, sage ich, während Somaly uns anschaut.

»Aber ich habe noch mehr Bilder.« Sammy hält ein Porträt von Ma Eng hoch, wie sie auf einem lila Drachen reitet. Sie sieht mich mit einem sturen Blick an, der aber weicht, als ich ihr die baumelnde Goldkette vors Gesicht halte, an der sich der Jade-Anhänger dreht, ein Planet, eine eigene Welt, die sich um ihre eigene Achse dreht.

»Ich habe was für dich«, sage ich und lege ihr die Kette um den Hals. »Sie gehörte deiner anderen Ma.«

»Danke«, sagt sie ungläubig, bevor sie mich umarmt, aus Höflichkeit.

Ihr Haar klebt an meinen nassen Wangen, und ich schaue aus dem Fenster, durch Somalys durchsichtige Gestalt hindurch, zum Friedhof der vielen Gang-Opfer. Es scheint mir passend, dass ich mich, egal wohin ich schaue, Dingen gegenübersehe, die die Toten berührt haben. »Wenn deine Mutter fragt«, sage ich, als sie mich aus ihrer Umarmung entlässt, »sag, Ma Eng hat sie dir gegeben.«

Dann fasse ich Sammy an den Schultern und schaue ihr in die Augen. Vielleicht greife ich zu fest zu, aber ich kann es nicht lassen, ich will herausfinden, ob sie weiß, dass Ma Eng tot ist, ob sie Somalys Geist spürt, der über uns schwebt und bereit ist, sie mit Albträumen aus unserer Familiengeschichte zu plagen. Sie wirkt überhaupt nicht beunruhigt, und ich frage mich, ob sie sich in der Nähe des Todes einfach wohlfühlt, ob die Kraft meines Griffs ihrem jungen Fleisch nichts anhaben kann. Vielleicht empfindet man ja das Sterben, je jünger man ist, als etwas weniger Außergewöhnliches. Und was ist schon der Unterschied zwischen Geburt und Tod? Sind sie nicht nur das Sich-Öffnen und Sich-Schließen von Welten?

»Sie steht dir gut«, sage ich und umarme sie nochmal.

Als ich die Wärme ihres kleinen Körpers spüre, möchte ein Teil von mir Sammy verschonen, sie vor der Geschichte ihrer Großmutter und ihrer Urgroßtante schützen, vor den Geistern all unseres Leids. Ein Teil von mir möchte die Halskette ins Delta werfen und dieses Erbstück vom trüben, verschmutzten Wasser durch Kalifornien und in den Pazifik forttragen lassen, damit niemand außer mir diese Last tragen muss. Ein Teil von mir fragt sich, ob der nächsten Generation nicht eine gewisse Freiheit von den Träumen der Toten gewährt werden sollte. Aber ich bin auch müde und sehe keinen anderen Weg. Die Träume müssen aufhören. Ausnahmsweise einmal werde ich das Selbst schützen, das ich will.

GENERATIONSUNTERSCHIEDE

Jetzt hast du also die Geschichte meines Lebens gelesen. Du hattest mich gebeten, meine Erinnerungen festzuhalten, und ich habe aufgeschrieben, was ihr, du und meine Enkelkinder, wissen sollt. Ich habe zuerst gezögert, das will ich nicht leugnen. Warum sollte jemand *das* noch einmal durchleben wollen? Du warst aber beharrlich, hast immer wieder gesagt: »Wir können unsere Geschichte nicht dem Vergessen überlassen«, und daneben auch angedeutet, dass ich zu alt und hinfällig sei, um meiner eigenen Sterblichkeit nicht ins Auge zu blicken, besonders jetzt, da dein Ba gestorben ist. Also habe ich eingewilligt. Monatelang habe ich mein Gedächtnis nach grausamen Details durchforstet, nach den Splittern der Vergangenheit, die du für künftige Generationen bewahrt wissen willst, hauptsächlich aber für dich selbst, vermute ich. Und wenn du diesen letzten Abschnitt liest, bist du wahrscheinlich sehr erschöpft, erschlagen von den vorausgegangenen Seiten über meine Zeit in den Lagern, meinem Bericht über all die Toten, die ich gesehen habe. Mein Leben ist nicht leicht zu verarbeiten. Aber verzeih mir, dass ich diesen Abschnitt als deine Mutter schreibe, über dich, meinen einzigen Sohn. Auch wenn du die

Geschichte schon kennst, möchte ich noch eine Sache genauer erklären. Eine Erinnerung, die mich seit Jahren umtreibt. Auch sie solltest du bewahren.

Ich erinnere mich noch genau, selbst jetzt im hohen Alter, wie *du* das erste Mal etwas Tragisches erlebt hast. Es war im August 2000, und wir waren gerade in unser erstes eigenes Haus gezogen. Wir würden zwar für den Rest unseres Lebens die Hypothek abbezahlen müssen, dein Ba und ich, aber wir waren trotzdem unendlich dankbar, so sehr, dass ich darauf bedacht war, das Haus zügig und effizient einzurichten, bevor das Schuljahr begann. Wenn wir zu lange in diesem Übergangszustand verharren würden, so meine Sorge, würde unsere Familie nie zur Ruhe kommen und ewig in einem Zustand der Ungewissheit leben, äußeren Kräften ausgeliefert.

Aber natürlich dauerte das Auspacken länger, als ich wollte. Es war die Schuld deines Ba. Er hatte dich – und nur dich – angewiesen, die Kisten auszupacken, die verstreut auf den neuen weißen Teppichen herumstanden, vollgestopft mit wertlosem Gerümpel. Er muss lernen zu arbeiten, sagte er zu mir, als ich darauf bestehen wollte, es selbst zu machen. Jungen darauf vorzubereiten, wie die Welt ihnen begegnen wird – das verstand dein Ba unter gewissenhafter Erziehung; er wollte damals unbedingt ein guter Vater sein. Unser Sohn ist erst neun, wandte ich ein, ohne Erfolg, und natürlich hattest du eine Woche später noch keine Kisten ausgepackt. Selbst als ich dich ermahnte, nicht so herumzutrödeln, hast du es weiter hinausgezögert, indem du in Familienalben herumgeblättert hast. Ich glaube, so bist du auch auf das Foto von Michael Jackson gestoßen, das ihn zeigt, als er meine Schulklasse aus dem Englisch-als-Zweitsprache-Kurs besuchte.

»Mama, was ist auf diesem Foto?«, hast du gefragt, als du in die Küche kamst. Ich war gerade damit beschäftigt, Zitronengras und Knoblauch kleinzuschneiden, um sie in den nach Kroeung stinkenden Plastikbehältern einzufrieren; das Messer lag mir schwer in den überarbeiteten Händen, der Zitrusduft stach mir in die Nase und die Augen. Aber du hast nicht lockergelassen.

»Das ist Michael Jackson«, sagte ich schließlich, mit klebrigen Händen voller grüner Stücke. »Er ist ein Musiker, dem wir Überlebende genug am Herzen lagen, dass er uns besuchen kam.«

Du tratst einen Schritt zurück und zögertest vor deinen nächsten Worten. »Was meinst du mit ›Überlebenden‹?«

»Nichts«, sagte ich, »das hat nichts zu bedeuten.«

»Was hast du damit gemeint«, schriest du und schriest immer weiter, dein Flehen drückte gegen mein Trommelfell, während dein Verlangen nach einer Antwort wuchs.

Ich wusch mir die Hände und kniete mich vor dich hin. Dein zitternder Körper strahlte Wärme ab. »Was ist los, Oun?«, fragte ich und legte meine Hand auf deine feuchte Stirn. Du fühltest dich an wie ein Heizstrahler aus Fleisch und Blut.

»Deine Hände stinken nach Knoblauch und Seife«,

sagtest du und schobst meine Hände weg. »Das ist schlimmer als nur nach Knoblauch.«

Ich roch an meinen Fingern und lachte, weil du recht hattest.

»Warum lachst du?«, fragtest du aufgeregt. »Ich weiß, was das Wort bedeutet. Ich bin nicht dumm.«

»Manchmal wünschte ich, du wärst es«, antwortete ich und rieb mir meine kalten Hände. Dir war oft warm, ganz heiß, während ich immer einen miserablen Kreislauf hatte, als hätte sich das Blut in meinen Adern schon vor langer Zeit verbraucht. Auch das war Teil unseres Generationsunterschieds.

»Aber bekomme ich noch eine *Antwort*?« Du hast die Arme verschränkt, dich aufgerichtet, was du oft getan hast, um älter zu wirken, ähnlich groß wie die anderen Jungen in deiner Klasse. In deinem Blick lag etwas Unüberwindliches und Trauriges.

»Gut«, sagte ich resigniert und überlegte, was dein Ba gemacht hätte. »Wenn du es wirklich wissen willst, sollst du es wissen.«

Wir setzten uns an den Küchentisch. Zwischen uns standen Geschirrstapel und eine Nähmaschine. Ich dachte an diesen schrecklichen Tag zurück – die fünf erschossenen Kinder, vier von ihnen Khmer, alle etwa in deinem Alter. Dann an die durchdringenden Schüsse und die herzzerreißenden Schreie, das Chaos von dreihundert Menschen, die in alle Richtungen rannten, und dann an die dreißig anderen verletzten Kinder, übersät von Schusswunden, mit Schmerzen, die kein Mensch je empfinden sollte, und schon gar nicht so *junge* Menschen, und dann an die Blutlachen auf dem Asphalt mit seinen Kreidemarkierungen, den Spielturm, das beim Massaker zerschossene Klettergerüst, und schließlich an den Mann in der grünen Kampfmontur, der mit seiner Kalaschnikow auf den Spielplatz hielt, sechzig Schuss, bevor er sich selbst in den Kopf schoss, alles nur, um seine Heimat, seine Träume, gegen die Bedrohung durch uns, einem Haufen Flüchtlinge, die hierhergekommen waren, weil sie keine anderen Träume mehr hatten, zu verteidigen. Was blieb uns denn anderes übrig, als in dieses Tal voller Staub, Pollen und kalifornischem Smog zu fliehen? Wohin sonst konnte man nach einem Genozid gehen? Dann habe ich mich gefragt: Wie soll ich dir das erklären? Wo soll ich überhaupt anfangen?

»Bevor du geboren wurdest«, begann ich, wobei ich mich bemühte, dir direkt in die Augen zu sehen, »kam ein sehr kranker Mann zur Cleveland Elementary ... mit einem Gewehr ... und feuerte damit auf den Spielplatz.« Ich holte tief Luft und blickte in dein Gesicht, um deine Reaktion zu sehen, aber du zeigtest keine. »Einige Kinder starben«, fuhr ich fort, »viele andere wurden verletzt. Das war 1989, also zwei Jahre vor deiner Geburt. Das Foto in deiner Hand wurde gemacht, weil Michael Jackson kam, um den Toten seinen Respekt zu erweisen.«

Ich sagte nichts weiter, und so verfielen wir in Schweigen. Ich weiß bis heute nicht, ob es pädagogisch richtig war, dir von einem solchen Ereignis zu erzählen. Ich kann dir aber sagen, dass es berauschend war, 313 auf merkwürdige Weise, einen Teil der Vergangenheit auf dich abzuladen, und für diesen Rausch empfand ich wiederum Scham, als hätte ich mich bei meinem einzigen Sohn ausgekotzt.

»Was hast du gemacht, als das passiert ist?«, hast du schließlich gefragt. Ich konnte sehen, dass dir noch tausend andere Dinge durch den Kopf gingen, die du aber nicht herausbekamst.

»Ich war allein in meinem Klassenzimmer«, sagte ich, »und sah durchs Fenster zu.«

»Mom, das ist so *falsch*!«, schriest du, warfst dich nach vorne und schlugst mit den Händen auf den Tisch. »Du darfst während einer Schießerei nicht am Fenster stehen! Ich bin erst in der dritten Klasse, und selbst *ich* weiß das.«

»*Beherrsch* dich«, sagte ich, da ich keine weitere Erklärung hatte. Natürlich war es dumm. Wir lebten in einer Stadt voller Bandengewalt, in der die Schulgelände abgeriegelt wurden, sobald ein rot oder blau gekleideter Jugendlicher die Straße entlanglief. Es gab keine Entschuldigung dafür, dass ich mich nicht gezwungen hatte, vom Fenster wegzugehen, dem Ausblick, und irgendetwas anderes zu tun als dazustehen und zuzusehen, wie die Geschichte auf dem Spielplatz ihren blutigen Lauf nahm. All das wusste ich sehr gut, und ich wollte nicht gern daran erinnert werden.

Du hattest das Foto wieder in der Hand und sahst es dir aufmerksam an. Ich erinnere mich, dass ich mich fragte, warum genau dieses Bild deine Aufmerksamkeit erregt hatte. Fiel es dir ins Auge, weil darauf keine unserer ernst dreinblickenden Verwandten zu sehen waren? Waren es die Khmer-Schüler im Hintergrund, die Langeweile und Schwermut in ihren Gesichtern, wie sie schief auf diesen schäbigen Schulbänken saßen? Trugst du es uns da bereits nach, wie später in deinem Leben, dass wir aus der alten Nachbarschaft weggezogen waren, von all den Kindern, die genauso aussahen wie du?

Oder lag es an Michael Jackson selbst? Wie seine Haut zugleich hell und dunkel und durchsichtig war? Wie er in seiner Jacke aus der Gruppe der Kinder in ihren weitervererbten Sachen wie ein wunder Daumen herausragte, wie die Jacke auf dem Bild fast glühte und die Gesichter der Kinder zu stumpfem bläulichem Fotopapier verblassen ließ?

Du hast dich immer zu Dingen hingezogen gefühlt, die nicht definiert werden können, insbesondere wenn ich es nicht konnte. Und wenn es etwas gab, das ich wirklich nicht auf einen Nenner zu bringen vermochte, zumindest damals, dann war es Michael Jackson. Wenn ich so darüber nachdenke, wird es aber wahrscheinlich einfach nur meine Dauerwelle gewesen sein, die das Foto für dich so interessant machte. Noch heute spüre ich das lockige Gewicht dieser unnatürlichen Frisur.

»Nimm mich mit zu deiner Arbeit«, verlangtest du und hast dann nicht lockergelassen. Wir müssten mein Klassenzimmer genau untersuchen, sagtest du, um uns zu vergewissern, dass es im Falle weiterer Anschläge sicher sei. Es war klar, dass du keine Ahnung hattest, wonach wir dort überhaupt suchen sollten, aber ich konnte in deinem Gesicht auch eine Sturheit sehen, die nur schlimmer werden würde, sollte ich nicht auf sie eingehen. Ich vermute, auch das ist Teil unseres Generationsunterschieds: Du glaubst, wir verdienen Antworten, dass es immer eine Wahrheit gibt, die sich herausfinden lässt.

»Gut, gehen wir«, sagte ich und stand auf, um mir den Knoblauchgeruch von den Händen zu waschen. Ich nahm an, dass es zu nichts führen würde, mit dir darüber zu streiten, und musste meinen Klassenraum ohnehin noch fürs kommende Schuljahr vorbereiten. Bevor wir das Haus verließen, bat ich dich, das Foto wieder in sein Album zurückzustecken und das Album zurück in den Schrank zu stellen. Wenigstens eine Sache, von der ich wollte, dass du sie wegräumst und loslässt.

Während ich diesen Abschnitt schreibe, kommen mir wieder viele Momente in den Sinn, in denen ich mir Sorgen um deine Einstellung zur Welt machte, um deine … gesteigerte Wahrnehmung. Die Fahrt zur Cleveland Elementary an diesem Nachmittag war vermutlich das erste Mal, dass ich diese Sorge empfand. Ich kann mir einfach nicht vorstellen, dass andere Jungen ähnlich verstört darauf reagieren, wenn ihre Mütter ganz nebenbei das Wort Überlebende verwenden. Ein unbedacht benutztes Wort reichte aus, in deiner Fantasie Schreckensbilder hervorzurufen. Ein einziges Wort, und deine Gedanken schossen in alle Richtungen.

Ich nehme an, dass ich dafür verantwortlich war, wie sehr du in Aufregung gerietst. Ich meine damit nicht nur meine unbeholfene Erklärung des Fotos. Ich habe dich so erzogen, dass du dir Dinge zu Herzen nimmst, zu sehr. Zum Beispiel Worte. All die Jahre, in denen ich als Hilfsassistentin für zweisprachigen Unterricht arbeitete und dem entgegenzuwirken versuchte, was Khmer-Kinder zu Hause lernten, hatten mich vielleicht paranoid gemacht. Ich dachte, ich müsse dafür sorgen, dass du fließend Englisch sprichst, dass du Amerikaner wirst. Ich wollte, dass du auf keinen Fall so wirst wie dein Ba, der mit wütenden Kunden in gebrochenem Englisch sprach, ein Leben inmitten der Schmiere von Autos, die Männern gehörten, die amerikanischer als er waren. Also habe ich dir so viel wie möglich vorgelesen, dein Zimmer mit Wörterbüchern und Enzyklopädien vollgestopft, im Hintergrund ständig Filme auf Englisch laufen lassen und Khmer nur im Flüsterton gesprochen, hinter verschlossenen Türen.

Kein Wunder also, dass du so empfänglich wurdest für Wörter. Und auch jetzt noch hältst du die Sprache für den Schlüssel zu allem. Und das ist meine Schuld – auch ich dachte das.

Es standen mehrere Autos auf dem Parkplatz, als wir bei der Cleveland Elementary ankamen. Mich überraschte das etwas, eine Woche vor Schulbeginn. Ich wusste, dass auch andere Lehrerinnen und Lehrer ihre Klassenräume vorbereiten mussten, aber du und ich waren mit einem völlig anderen Auftrag unterwegs, und bei der Vorstellung, jetzt mit Kollegen sprechen zu müssen, wurde mir ganz heiß im Gesicht.

Ich stellte den Motor ab, und das Radio verstummte.

Man hörte nur noch dein leises Schnarchen in dem glühend heißen Auto. Du warst während der dreißigminütigen Fahrt eingeschlafen, erschöpft nicht von deinen eigenen Erlebnissen, vermute ich, sondern von meinen. Vom Fahrersitz aus reichte ich nach hinten zu dir auf der Rückbank und streichelte sanft deine Wange. Ich wollte dich nicht wecken, noch nicht.

Nach ein paar Minuten hast du gegähnt und deine Arme weit ausgebreitet, als wolltest du die Welt unter deine Flügel nehmen, oder zumindest die gesamte Cleveland Elementary. »Ich hatte einen Traum, in dem sich Michael Jackson bei dir im Klassenraum versteckt hat«, sagtest du, die Augen noch halb geschlossen. »Er wollte nichts Gutes, also habe ich ihn mit meinen Karateschlägen verjagt.« Für einen kurzen Moment, als du deine Geschichte mit Tritten in die Luft untermaltest, schien es ein ganz gewöhnlicher Tag.

Ich sah dich streng an und tat so, als fände ich es nicht im Geringsten lustig. »Es war sehr großzügig von Michael Jackson, dass er unsere Schule besucht hat. Die Zeitungen haben sich auf einmal für uns interessiert. Die Leute gaben uns Spenden.«

»Okay, aber warum kam er denn nicht schon früher, so dass die Leute uns *vorher* kannten?« In deiner Stimme schwang Trotz mit. »Dann hätte sich niemand mit uns angelegt. Wir wären wichtig gewesen.«

An dem Gefühl war etwas Wahres, auch wenn es deinem Traum von einem Kampf mit Michael Jackson entstammte; dennoch fühlte ich mich verpflichtet zu sagen: »Oun, das ergibt keinen Sinn.«

»Los!«, hast du gerufen, ganz wach jetzt, und deinen Gurt gelöst. »Ich habe nicht den ganzen Tag Zeit!« Also folgte ich dir, aus dem Auto und über den Parkplatz. Ich ließ dich uns führen.

In meinem Klassenraum saß ich an meinem Pult und bereitete Arbeitsblätter mit halbwegs nützlichen englischen Wörtern vor. Der Staub von zwei Monaten drang mir in die Lunge. Du krochst über den Boden, auf Händen und Knien, und gucktest unter die Tische, deren Unterseiten mit alten Kaugummis gesprenkelt waren, unter den verkrusteten alten Teppichen, die nie richtig gesaugt wurden und auf klebrigen Böden lagen, die nie richtig gewischt wurden. Jeder Schritt in meinem Klassenraum bedeutete, die Sohlen vom Boden zu lösen.

Mit einem System, das ich nicht verstand, hast du dann alle Fenster geprüft, indem du gegen sie geklopft und dein Ohr gegen das Glas gedrückt hast. Danach hast du die Schränke gründlich auf alles Verdächtige untersucht, indem du jeden einzelnen aufgerissen hast und dabei zurückgesprungen bist, eine Kampfhaltung angenommen und »Ah *hah*!« geschrien hast. Dann hast du die Bücher im Regal durchgeblättert, für den Fall, dass sich zwischen den Seiten geheime Notizen befinden könnten, Hinweise auf mögliche Gefahren. Ich hätte es süß gefunden, wenn ich nicht so erschöpft gewesen wäre, in diesem glühenden Ofen des Klassenraums, wenn nicht der ganze Tag im Zeichen eines Massakers gestanden hätte, das ich zu vergessen versucht hatte. Ein paarmal wollte ich dich anschreien, 319 still zu sein, aber ich hielt mich zurück. Ich wollte, dass du damit abschließen kannst. Um diese hässlichen Gefühle zu vergessen.

Als du schließlich die Teppiche zurückgerollt hast, um die gefliesten Stellen darunter zu inspizieren, dachte ich, dass du vertieft genug in deine Mission warst, um dich einen Moment allein lassen zu können. Ich nahm also einen Stapel Zettel, die ich kopieren und laminieren musste, sagte dir, dass ich gleich wieder da sei, und verließ den Raum.

Die Sonnenstrahlen trafen mich voll ins Gesicht, als ich durch den Flur lief. Ich dachte darüber nach, wie seltsam es war, dass kalifornische Schulen aus freistehenden Gebäuden bestanden, die durch Gänge im Freien verbunden waren. Durch die weitläufige Landschaft, in der die Schule stand, fühlte sie sich zu sehr mit der Umgebung verschmolzen an, als finge sie nirgends wirklich an und hörte nirgends wirklich auf, als ginge beides ohne echte Grenzen ineinander über. Wenn man in ihr herumlief, hatte man das Gefühl, dass alles, was in der Schule geschah, auch auf der Straße geschah, in den Vorgärten der Leute. Vielleicht hatte ich mich deshalb schon vor dem Massaker nie zum Schulcampus zugehörig gefühlt.

Als ich mit dem Kopieren fertig war, stand ich draußen vor meinem Klassenraum und beobachtete dich durchs Fenster. Du krochst jetzt unter den Schulbänken herum und schlängeltest dich mit konzentriertem Gesichtsausdruck durch ein enges Labyrinth aus metallenen Beinen. Du warst in deiner eigenen Welt versunken, und ich bewunderte eine Weile deine Zielstrebigkeit.

Dann schreckte mich jemand durch eine Berührung hinten an der Schulter auf. Mir wären fast die Kopien aus der Hand gefallen. »Ravy!«, rief die Person, und ich drehte mich um und sah meine jüngere Kollegin Ruth, die ebenfalls einen Stapel Papiere trug. »Das tut mir leid. Ich wollte dich nicht erschrecken«, sagte sie. »Wie war dein Sommer?« Ihr blondes Haar wirkte kämpferisch, als bestünde es darauf, dass ich seine Fülle zur Kenntnis nehme. Ein breites Lächeln lief über ihr Gesicht.

»Ganz gut«, antwortete ich schnell. Nach zwei Monaten fern der Schule hatte ich vergessen, wie man mit so jemandem interagiert, jemandem, die geblümte Blusen und Rüschenröcke trug und sich tatsächlich aus freien Stücken, angesichts unzähliger anderer Möglichkeiten, dafür entschieden hatte, Lehrerin zu werden. Ich zeigte in Richtung der Fenster. »Ich bin mit meinem Sohn hier.«

»Wie süß!« Sie trat näher und blickte durch die Scheibe. »Was *macht* er denn da?«, fragte sie, wobei ihr Lächeln immer breiter wurde.

Vielleicht war es ihr entwaffnendes Lächeln, oder ich war zu sehr in meine Gedanken vertieft, aber genau in diesem Moment, als wir auf diesem verfluchten Spielplatz standen, sprudelte die Wahrheit aus mir heraus, alles, was zwischen mir und dir passiert war. Es war einer dieser Momente, in denen man, wenn man lange mit sich selbst beschäftigt war, vergisst, dass andere Menschen sich woanders befinden als man selbst. Oder vielleicht hatte ich einfach das Bedürfnis, mich jemandem, irgendjemandem, über diesen unglückseligen Tag anzuvertrauen.

»Oh, wow«, sagte sie und legte die Hand auf die Brust. »Das ist ja furchtbar, mit so etwas fertigwerden zu müssen, und das in einem so jungen Alter ... und jetzt will er dich beschützen? Das ist einfach nur ... herzzerreißend. Wirklich herzzerreißend. Ich war damals noch ein Kind, aber ich weiß noch genau, wo ich gerade war, als die Schießerei in den Nachrichten gemeldet wurde. Meine Mutter brach sofort in Tränen aus. Ich muss bis heute an all die verlorenen kleinen Leben denken.« Sie blickte nach oben, in den Himmel, in ein kosmisches Reich, das für die Eltern dieser Kinder keinerlei Bedeutung hatte. Nein, das Universum hatte ihre Kinder bereits wieder auf die Welt zurückgespuckt, die sie zerstört hatte, wiedergeboren, um zu leben und zu sterben und wieder zu leben, bestimmt für eine Ewigkeit in Erschöpfung, wie alles erschöpfend ist, selbst das Privileg des Lebens, wenn es sich ständig wiederholt. »All diese schönen kleinen Seelen«, sagte sie.

Sie blickte jetzt wieder mich an, und ich sah, dass sie eine Reaktion erwartete, wie eine Schülerin, die darauf wartet, dass die Lehrerin eine Antwort als richtig oder falsch bewertet. Es war eine Erwartung, die man oft an mich richtete, als einziger Khmer-Lehrerin an einer Schule voller Khmer-Jugendlicher. Hunderte Male am Tag blickte mich jemand nach Bestätigung suchend an, besonders nach der Schießerei.

Also sahen wir uns an – Ruth mit einem Blick, der Zustimmung suchte, während ich ihr einfach nur direkt in die Augen blickte –, bis ich aus dem Augenwinkel deinen Kopf aus dem Klassenzimmer auftauchen sah.

»Mom, können wir jetzt *gehen*?«, riefst du, mit einem Fuß noch in der Tür. »Ich glaube, ich bin fertig.« Meine Kollegin und ich wandten den Blick voneinander ab und sahen zu dir hinüber. Die Sonne fiel auf dein Gesicht wie ein Scheinwerfer, ließ deine Haut blass aussehen und verstärkte auf sonderbare Weise gleichzeitig ihre Bräune.

»Hol meine Handtasche, dann können wir gehen«, rief ich zurück, dankbar für eine Ausrede, um dieses Gespräch zu beenden, nach Hause zu gehen und den Geruch des aufgeheizten Asphalts gegen den noch in der Luft hängenden Duft von Zitronengras und Knoblauch einzutauschen. Ich drehte mich zu meiner Kollegin um, die nun – zu meinem Unglauben – leise weinte.

Völlig verwirrt wich ich einen Schritt zurück, obwohl mir bewusst war, theoretisch, dass an ihrem Verhalten nichts Anstößiges war. Im Gegenteil, vermutlich hatte sie ein besseres Herz als ich – warum sonst sollte sie so stark darauf reagieren, Jahre nach dem Anschlag? Und doch empfand ich es als beleidigend. Ich wollte, dass sie aufhört, die Welt durch ihre Tränen zu filtern. Ich hätte sie fast geohrfeigt dafür, dass sie allein von deinem Anblick zu weinen anfing, dass dein Anblick in ihrer Vorstellung mit der Erinnerung an die toten Kinder verschmolz. Aber ich wandte mich einfach nur ab. Mir war kalt, ich hatte an diesem glutheißen

Augusttag eiskalte Hände, und auf einmal musste ich, während ich zum Spielplatz sah, lachen.

»Wie kannst du denn ... Was ist so lustig?«, sagte meine Kollegin erschrocken.

»Es war der Morgen nach dem Martin Luther King Jr. Day«, antwortete ich, wobei ich eigentlich gar nicht mehr mit ihr sprach. »Im Unterricht sollte es um die ›I Have a Dream‹-Rede gehen.«

Dann, bevor sie irgendetwas erwidern konnte, kamst du aus der Klassenzimmertür gesprungen und sagtest »*Gehen* wir!«, und zeigtest dabei mit meiner Handtasche in Richtung des Parkplatzes. Meine Kollegin weinte jetzt heftiger, als sie sah, was für ein unverstelltes, ungeduldiges Kind du warst, während sie gleichzeitig mit meiner vollständigen Missachtung ihrer Tränen zurechtkommen musste. Da ich ihre Anwesenheit nicht länger ertragen konnte, ging ich und ließ sie dort stehen, ohne mich auch nur zu verabschieden.

Zurück im Auto erklärtest du, dass du dich besser fühltest. Wir waren jetzt in Sicherheit; was geschehen war, lag in der Vergangenheit, murmeltest du vor dich hin, als würdest du ein Schlaflied für ein kleines Kind summen, mit glasigen Augen und umspielt von warmer Luft. Als du aus dem Autofenster sahst, schienst du friedlich, während draußen die Schnapsläden, Fast-Food-Ketten und Brachen vorbeizogen.

Ich verlor mich dann in Gedanken, wie so oft beim Fahren, und dachte daran zurück, wie beliebt Michael-Jackson-Songs damals waren, als dein Ba und ich nach Kalifornien kamen. Es waren die einzigen amerikanischen Songs, die auf Khmer-Hochzeiten gespielt wurden, zwischen traditionellen Liedern, die aus der Zeit vor dem Regime der Roten Khmer hinübergerettet worden waren. Mein Lieblingssong war »Man in the Mirror«, die meisten anderen Khmer, auch dein Ba, mochten »Thriller« lieber. Dein Ba war so aufgeregt, als ich ihm sagte, dass Michael Jackson meine Klasse besuchen würde. Er erinnerte mich immer wieder daran, Fotos zu machen. Alles andere schien ihm egal zu sein, am Morgen nach der Schießerei hatte er zu mir gesagt: »Schlimme Dinge passieren immer und überall.« Jahre später sollte er sich weigern, die Dokumentationen und Sondersendungen anzusehen, in denen Michael Jackson scheußlicher Verbrechen beschuldigt wurde, und ich musste an die Gleichgültigkeit denken, mit der er auch mir damals begegnet war.

Ich habe dir noch nie wirklich von seinem Besuch erzählt, oder? Es war am Nachmittag, an einem sonnigen Wintertag, einem der Tage, an denen man schon den Frühling spürt, der dem Februar mit Blüten und Pollen zu Leibe rückt. Meine Schüler lasen gerade in Partnerarbeit Lesebücher, da weder sie noch ich die Energie für eine richtige Unterrichtsstunde hatten, als wir donnernde Hubschrauber hörten, das ohrenbetäubende Dröhnen eines Motors, und sahen, wie sich die Luft mit aufgewirbeltem Staub und Dreck füllte. Die stärker traumatisierten Kinder brachen in Tränen aus. Ich ging mit meiner Klasse nach draußen, wo der Rest der Schule auf unseren berühmten Gast wartete. Als sein Hubschrauber auf der Betonfläche des Spielplatzes landete, sprangen unzählige Sicherheitsleute aus den offenen Türen, wie ernste Clowns aus einem winzigen Gefährt, einschüchternd mit ihren Sonnenbrillen, und ihre schwarzen Anzüge strahlten eine beherrschte Brutalität aus. Es machte mich wütend, diesem Aufruhr, diesem ganzen Unsinn beizuwohnen, ausgerechnet an dem Ort, an dem diese Kinder gestorben waren. Ihr Blut sah man noch auf dem Pflaster.

Michael Jackson war, von seiner Ankunft bis zum Abflug, insgesamt kaum dreißig Minuten auf dem Schulgelände. »Hallo, meine lieben kleinen Schätze, es tut mir so leid, was ich über eure Tragödie gehört habe«, sagte er zu meinen Kindern in meinem Klassenraum, und es war mir unbegreiflich, wie er es wagen konnte, sie *seine* Schätze zu nennen. Als ich ihn fragte, ob er Fragen der Schüler beantworten könne, war sein einziges Angebot: »Lasst uns Fotos machen!«

Eine Woche nach dem Besuch ließ ich die Fotos entwickeln und zeigte sie deinem Ba, der die nächsten fünf Minuten die herrliche Helligkeit von Michael Jackson bewunderte. Dann warf ich, immer noch wütend, die Fotos in den Müll. Alle bis auf das eine, das du gefunden hast, das ich sorgfältig in ein Album geheftet hatte. So wütend ich auch war, es fühlte sich falsch an, nicht wenigstens eines aufzubewahren.

Doch zurück zur Geschichte. Zu der Zeit, als du von der Schießerei erfuhrst, empfand ich keine Wut mehr, empfand ich auch sonst wenig, bis du verlangtest, dass ich dir die ganze Geschichte erkläre.

Mir war plötzlich wieder »Man in the Mirror« in den

Sinn gekommen, als ich von der Cleveland Elementary mit dir nach Hause fuhr. Ich hörte mich die Melodie summen, der Refrain hallte in meinem Kopf nach. *Ich ging sogar die Radiosender durch, für den Fall, dass das Lied zufällig gerade irgendwo lief.* Dann warf ich einen Blick in den Rückspiegel und sah, dass es dir nicht gut ging. Du weintest und bekamst kaum Luft vor Tränen und Rotz. »Mom!«, riefst du zwischen heftigen Schluchzern, »sag jetzt!« Ich hatte gar nicht mitbekommen, dass du versucht hattest, mich etwas zu fragen. Von dem Frieden, den du dir in meiner Schule erarbeitet hattest, war nichts mehr übrig.

Mit einer Hand am Steuer, versuchte ich mit der anderen Hand vom Fahrersitz aus alles, um dich zu trösten. Ich reichte dir eine Tüte Brezeln, eine Flasche Wasser, alles, was dich vielleicht beruhigen könnte. Das Auto schlingerte in der Spur hin und her, während ich versuchte, deine Tränen zu stillen. Du klangst, als würdest du ständig nach Luft schnappen, als wärst du unter Wasser und würdest auftauchen wollen. Deine kleine Seele tief erschüttert.

»Guck mal da, ein McDonald's!«, rief ich, was dir jedoch egal war; einen Versuch schien es mir dennoch wert. Erst als ich in den Drive-in einbog, dir ein Eis gekauft und es dir in die Hand gedrückt hatte, hast du dich beruhigt.

Ich parkte das Auto hinter dem McDonald's, neben einer verlassenen Tankstelle, umgeben vom Gestank nach altem Frittierfett. Im Rückspiegel beobachtete ich dein Spiegelbild, wie du die schmelzende Sauerei verschlangst, dir milchige weiße Tropfen die Hände hinunterliefen und sich das Gegenmittel gegen deine Tränen bereits wieder auflöste.

»Warum hast du mich ignoriert?«, fragtest du mit großem Ernst.

»Habe ich das?«, sagte ich. »Oh, Oun, es tut mir so leid – es tut mir leid, dass ich dich nicht beachtet habe.«

»Aber sag, *warum*«, hast du geantwortet. »Ich habe mit dir geredet.«

»Ich kann nur wiederholen, dass es mir leidtut«, sagte ich, während sich die Enttäuschung in deinem Gesicht abzeichnete.

Du lecktest weiter schweigend an deinem Eis. Als ich deinen eisverschmierten Mund sah, dachte ich wieder an Michael Jackson, an die Absurdität des Fotos von ihm, das zu diesem Tag in unserem Leben geführt hatte, und daran, dass er, je mehr er versuchte, sich zu verändern, sich als jemand vollkommen Neues zu erfinden, umso schrecklicher belastet schien durch das, was er einmal gewesen war.

»Ich esse das nachher weiter«, hast du gesagt und die Waffel in den Becherhalter gesteckt. Ich war zu müde, um dir zu erklären, dass das Eis schmelzen, dass nur eine Pfütze übrig bleiben wird. Es war schon spät, und wir mussten nach Hause. Wir mussten zu Ende auspacken.

Selbst jetzt, so viele Jahrzehnte später, denke ich oft an unseren Nachmittag damals zurück, und dann an alles andere, was uns widerfahren ist, und denke, wie dumm es doch eigentlich von mir ist, unseren

Schmerz als in der Zeit verortet zu sehen, auf die Vergangenheit beschränkt, in ihr eingeschlossen. Versteh das bitte nicht falsch, aber ich sollte mich bei dir entschuldigen, dass ich nicht offen mit dir darüber sprechen wollte, deine Jugend hindurch und noch als du erwachsen warst; vor dem Tod deines Vaters hat mich deine endlose Wissbegierde über das Regime, die Lager und den Genozid immer wieder aufgewühlt, vielleicht sogar verärgert. Jedes noch so kleine Detail wolltest du wissen, als ob das Verständnis dieses Teils meines Lebens deines in seiner Gesamtheit erklären würde. In meiner Frustration und mit zusammengebissenen Zähnen fehlten mir die Worte, um zu sagen, dass diese Jahre nie die einzige Erklärung für irgendwas waren; dass ich den Genozid immer zugleich als die Quelle all unserer Probleme sah und für keines von ihnen. Wenn ich also diesen letzten Abschnitt über die Cleveland Elementary schreibe, die erste Tragödie deines Lebens, dann ist das vielleicht meine Art, dir das zu sagen.

Als es geschah, als die Schüsse fielen und unsere Kinder zu weinen anfingen und zu bluten und zu sterben, starrte ich aus dem Fenster meines Klassenraums und verstand endlich meinen Bruder, den ich kaum kannte. Warum er schon Jahre vor Pol Pot Selbstmord begangen hatte, als noch niemand das Unheil heraufziehen sah. Wie sich für meinen Bruder selbst als Jugendlicher, als Kind, die Last des Lebens immer als zu schwer anfühlte.

Dann hörte es, dieses Mal nach wenigen Minuten, auf. Wir zählten die Toten, die Verletzten und die Übriggebliebenen und trauerten, so wie wir um die vielen Menschen zuvor getrauert hatten und seither trauern.

Wenn du über meine Geschichte nachdenkst, musst du das nicht alles zusammendenken. Du musst dir nicht alle Details der Tragödien vor Augen führen, die mich ereilt haben. Im Ernst, du musst es nicht einmal versuchen. Was sind Nuancen schon angesichts all dessen, was wir erlebt haben? Merk dir also nur, dass wir für mich, deine Mutter, wohl oder übel als Überlebende bezeichnet werden können. Okay? Wisse, dass wir immer weitergelebt haben. Was hätten wir sonst tun können?

DANK

Es gäbe kein Buch, kein Schreiben, keine Fähigkeit, eine Geschichte zu erzählen, gar kein Gefühl dafür, wie die Welt sein kann, ohne meine Eltern, Ravy und Sienghay So, die sich irgendwie ein lebenswertes, schönes Leben erkämpft haben, denen es nicht in den Sinn kam, mich von ihren Geschichten, ihrer Geschichte zu verschonen, sondern mich stattdessen so gut wie möglich darauf vorbereiteten, nach Wachstum zu streben, nicht unter dem Druck des Schlechten und Ungerechten zusammenzubrechen. Danke, Mom und Dad, dass ihr überlebt, gekämpft und eine Welt aus nichts anderem als eurem eigenen Willen und eurer Vorstellungskraft geschaffen habt. Danke, Dad, dass du weißt, wie man einen guten Witz erzählt, dass du immer so viel arbeitest. Danke, Mom, dass du klüger, philosophischer, genialer bist als alle, die ich je gelesen habe oder denen ich begegnet bin, einschließlich all der Poser, die ich in Stanford kennengelernt habe.

Es gäbe auch kein Buch ohne Alex. Danke, dass du immer reden und zuhören wolltest. Danke, dass du immer meine Geschichten gelesen hast und mir gesagt hast, welche schlecht waren. Danke, dass du so witzig, absurd und schön bist. Danke, dass du mir gezeigt hast, dass ein queerer *Cambo* aus Stockton in Kalifornien eine solche Fülle an Gemeinsamkeiten haben kann mit einem queeren halb mexikanischen Jungen aus dem tiefen Illinois. Ich glaube nicht, dass ich dieses Buch hätte fertigschreiben können, ohne das zu wissen. Ich liebe dich. Du hast diese Geschichten mit mir geschrieben.

Meine Lehrer und Lehrerinnen haben mich nicht nur bei den ersten Entwürfen des Buches unterstützt, sondern auch bei meiner Entwicklung als Autor. Danke, Dana Spiotta, dass du mir das Selbstvertrauen gegeben hast, selbstkritisch zu sein mit meiner Arbeit, dass du mir genau die richtigen Autoren empfohlen hast, die ich für dieses Buch brauchte, und dass du eine Inspiration für mich bist – jede_r sollte *Stone Arabia* lesen. Danke, Jon Dee, dass du mir das Selbstvertrauen gegeben hast, meine Arbeit zu lieben, dass du mir beigebracht hast, wie man wie ein Autor liest, dass du meine manischen E-Mails beantwortet hast und mir kluges Feedback zu so vielen meiner Texte gegeben hast. Danke, Mary Karr, dass du mir das Selbstvertrauen gegeben hast, an meine Arbeit zu glauben, für deine Einsichten über das Schreiben, die mir immer noch als Leitfaden dienen, und dafür, dass du dich mit mir über Literatur, Kultur und die Dinge, die wichtig sind im Leben, ausgetauscht hast. Danke, Chris Kennedy und Sarah Harwell, für unsere Diskussionen über das Leben, Will und den Tod. Danke, Arthur Flowers und George Saunders, für euren kritischen Blick und dafür, dass ihr so offen darüber sprecht, was es braucht, um ein Schriftsteller zu sein. Danke, Mira Jacob, für die Kritik an mehreren dieser Geschichten und dafür, dass du mich gelehrt hast, wie ich zur Hitze und zum Herz meines Schreibens gelangen kann. Auch meinen Lehrerinnen und Lehrern in Stanford bin ich zu Dank verpflichtet. Eavan Boland, Scott Hutchins, Blakey Vermuele und Alexander Nemerov wiesen mir den Weg in die richtige Richtung. Allison Davis zog meine Bewerbung auf ein Levinthal-Stipendium aus einem Stapel privilegierter Ärsche und fand, ich hätte etwas Wahres zu sagen. Ich war so verloren im College, und nicht zuletzt dir verdanke ich meine Rettung.

Dank an meine Syracuse-Familie, vor allem an Zeynep, die mich mal gesund pflegte und eine luftdichte Kammer für meine Ansichten ist, für die die Welt noch nicht bereit ist. Meinen *Cambos* – meinen Cousins und Cousinen und Sam, meiner Schwester – danke, dass ihr dafür gesorgt habt, dass ich aufs College gehen konnte, dass ihr mir das Rüstzeug gegeben habt, mich im System zurechtzufinden, und dass ihr mir Inspiration wart für meine Figuren. Meine besten Freundinnen, Gaby und Sharon, danke, dass ihr mich nie nur einen Schriftsteller habt sein lassen, mich immer daran erinnert, dass ich mehr bin als das, dass ihr mir ein Zuhause gegeben habt, als ich es am dringendsten brauchte. Meine Seelenverwandte, Soo Ji, danke, dass du meine persönliche Prinzessin Carolyn bist, dass du mit mir Strategien für unseren Lebensunterhalt entwickelt hast und dass du mir die Horrorgeschichte von I-n B-ll geschenkt hast, die mich zu dem Anfang von »Persönlichkeitsentwicklung« inspirierte.

Und Dank auch denjenigen, die mir den Weg vom »vielversprechenden Schriftstellertalent« in den Beruf geebnet haben, in dem ich aufgehen und von dem ich leben kann. Das Team von *n+1*, allen voran Mark Krotov, gab mir eine Chance und veröffentlichte »Superking Son schlägt wieder zu« und »Die Mönche«, nachdem ich eines kalten Nachmittags mit meinem billigen Seesack in ihr Büro marschiert war und dreißig Minuten lang Unsinn geredet hatte. Bei *Granta* erschien »Die Werkstatt«, die Geschichte, die mir am meisten am Herzen liegt. *The New Yorker* veröffentlichte »Die drei Frauen von Chuck's Donuts«, insbesondere Cressida Leyshon, bei der ich lernen konnte, wie ein gekonntes Lektorat meiner Arbeit aussieht. *Zyzzyva* hat zur finalen Form von »Generationsunterschiede« beigetragen, der Geschichte, die auf dem Leben meiner Mutter basiert, indem sie den Text für die Frühjahrsausgabe 2021 annahmen und lektorierten. Manchmal braucht man aus absurden Gründen, die schlichtweg mit Überleben zu tun haben, Geld, um zu schreiben, um Welten zu entwerfen, und so wäre dieses Buch ohne die großzügige Unterstützung des PD Soros Fellowship for New Americans und ohne Jolynn Parker und ihre Anleitung sicherlich um mindestens dreißig Prozent schlechter.

Und zuletzt bin ich Helen Atsma dankbar dafür, dass sie für dieses Buch gekämpft hat, mit all seinen Schattierungen und Tönen, und es dabei immer noch besser machen wollte. Rob McQuilkin las zwei meiner Geschichten und sah das Potenzial eines Lebens als Schriftsteller. Er blickte über das hinaus, was andere

Leserinnen und Leser in meinen Texten sahen, und fand ihren Puls, ihre seelische Sehnsucht, die drängenden Fragen, auf die sie eine Antwort suchten. Er hat so viele Versionen begleitet und war immer offen für meine Ideen, ohne je meine hochfliegenden Pläne zu verurteilen. Und Will, mein Gott, ich hoffe, du bist zufrieden jetzt, ich hoffe es wirklich. Ich empfinde es als Segen, dass ich dich kennenlernen durfte, als ich es konnte. Das Buch ist ein Liebesbrief an dich, an alle, die im Text vorkommen, an Stockton, an Kalifornien, an mein Khmer- und khmer-amerikanisches Universum und an die toten, lebenden und kommenden Generationen.

Penguin Random House Verlagsgruppe FSC® N001967

1. Auflage
Copyright © der Originalausgabe 2021
by Ravy So und Alexander Gilbert Torres
Copyright © der deutschsprachigen Ausgabe
2024 Luchterhand Literaturverlag
in der Penguin Random House Verlagsgruppe GmbH,
Neumarkter Str. 28, 81673 München
Umschlaggestaltung: buxdesign | München
nach einem Entwurf von Elizabeth Yaffe
Coverillustration: Monnyreak Ket
Satz: Uhl + Massopust Aalen
Druck und Einband: GGP Media GmbH, Pößneck
Printed in Germany
ISBN 978-3-630-87766-2

www.luchterhand-literaturverlag.de
facebook.com/luchterhandverlag